U0573798

作者简介

彼得·霍恩（Peter Hühn），德国汉堡大学英文系教授，汉堡大学跨学科叙事学中心（ICN）核心成员；主要研究领域包括诗歌理论、英国诗歌史、叙事学、诗歌的叙事学分析及侦探与犯罪小说研究。

译者简介

谭君强，荷兰阿姆斯特丹大学博士，云南大学文学院教授，博士研究生导师，云南大学叙事学研究中心主任，中国中外文艺理论学会叙事学分会副会长。

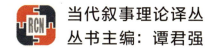

当代叙事理论译丛
丛书主编：谭君强

抒情诗叙事学分析

16—20世纪英诗研究

（德）彼得·霍恩　詹斯·基弗　著
　　Peter Hühn　　Jens Kiefer

谭君强　译

The Narratological Analysis of Lyric Poetry

Studies in English Poetry
from the 16th to the 20th Century

北京师范大学出版集团
BEIJING NORMAL UNIVERSITY PUBLISHING GROUP
北京师范大学出版社

总　序

　　20世纪六七十年代兴起的结构主义叙事学，已历经超过半个世纪的理论行程。尽管在其发展的过程中有起有伏，然而，一个有目共睹的事实便是，迄今为止，它仍在当代世界的理论潮流中独树一帜，当代叙事理论依然显示出勃勃生机。

　　中国的叙事学研究自20世纪80年代以来，由涓涓细流逐渐汇为理论研究与实践的潮流。这一潮流发展的势头不仅迄今未减，还有延续甚至加速之势。从各种学刊上不断增加的叙事学研究的论文和越来越多的硕士、博士论文，从进入叙事学研究行列的年轻学人逐渐增多，从国内叙事学界与国外同行越来越密切的交流与对话，等等，或许多少可以感受到这一势头的端倪。可以说，在最近数十年来从国外引进的文艺理论中，鲜少有如叙事理论这样延续时间如此之长，影响如此之广的。同时，在汲取国外理论有益营养的基础上，中国的研究者又努力挖掘自身丰富的理论资源，发展具有中国意义的叙事理论，以主动的面貌，回应这一理论，促使它进一步完善和发展。

　　任何一种理论的生命力，源自它与实践的密切结合，既能对实践产生一定的指引作用，又能在不断发展、变化的过程中，不断对理论本身做必要的补充、修正、革新与完善，使之能够与时俱进，始终保持理论的敏锐性，在理论与实践的有机结合中促成双方的发展。就此而言，叙事理论是成功的。在其发展过程中，它逐渐纠正了将自身限制在文本之内的倾向，改变了纯粹形式研究的意图，延伸了此前未曾触及的领域，跨越了不同文类的鸿沟……在保持这一理论自身特点和优势的基础上，与其他理论形成有机的融合，不断增强其分析与阐释的有效性。叙事理论这样一种研究和创新的状况，国内国外均可看到。

　　在中国当代叙事理论的研究与发展中，国外叙事理论的引入功不可没。从20世纪八九十年代一批国外重要叙事理论著作的翻译介绍，到21世纪初申丹教授主编的"新叙事理论译丛"，这些理论译作对中国叙事理论发展所起的作用显而易见。它扩展了人们的理论视野，提供了新的理论资源，为进一步研究叙事理论提供了有益的参照。

目前，国内外的叙事学研究呈现向纵深发展之势，新的研究常跃入人们的眼帘，对原有基础理论的探讨也在不断加深。为适时了解国外叙事理论的发展状况，促进中国叙事学研究的发展，引入一批新的国外理论著作又适当其时了。有鉴于此，我们着手组织翻译出版"当代叙事理论译丛"。这套丛书的入选书目均为 21 世纪以来，尤其是近年来出版（或修订再版）的叙事理论著作，既注重在基本叙事理论阐述中具有新意的著作，又注重在不同的研究取向和研究分支中具有影响的著作，同时还考虑到那些融入新的内容、带有教科书性质的书，目的在于既能给这一研究领域的学者提供新的、必要的参考，也能给步入这一领域的年轻学子提供有益的帮助。第一批挑选的著作共五种，均出自欧美当代有影响的叙事学家之手，分别为：

1. ［荷］米克·巴尔：《叙述学：叙事理论导论》（Mieke Bal. *Narratology：Introduction to the Theory of Narrative*，Third edition. Toronto：University of Toronto Press，2009）。

2. ［德］沃尔夫·施密德：《叙事学导论》（Wolf Schmid. *Narratology：An Introduction*. Berlin：De Gruyter，2010）。

3. ［荷］彼得·沃斯特拉腾：《电影叙事学》（Peter Verstraten. *Film Narratology*. Toronto：University of Toronto Press，2009）。

4. ［美］戴维·赫尔曼，詹姆斯·费伦，彼得·拉比诺维奇，布赖恩·理查森，罗宾·沃霍尔：《叙事理论：核心概念与批评性辨析》（David Herman, James Phelan, Peter Rabinowitz, Brian Richardson, Robyn Warhol. *Narrative Theory：Core Concepts and Critical Debates*. Columbus：The Ohio State University Press，2012）。

5. ［美］布赖恩·理查森：《非自然叙事：理论、历史与实践》（Brian Richardson. *Unnatural Narrative：Theory，History，and Practice*. Columbus：The Ohio State University Press，2015）。

丛书的前两种均具有教科书的性质。巴尔的这部著作自 1985 年第一版问世以来，已成为国际性叙事理论的经典导论，是一部普遍采用的教材。它的目的在于提供文学与其他叙事文本研究中运用的系统的理论描述，阐述叙事的基本要素、叙事技巧和方法，它们之间的转换、接受，使我们能得以理解文学作品，也可以理解非文学作品。该书的前两版均有中译本，但早已绝版，列入丛书的是 2009 年出版，经过作者较大修正与补充的第三版。

施密德的《叙事学导论》是德国著名的德古意特出版社出版的教科书（de Gruyter Textbook），为当代叙事理论的典范著作。它不仅着眼于叙事学的基本理论，而且为叙事学的发展提供了一整套可资借鉴的学术体系和理论框架。它概述了叙事理论，分析了虚构与模仿、作者、读者、叙述者等基本概念，较为详尽地解释了诸如叙事作品的实体存在、叙述性等一系列叙事学核心概念，讨论了叙述交流框架、视点、叙述者文本与人物文本之间的关系和事件的叙述变形等热点问题。

后三种为在叙事理论各个研究领域中有代表性的著作。沃斯特拉腾的书提供了电影叙事学分析的一个基本指南。它在进行叙事理论与电影分析的跨学科研究中，结合叙事理论，联系从好莱坞到先锋电影的诸多电影文本，对电影叙事进行了精当的分析与阐释。

《叙事理论：核心概念与批评性辨析》是一部十分独特的书，它出自五位当今美国叙事学研究各个方向的领军人物之手。该书从叙事理论的最新发展中选取一些核心概念，即作者、叙述者与叙述，时间、情节与进程，空间、背景与视角，人物，接受与读者，以及叙事价值、审美价值等进行探讨，分别从修辞研究、女性主义研究、叙事与思维关联研究、反模仿研究四个不同的理论视野依次探讨这些核心概念，在各自分析、研究的基础上，进行批评性辨析，相互做出回应，并充分展开了不同观点的理论交流，使我们得以从不同的理论视野出发，加深对这些核心概念的理解，对叙事理论诸多方向的发展产生清晰的认识。

《非自然叙事：理论、历史与实践》是非自然叙事这一领域的一部力作。作者认为，叙事基本存在三种不同类别：非虚构叙事、模仿虚构叙事、违反模仿实践与目的的非自然虚构叙事。在过去的 75 年中，每一类叙事学都忽视、摒除非自然叙事，试图构建起一种加以整合的普适叙事学，而这些叙事学几乎只包括非虚构叙事与模仿叙事。模仿理论原则上无法公正合理地处理反模仿的实践，它只能讲述故事的一半，而叙事学需要将两者包含在内。非自然叙事学的研究恰恰可以在两个层面上获益：在理论层面上，它有益于一个真正全面的叙事学，而非仅仅适用于部分的叙事学的形成；在分析的层面上，它可以使人们关注与大量模仿文本相对的非自然叙事文本。该书联系作品，集中在理论上对非自然叙事进行阐释，并关注其历史的发展与实践的阐述，是这一领域中一部最新的著作。

在选择与确定翻译作品等工作的过程中，我们得到了不少作者的大力支持与帮助。巴尔教授、施密德教授和理查森教授帮助我们选择书目，联系版权事宜。其中关于非自然叙事研究的书，我们早先确定的是理查森教授的一部获"国际叙事研究学会"年度著作奖项"伯基斯奖"的书，但在与他联系时，他主动告知我们使用他定于2015年5月出版的书更为合适，并在书未出之时便为我们联系版权，这样，才可能有他这部最新著作的译本。

在此，我们要特别感谢北京师范大学出版社的马佩林先生。在获知我们的设想后，马佩林先生十分支持，讨论计划，安排联系版权，并在丛书最后确定之后，特意从北京来到昆明，参加丛书的出版签约仪式并代表出版社在合同上签字。

该丛书由云南大学叙事学研究中心负责翻译出版，这是中心的一项重要工作之一。我们将在第一套五部的基础上，根据需要和可能，继续选择后续的重要著作进行翻译，进一步为中国叙事学的发展做出我们的努力。今年11月，第五届国际叙事学会议暨第七届全国叙事学研讨会将在昆明召开，由云南大学叙事学研究中心和人文学院承办。届时，本译丛著作的一些作者，如詹姆斯·费伦教授、沃尔夫·施密德教授都将应邀与会，这是日益密切的国内外叙事学界交流的又一个明证。我们希望这样的交流不断进行下去。

译事艰难，理论著作的移译尤非易事。尽管从一开始我们便秉持严肃认真的态度对待这项工作，但限于能力和水平，不当之处必定难免。学界同人和读者的批评指正是对我们最好的关心与帮助，我们当诚以待之。

谭君强

2015年夏于云南大学

如前所述，在第一套五部译著陆续出版并完成之际，这一译丛的后续部分将继续展开。我们已经遴选了国外新的重要的叙事学著作，有的在翻译之中，有的已经译毕，将根据情况先后出版。第一套已出版的几种书获得了学界和读者的良好反响，我们期待今后继续得到学界同人和读者的批评指正，并将一如既往地将这一译介工作延续下去，以为日益增多的中国叙事学研究者和爱好者提供一份参照，为中国的叙事学研究尽我们的一份力量。

谭君强
2018 年春于云南大学

译者前言

抒情诗的叙事学分析，不仅为叙事学理论的拓展，也为诗歌，尤其是抒情诗的研究开辟了一条新路。这一新的理论与实践路径的开拓，是伴随21世纪以来叙事学不断向纵深发展而结出的硕果之一。

我们知道，叙事学研究从一开始便与叙事文本结下了不解之缘，与此同时，却也在此后相当长的时间内几乎与抒情类作品，尤其是抒情诗歌无涉。这一状况从托多罗夫（Todorov）1969 年在《〈十日谈〉语法》中将他对《十日谈》的探讨命名为"叙事学"（narratologie）研究、并将叙事学定义为"关于叙事作品的科学"开始，就几乎确定了这一学科此后研究的方向及其对抒情诗歌的排斥。

2004 年，本书作者彼得·霍恩（Peter Hühn）在其《跨学科叙事学：对抒情诗的应用》一文中谈及运用叙事学对诗歌进行研究的状况时，曾明确说到，"迄今为止，叙事理论仅仅运用于史诗或叙事诗歌中"①。换句话说，直到 21 世纪初，至少在欧美叙事学界，叙事学对诗歌的研究仍然仅限于诗歌中的叙事文本，而无关抒情文本。类似的情况，美国叙事学家布赖恩·麦克黑尔（Brian McHale）也注意到了。他在 2009 年的一篇论文中指出，在叙事学多年来卓有成效的研究中，"当代叙事理论对诗歌几乎完全保持沉默。在许多经典的当代叙事理论论著中，在如你此刻正阅读的专业学术期刊（指《叙事》——引者注）中，在诸如'国际叙事学研究会'的学术年会上，诗歌都显而易见地几乎未被提及。即便是那些对叙事理论必不

---

① Peter Hühn，"Transgeneric Narratology：Application to Lyric Poetry". John Pier，ed. *The Dynamics of Narrative Form*：*Studies in Anglo-American Narratology*，Berlin：Walter de Gruyter，2004，p. 142.

可少的诗歌，也都倾向于当作虚构散文处理了"①。由此可见，叙事学研究中的这种倾向，自 20 世纪六七十年代以来几乎一直延续到 21 世纪初。笔者本人也不例外，在很长时间内都坚持这一传统的研究取向。笔者在 2008 年出版的《叙事学导论：从经典叙事学到后经典叙事学》一书中，在谈到叙事学研究的对象时，曾这样说："叙事学所研究的，是发生在叙事作品内部的交流，即叙事作品内在的交流。它所对应的，是叙事作品中的叙述者向叙述接受者进行讲述、交流的过程。在这样的意义上，有些作品中就不一定存在着叙事，比如抒情诗歌、论说文等，这样的作品就应该排除在叙事作品的范围以外。"②

随着叙事学研究范围的不断扩大，研究的进一步深入，打破不同文类界限的跨文类叙事学开始进入人们的视野，并逐渐受到越来越多的关注。有学者将当下的叙事学研究归为三类，即语境叙事学、认知叙事学、跨文类与跨媒介叙事学。其中的跨文类与跨媒介叙事学关注将叙事学的概念应用于各种不同文类与媒介，这些文类与媒介主要并不被看作叙事，但具有叙事的维度。叙事学的概念以最理想的功能应用、契合，并且重塑对诗歌、戏剧、电影、视觉艺术、舞蹈、游戏的分析，形成跨文类与跨媒介叙事学的组成部分。③ 在这一视野下，叙事学的理论与方法不再限于叙事文本，它也可以将研究的触角伸向除叙事文本之外的其他类型的文学作品，其中包括抒情诗歌这一历来被排除在叙事学研究之外的文类。由此，诗歌叙事学研究在这一理论发展潮流中应运而生，自 21 世纪以来逐渐成为跨文类叙事学研究中一个引人瞩目的新方向，并不断取得让人耳目一新的成果。④

---

① Brian McHale, "Beginning to Think about Narrative in Poetry". *Narrative*, 2019（17），p. 11.

② 谭君强：《叙事学导论：从经典叙事学到后经典叙事学》，10 页，北京，高等教育出版社，2008。（在 2014 年该书的第二版中，删除了这段话的后半部分，并增加了一节关于诗歌叙事学研究的内容）。

③ J. C. Meister, "Narratology". Peter Hühn, John Pier, Wolf Schmid and Jörg Schönert，eds.，*Handbook of Narratology*. Berlin, De Gruyter, 2009，pp. 329-350.

④ 关于 21 世纪以来国外诗歌叙事学的发展，参见谭君强，付立春：《国外 21 世纪以来诗歌叙事学研究述评》，载《外语与外语教学》，2017（4）。

彼得·霍恩教授与詹斯·基弗合著的《抒情诗叙事学分析：16—20 世纪英诗研究》在这些成果中尤为引人瞩目。作为这一研究领域中的一部专著，它不仅出现的时间最早，而且迄今为止依然是这一领域中仅有的极少几部富有影响的著作之一。这一著作的产生，是一项有特定目标的相关研究的结果。从 2001 年到 2004 年，彼得·霍恩和另一位德国学者杨·舍内特（Jörg Schönert）领导了由德国研究基金会（German Research Foundation）支持的汉堡大学跨学科叙事学中心（ICN）叙事学研究组的一项研究项目："叙事学的诗歌分析"（Narratological Poetry Analysis）。这一研究项目产生了一系列成果。其中，作为"叙事学的诗歌分析"的子项目"抒情诗叙事学分析的理论与方法：以英语和德语诗歌为途径"的重要成果，两部相关研究的姊妹卷著作分别在 2005 年和 2007 年以英语和德语在德国著名的德古意特出版社出版，中译本据以翻译的便是以英语出版的《抒情诗叙事学分析：16—20 世纪英诗研究》。①

传统的叙事学研究将抒情诗歌排除在外，一个重要的理由就是将文学作品建立在叙事文本与抒情文本这一对立的区分基础之上，也就是建立在叙事与抒情这一对立基础上。然而，实际上，这二者尽管存在着区别，属于文学作品中描述和话语表达的两种不同类型，但是，从某种意义上说，二者是不可分割的。就抒情诗而言，无论在诗人的写作中，还是在读者对诗歌的欣赏与解读中，都不会将抒情与叙事完全割裂开来。诗缘情而发，一如《诗大序》所言，"诗者，志之所之也，在心为志，发言为诗，情动于中而形于言"。然而，促使"志之所之""情动于中"者，系源自日常生活的人与事、情与景……华兹华斯在《抒情歌谣集》的序言中说："诗的主要目的，是在选择日常生活里的事件和情节，自始至终竭力采用人们真正使用的语言来加以叙述或描写，同时在这些事件和情节上加上一些想象的光彩，使日常的东西在不平常的状态下呈现在心灵面前；最重要的是从这些事件和情节中真实地而非虚浮地探索我们的天性的根本规律——主要是关

---

① 2007 年以德语出版的是杨·舍内特与马尔特·斯坦（Jörg Schönert and Malte Stein）的《抒情诗与叙事学：德语诗歌文本分析》（*Lyrik und Narratologie：Text-Analysen zu deutschsprachigen Gedichten*）。

于我们在心情振奋的时候如何把各个观念联系起来的方式，这样就使这些事件和情节显得富有趣味。"① "日常生活里的事件和情节"是抒情诗人所离不开的。元代陈绎曾在论汉赋的写作之法中提到"抒情"时曾这样说："抒其真情，以发事端。"② 因而情与事无可隔离，叙事与抒情并不表现为两个相互隔绝的领域。这种状况表现在诗歌中，自然也使诗歌的欣赏者无意将二者分离开来。③ 中外抒情诗歌创作与接受的这种实际状况为叙事学对抒情诗歌进行研究提供了理论基础。

抒情诗叙事学研究的合理性何在，这同样是《抒情诗叙事学分析：16—20 世纪英诗研究》首先关注的，在该书的"导论"中一开始便提出了这一问题，并给予了回答：

> 呈现在此书中的英诗研究是一个实践性的展示，旨在探讨如何运用叙事学的方法与概念对诗歌进行详细的描述与阐释。这一研究的合理性有赖于这样一个前提，即叙事是任何文化和时代都存在的用以建构经验、产生和传达意义的人类学普遍的符号实践，即便在抒情诗歌中，这样的基本观念依然适用。如果承认这一点，那就有理由设想，现代叙事分析，也即叙事学所完善和发展出来的精确性与阐释的潜力可以帮助我们改进、提高和增强对抒情诗歌的研究。

正是在这一基础之上，作者对抒情诗歌的叙事学研究得以展开。在作者看来，抒情文本与长篇小说、中篇小说等叙事文本一样，具有三个同样的基本的叙事学层面，即序列性（sequentiality）、媒介性（mediacy）与表达（articulation）。它们牵涉呈现在抒情诗歌中一系列发生之事的时间序列，在抒情诗中，这些发生的事情常常是内心的或精神心理的，但也可以

---

① ［英］华兹华斯：《〈抒情歌谣集〉1800 版序言》，见伍蠡甫：《西方文论选》下卷，5 页，曹葆华译，上海，上海译文出版社，1979。

② （元）陈绎曾：《文章欧冶（文筌）》，见王水照：《历代文话》第 2 册，1282 页，上海，复旦大学出版社，2007。

③ 参见谭君强：《论抒情诗的叙事学研究：诗歌叙事学》，载《思想战线》，2013（4）。谭君强：《再论抒情诗的叙事学研究：诗歌叙事学》，载《上海大学学报（社会科学版）》，2016（6）。

是外在的，可以具有社会的性质；通过从媒介调节的特定视角来讲述这些发生之事，从而创造出一致性与相关性。最后，它们需要一个表达行为，凭借这一表达行为，媒介调节在语言文本中获得自己的形式。

作者以对叙事文本的叙事学分析作为参照，提出了对抒情诗歌进行分析与阐释的一系列相对应的概念，以此作为分析和阐释的重要工具。在将叙事学的构建运用到抒情诗歌时，作者首先运用了发生之事（happenings）层次和呈现（presentation）层次之间的区分，这一区分大体上与热奈特的话语（histoire）与故事（récit），以及查特曼的故事（story）与话语（discourse）之间的区分相对应。在抒情诗歌中，它所牵涉的是作为主要的、基本材料的各种事，与这些事在文本中被媒介调节而呈现的方式之间的区分。在这一区分的基础上，作者展开了对抒情文本的分析。

一如作者所言，这一分析和研究是一个实践性的展示，也就是说，所有的分析都以具体的抒情诗歌作为例证，在理论与实践相结合的意义上进行分析和阐释。在这方面，可以说很好地展示了叙事学研究的良好传统。该书所选取的抒情诗歌十分富有代表性，既有我们熟悉的名作，又有一些各具独特意义、显示出某方面独特性的诗篇，这使我们既可看到在不同的抒情文本中进行叙事学分析时所运用的理论的丰富性，又可看到在对每一具体文本的分析中所展现的独特性，同时，还可使这一分析起到举一反三的作用，使我们在对中外抒情诗歌进行分析时多了一重参照，一个新的角度，不仅可以多方面地切入文本，加深对分析对象的理解，而且也可获得在以往的分析中所未曾领悟的意义。

应该说，国内的抒情诗叙事学研究，与国外的相关研究大体上是同步的，至少不存在太大的距离。① 国内在这一领域的研究，明确地冠以"诗歌叙事学"之名。而在国外的研究中，我们是找不到这一对应的名称的。产生这一差别的原因，很大程度上源于文类划分的不同标准。在西方，自柏拉图和亚里士多德的著述问世以来，出现了一种持久的划分方法，那就是将文学作品划分为抒情诗、史诗或叙事作品、戏剧三类，也即抒情文学、

① 关于国内相关研究的状况，参见谭君强：《新世纪以来国内诗歌叙事学研究述评》，载《甘肃社会科学》，2017（1）。

叙事文学和戏剧文学的三分法。这一区分是以模仿对象的方式不同而确定的，也即以作品中叙述者叙述方式的不同而确定的。迄今为止，在西方对文类的区分中，亚里士多德的这一划分标准依然占据主导地位。在中国，文类的划分在文学史上是一个引人关注的问题，具体的分类多种多样。而自五四新文学运动以来，在借鉴西方传统三分法的基础上，研究者加以适当补充，结合中国文学自身发展的状况，流行按形式将文学分为诗歌、小说、戏剧、散文的四分法。因而，诗歌作为一种文类，形成了具有整体意义的"诗歌叙事学"，在中国的叙事学研究中就显得毫不奇怪。然而，在西方的三分法中，就形式而言，抒情诗自不待言，史诗或叙事作品、戏剧中也同样包含着诗歌，后者本身就是叙事学研究的对象，因而，这一跨文类叙事学研究，所针对的对象是以前所未曾涵盖的文类——抒情文学，即抒情诗歌，"抒情诗叙事学分析"可以说是这一跨文类研究最明确的表达。在我们的"诗歌叙事学"研究中，自然可以对所有类型的诗歌，包括叙事诗歌进行分析，但如前所述，叙事诗等本已涵盖在叙事学研究的范围以内，因而，就跨文类叙事学的诗歌研究而言，核心应该是对抒情诗歌的叙事学研究。在这方面，《抒情诗叙事学分析：16—20世纪英诗研究》应该可以为我们提供一个很好的参照。

该书的导论部分由彼得·霍恩和杨·舍内特合写；第三、第五、第七至十、第十二至十七，以及结论这十三个部分由彼得·霍恩撰写；第二、第四、第六、第十一、第十八这五个部分由詹斯·基弗撰写。文中的注释除注明译者所注而外，其他均为作者原注。

在本书的翻译过程中，自始至终都得到了彼得·霍恩教授的大力支持和帮助。译者在翻译中所遇到的问题，在给他邮件后他总是及时给予解答。译者还就书的内容和相关的诗歌叙事学研究等问题与他交换意见，获益良多。他还帮助联系版权事宜，为中译本的顺利出版创造了条件。在此，向彼得·霍恩教授致以衷心的感谢。

译事不易，而本书所涉及的又是抒情诗歌。作为分析例证的18首抒情诗，风格各异，篇幅不一，最短的是莎士比亚的十四行诗，而最长的，是斯威夫特长达488行的《斯威夫特博士死亡之诗》。这些抒情诗很多难以找到现成的中译，而即使可以找到中译，译者也发现这些中译难以贴切地运用于分析时大量引用原诗的语境中，因而，所有的抒情诗歌均由译者据原文译出。无论是抒情诗歌也好，还是理论文字的翻译也好，难免会有种种疏漏和不当，恳请学界同人和读者不吝指正。

谭君强
2018 年元月于昆明

目　录

导论：抒情诗叙事学分析的
理论与方法

呈现在此书中的英诗研究是一个实践性的展示，旨在探讨如何运用叙事学的方法与概念对诗歌进行详细的描述与阐释。[①] 这一研究的合理性有赖于这样一个前提，即叙事是任何文化和时代都存在的用以建构经验、产生和传达意义的人类学普遍的符号实践，即便在抒情诗歌中，这样的基本观念依然适用。如果承认这一点，那就有理由设想，现代叙事分析，也即叙事学所完善和发展出来的精确性与阐释的潜力可以帮助我们改进、提高和增强对抒情诗歌的研究。为了给后面对单篇诗歌所进行的研究提供一个理论基础与方法论的介绍，开头的这一导论将对用于该书研究的结构与术语做简要的阐述。我们所考虑的问题如下。第一，对抒情诗进行叙事学的跨文类研究的合理性。第二，抒情诗在文类体裁理论中的地位。第三，这一分析背后的叙事学构架的性质与构成，在这里，模建叙事进程中序列性与媒介层面的作用显得尤为重要。这一问题是最重要的。第四，如何将叙事学运用于抒情诗进行理论探讨，对所选择出来的诗歌进行论述。

一、叙事性与抒情诗：叙事学对诗歌研究的跨文类
应用

在以下探讨中我们设想，叙事性由两个层面构成：序列性，或者说时

---

① 关于这一研究的合理性及研究的理论描述，参见霍恩和舍内特（Hühn and Schönert, 2002），也可参见霍恩（Hühn, 2002, 2005）。

间组织与诸事（incidents）①相连接而形成一个连贯序列；媒介性，即从一个特定的视角对这一序列由选择、呈现和有意义的阐释所做的调节。这两个层面在大多数叙事学模式中分别构成话语（histoire）与故事（récit），故事（story）与话语（discourse），故事（story）与文本（text），以及法布拉（fabula）与休热特（syuzhet）这些两相对应的重要概念基础。②但是，我们的这两个层面并不与这一组术语完全等同。后者使我们有可能对可称为实际上按时间先后顺序的排列进行分析，因为它们可以从其呈现中区分出最初的、中间的各种发生之事（happenings），这些发生的事情通过叙事文而被调节，但它们却无法在叙事性的任何构成成分中提供系统的区分。在这方面，序列性，以及它所包含的事件性（eventfulness），在叙事性的界定中具有明显优先的地位：不同的文本类型，诸如描写、争论、解释，均包含媒介性的层面，但时间结构本身是叙事文本的构成要素。

抒情文本就其术语的狭义（即不是明显的叙事诗歌，如民谣、传奇、韵文故事等）来说，与长篇小说、中篇小说这类散文体叙事文一样，具有三个同样的基本的叙事学层面，即序列性（sequentiality）、媒介性（mediacy）与表达（articulation）。它们牵涉一系列发生之事的时间序列，这些发生的事情常常是内心的或精神心理的，但也可以是外在的，如具有社会的性质；通过从一个媒介调节的特定视角来讲述这些发生之事，创造出一致性与相关性。最后，它们需要一个表达行为，凭借这一表达行为，媒介调节在语言文本中获得自己的形式。

将叙事学的结构运用于诗歌的目的主要是实践性的：叙事理论是一个成熟的构架，运用这一成熟的构架，我们可以改善、延伸并阐明抒情诗歌分析的方法论。众所周知，抒情诗歌正缺乏这样的理论基础——或许，在

---

① 涉及抒情诗中的"事"本书运用了几个相关的术语，分别是 incident，happening，event，分别译为"事"（"事情"）、"发生之事"（"发生的事情"）、"事件"。——译者

② 关于这些对应，参见热奈特（Genette, 1980）、查特曼（Chatmen, 1978）、里蒙-凯南（Rimmon-Kenan, 2002）、托马舍夫斯基（Tomashevsky, 1965）。参见皮尔（Pier, 2003）对这些对应之后的背景与问题的论述。

某种程度上，这是在开辟一条抒情诗理论的发展道路。① 我们无意将抒情诗与叙事文在文类上混为一谈，似乎它们之间没有什么区别。事实上，这一跨文类研究的目的，恰恰就是要捕捉抒情诗所特有的将过程、经历、感知等结合起来的方法，从而将它从其他文类中区分开来。

二、抒情诗的独特性：文类理论中抒情诗的地位

到目前为止的经验表明，要想在传统的三种文类的背景下，试图像界定史诗和戏剧那样去系统地界定抒情诗，可以说是徒劳无益的。② 相反，如果在抒情诗与史诗和戏剧这两类文类相互关联之处，从文本理论的意义上来进行界定，则应该是可取的。③ 如果我们将叙述界定为一种交流行为，其中一个复杂的媒介实体（尤其是叙述实体）为一连串发生之事提供一种有意义的结构而呈现出来，那么，抒情文本和戏剧文本可以作为简化的形式而加以重构。在这样的形式中，有的特定媒介调节层次的范围在各自的情况下可能会出现变化。④ 这样来看，狭义（即不单是叙事诗）的抒情文本可以通过某种程度上特有的变异而区分开来，这样的变异反映在它们理论上可提供的层次和媒介调节的来源上。同样，我们可以把抒情文本和戏剧文本叙事进程的两个基本构成部分标示出来：一是将发生的事情安排进时间序列中，二是媒介体的聚合与居间操纵的模式。而以一种与戏剧文本中的人物讲述相类似的方式，能够让它看起来好像被即时表演的讲述居间取代一样。结果便是，只有抒情人实际发出的声音能听到，这一声音是与讲述同步的，这与戏剧文本中人物的话语表达相类似。

---

① 参见沃宁（Warning，1997），缪勒-泽特尔曼（Müller-Zettelmann，2000）和舍内特（Schönert，2004）关于抒情歌理论状况的基本评述。

② 参见沃宁（Warning，1997：17f.）。

③ 参见蒂泽曼（Titzmann，2003）与舍内特（Schönert，2004）。

④ 参见舍内特（Schönert，2004：313f.）以下的论述。

三、模建叙事进程：叙事学的框架

对热奈特所做的相关研究的形式稍加修改，就可以提供这里所提出的抒情诗分析对媒介性进行描述的基础。就媒介调节的研究而言，目前尚无广泛认可的分析框架可供详细说明。本书的研究汲取了认知心理学与认知语言学的成果，从中借用图式（schema）、脚本（script）和框架（frame）的概念，并将它们结合进图式偏离（schema-deviation）的模式和违反期待（violation of expectation）的模式中，这些模式在洛特曼（Lotman）的休热特（syuzhet）理论——它提供了跨界（boundary crossing）与事件的概念，以及布鲁纳（Bruner，1991）的正则（canonicity）和违逆（breach）概念的基础上发展而来。构建与描述序列性，对于抒情诗分析的细化和进一步发展尤为重要，因为在这一领域，传统的阐释方式并未提供可资运用的令人满意的框架。为了避免误解，有必要明确表明，一些潜在地为人熟知的术语需要重新定义。清楚这些以后，我们现在可以提出一系列定义，并尽可能减少这些具有多重意义的定义的复杂性。

在将叙事学的构建运用到抒情诗时，我们首先开始的是，将发生之事层次和呈现（presentation）层次之间——在我们认为作为主要的、基本材料的各种事，与这些事在文本中被媒介调节的方式之间进行区分。[1] 我们设想，情节（或如我们将要称呼的故事）并不客观地呈现于（实际或虚构的）事实中，也不存在于（人）这一行动者（agent）在各种事的基础上将

---

① 这一区分大体上与热奈特（1980）的话语（histoire）和故事（récit），以及查特曼（1978）的故事（story）与话语（discourse）之间的区分相对应。然而，在术语运用上，我们提出一系列发生之事是按时间顺序安排的诸事（incidents）的有序的序集，如马丁内斯（Martinez）和舍费尔（Scheffel）（1999）所指出的，显然热奈特和查特曼以及许多其他的叙事学家，包括巴尔（1985）、里蒙·凯南（2002）和托马舍夫斯基（1965）都设想，在这一层次上，是有意义的连接（通常指的是逻辑或因果关系连接）的表现。这样，"发生之事"（happenings）这一术语在我们的术语框架中，并不等同于查特曼的"happenings"，他所指的是事件（event）的次类型之一，是另外的行动。

它们构建起来之前。这样，发生之事层次就被解释为按时间顺序、且仅仅按时间顺序组织的与文本相关的存在物（existents）和各种事的有序的序集。它们之间有意义的连接建立在呈现层次上，通过媒介调节和发送实体（抽象的作者，抒情人/叙述者，抒情人物）的作用，并透过聚焦（如我们在后面将详细地看到的）而产生影响。发生之事层次与呈现层次之间的关系是一种相互依存的关系。诗歌文本要求表现发生之事，但这些发生之事仅仅通过文本的词语而来。这一关系可以用两种方式，即分析的或发生的方式来描述。我们还应该提及虚构叙述行为（或诗歌言说）的层次，这一层次将发生之事层次转化为它们的文本呈现形式。① 文本呈现是分析者唯一可直接进入的，从中一系列发生之事与叙述行为两者可被重构出来。

（一）序列性

我们引入存在物与事的概念，以使发生之事层次（level of happenings）可以得到细致的描述。② 存在物是一个静态要素，或某事/某人与行动（如一个人物及其个性、处所等）的关联，而事则牵涉某种动态的状况（如性质、状态、遭遇、行动的变化等）。按时间顺序安排的所有存在物和各种事的序集，构成了出现在叙述世界中的发生之事。在抒情诗中，各种发生之事常常透过精神和心理过程构成。

呈现层次（level of presentation）通过抽取各种事之间横组合和纵聚合连接的复杂结合而产生。这些连接由特定的媒介体（见下面论述）从特定的视角形成或表现出来。各种事和存在物通过选择、联结和解释的方式结合进入富于意义的连贯序列中。我们可以借助认知心理学和语言学的方法，对这些运作进行更为详细的阐释。在此基础上，我们做出这样一个基本假设：有意义的序列只有借助于语境和世界知识的帮助才能产生。也就是说，

---

① 这一层次相当于热奈特的叙述（narration）的概念。

② 参见查特曼（1978）对存在物（existents）与事件（events）的区分。查特曼的"事件"这一术语在我们的框架中被"事"（incidents）所取代，因为我们对"事件"（events）这一概念的运用与洛特曼的跨界与布鲁纳（1991）的正宗（canonicity）和违逆（breach）观念联系在一起。

作者和读者只有在参照此前存在的有意义的结构，参照已具意义的熟悉的认知模式时才能把握和理解文本。[1] 世界知识的概念涵盖了由普遍经验（文本外的参照，诸如海上旅行、变老、性爱等现象）和文学与其他艺术（文本间的文学模式的参照，如中世纪的骑士探寻，或彼特拉克的爱情）中所汲取的具有文化特殊性的范式。这样，对诗歌中的序列进行叙事学分析就力图重构通过阅读或体验获得的模式，这些模式假定应该，或已为读者和当代读者所知，并与文本相关联，从而有助于提供它们的意义。[2] 认知模式也可具有主要的文本规则，特定的模型可从特定的文本中产生，因而以具有文本特殊性的方式发展出来（再次参照预先存在的文本外或文本间的模式）。在这里，可以作为一个例证的是，乔伊斯《一个青年艺术家的画像》所提供的是，生命的发展是战胜幻觉的一系列虚幻的胜利。

我们可以在诗歌中区分两类认知模式，即框架（frames）模式与脚本（scripts）模式。框架提供主题或状态语境，或诗歌阅读中的参照框架。例如，丁尼生（Tennyson）《跨越障碍》中的死亡，马弗尔（Marvell）《致他娇羞的情人》中的性爱便是这样的例子。脚本则包含模型序列——它们涉及自然的进程或发展，涉及行动或常规程序的传统过程，通常与相关的框架具有密切联系。死亡作为跨越一个世界与另一个世界的分界、未实现的宫廷爱情的正式仪式，可分别界定为丁尼生与马弗尔诗歌的脚本。界定诗歌的框架，可以使读者连贯地、主要是静态地将一首诗歌在状态和主题上具有的意义成分聚拢在一起。另外，参考一个或多个脚本，又可使文本的动态层面（即特有的叙述）得以模塑。在抒情诗中，经调节的各种发生之事具有简洁和状态上抽象的特征，这意味着，与小说中的情况相比，大多数框架和脚本只有在读者以极大的努力重构时才可指明。

同位（isotopies）是一种有意义的附加方式，以这种方式，可以产生有意义的连接。它们是在所指层存在的等义的词或短语，通过将某一经常性

---

① 参见卡勒（Culler，1975：139-160）、尚克与埃布尔森（Schank and Abelson，1977）、布鲁纳（Bruner，1990，1991），以及特纳（Turner，1996）。

② 特别参见赫尔曼（Herman，2002：85-113）和塞米诺（Semino，1995），一般的论述参见巴特（Barthes，1994）、卡勒（Culler，1975）和埃柯（Eco，1979）。

的义素置于主导位置（如多恩的诗歌《美好的明天》第一诗节中的不备与不成熟）而产生语义的一致性。[1]

我们引入的事件（event）这一概念，是指诗歌序列结构中决定性的转折点。它是诗歌叙事组织的核心部分，决定了诗歌的可述性。[2] 事件性（eventfulness）在我们的意义上被定义为文本中出现的偏离序列类型所预期的延续。一个事件也可以出现在一个期待中的延续或变化未曾发生时。序列可以依照对标准类型的期待产生强或弱的偏离，如此一来，就具有偏离程度或强或弱的事件，因而，事件性不是按其出现或缺位来衡量的，而是按照程度来衡量的。[3] 在任何特殊情况下，偏离的水平（level of deviation）都是序列结构在文化历史背景下解释的结果。

事件通常与实体，即行动的参与者联系在一起，这一参与者引起或导致具有决定性意义的事件出现。根据实体是否与发生之事或呈现相关联，可以区分两种基本类型的事件。如果事件与被叙述的故事（即发生之事层次）中的人物，如主人公联系在一起，我们就涉及发生之事中的事件（event in the happenings）。如果态度或行为的决定性变化涉及抒情人或叙述者背后呈现的叙述行为或表达行为（从叙述者的故事意义上讲），我们就涉及呈现事件（presentation event）。[4] 我们也注意到两类特殊的事件。调节事件（mediation event），是呈现事件的一个异常的、边缘的变体。它出现在当决定性的变化来临，但不是由于个人态度的改变引起，而主要是由呈现形式的文本和修辞重组，即调节方式的变化而引起时。模式（框架或/和脚本）的修改或更换是此类变化的两个例证。结果，调节事件的语境就从抒情人物转向抽象的作者/创作主体（见下面论述）。（理想的）读者处于接受事件的语境中。在这里，态度的决定性变化并不发生在叙述者或人物

---

① 参见格雷马斯（Greimas, 1966）。格雷马斯最初对义素和同位的界定是狭义的。他与柯蒂斯（Courtés, 1979）、拉斯蒂尔（Rastier, 1972）、埃柯（Eco, 1979）一起，将它扩展为超出其简单的特性（如人或性），而涵盖更为复杂的语义现象，包括主题、状态、以及通过重复产生一致性的比喻语言等范畴。

② 参见普拉特（Pratt, 1977）与普林斯（Prince, 1987）。

③ 参见施密德（Schmid, 2003）。

④ 参见施密德关于叙述者的故事的概念（Schmid, 1982: 93）。

身上，而是由于阅读体验的结果发生在读者身上。比如，这可能是读者获得洞见，或采纳一种新的思想意识立场。

故事（在某些替代的构架中被称为情节）是呈现层次中最为复杂、也是范围最为广泛的（宏大）结构。[①] 故事是有意义的序列选择、权衡和相互关联的结果。它通常与行动的参与者联系在一起，并据此而被构建。事件为故事的进程提供了中心点，并且由那一故事建立起它们之间有意义的关联。在抒情诗中，故事往往有别于小说中的状况，它们所关注的主要是内在的现象，诸如感受、思考、理想、情感、回忆、态度，以及抒情人或主人公在心灵观照的独白过程中，将他或她自己归为故事中的形象，通过那一故事，可以清晰地看出他或她的个人身份。[②]

（二）媒介性

对于叙述序列性结构的完整描述还有一个必要条件：我们需要确定在呈现层次中调节发生之事的形式和实体。在这里，我们需要区分媒介性的两个基本方面：调节模式与调节实体。关于调节模式，我们可以在两种类型或两个视角侧面之间进行区分。第一，声音涉及直接的语言表达，声音的指示语（代名词，表示时间、空间的词，情态动词）由抒情主体提供。第二，聚焦是感受、精神心理、认知，和/或意识形态的视角，透过这一视角，各种事和存在物得以呈现，通过它加以过滤，并得以最终形成，在某些情况下，透过这一视角，它们被解释、被评价。[③] 有待注意的是，声音和聚焦需要加以区分，但这并不意味着排除此二者作为同一人物、同一来源的可能性。

当涉及调节实体时，可以区分出相互包含的四个（交流）层次。[④] 这

---

① 参见布鲁克斯（Brooks，1984）的情节（plot）概念。

② 关于个人身份的叙述构建，可参见如卡瓦瑞若（Cavarero，2000）、埃金（Eakin，1999）、柯比（Kerby，1991）、利柯（Ricoeur，1990）和沃辛顿（Worthington，1996）。

③ 参见热奈特（Genette，1980）、卡布里茨（Kablitz，1998）、兰瑟（Lanser，1998）、纽宁（Nünning，1990）和乌斯宾斯基（Uspensky，1973）。

④ 在抒情诗中对这一区分最初的研究，可在伯恩哈特（Bernhart，1993）、伯多夫（Burdorf，1997）、霍恩（Hühn，1995，1998）和舍内特（Schönert，1999）的研究中发现。

些层次分别是：第一，文本的经验作者/创作者；第二，抽象作者/写作主体；第三，抒情人/叙述者；第四，主人公/人物。像抒情人一样，主人公或人物可以具有声音。

在分析过程中，经验作者仅只是在当需要确定我们所界定的框架和脚本，以及我们所涉及的词语的意义在作者写作该诗时具有历史合理性时才加以考虑。

抽象作者/写作主体对文本中通过形式、风格、修辞与转义结构而包含在其中的价值、规范和意义系统负责。这一结构是一种态度或立场，应该将它作为一种构建，而不是把它作为一个个性化的人而对待。① 比如，在这个层面上，我们可以从他或她独特的个人视角，看出抒情人/叙述者的话语被（必要地）排除在外，我们从中可以发现隐含的动机因素或问题。② 因此，这一层次可以更为确切地描述为一种二阶观察，它是比抒情人和聚焦者居于更高位置的视角的来源，可以说是在抒情人和聚焦者之后建立起来的。③ 它也可以描述为视角的特殊形式。就如在华兹华斯《水仙花》中的隐喻语言中所显示的那样——在抒情人的背后——他如何渴望在孤寂的状态下找到同伴，而且有一种自发的体验，在这种体验中，他突然将这一欲望作为一种找到同伴的感觉投射到自然中，然后，在不知道从这种体验中汲取他的诗的灵感之前，自称已经从自然中获得了这种感觉。

在抽象作者和抒情人之间做出确切的区分总是有赖于解释，更为确切地说，取决于我们归因于哪一个。我们必须确定我们所归属的叙述者（有时也就是叙述的我）和抽象作者的心理特征和自我意识水平。我们也必须认识到，在有些情况下，做出这样的区分是明显受阻的（如莎士比亚十四行诗的第71首和138首）。抒情人/叙述者的可靠性问题可以依他或她与抽象作者之间的关系而决定：抒情人话语和文本构成（即抽象作

① 关于以这一方式设想抽象作者实体的正当理由（该理由遭到相当多的批评），可参见，比如查特曼（Chatman，1990）。

② 参见伊斯索普（Easthope，1983）、霍恩（Hühn，1998）。

③ 参见卢赫曼（Luhmann，1990，1995）。

者）之间的矛盾表明前者的不可靠性。就如叙事文学中的叙述者那样，不可靠性和非全知的现象也可在抒情诗的抒情人中发现，这一直是以前未加注意的问题。

四、文本选择和分析的安排

对抒情诗进行叙事学分析的方法的应用潜力，将在对从 16 世纪延续到 20 世纪末共 18 首英语抒情诗的整体探讨中表现出来。尽管它们涵盖了不同的时代与作者，但为了使分析具有可比性，所有文本还是要求具有常见的独特的主题特征：抒情人必须具有清晰的自反性，或使他或她自己成为诗歌的主题。这一选择并不反映一种对抒情诗文类的主观理解，相反，它的动机恰恰是由于观察到这样一种事实而产生的，即在所有时代有代表性的选集的大量英语抒情诗中，都可发现明显的自我反映的抒情人。① 所选的诗歌可以认为是英语抒情诗中既定典范的一部分，因为在通常运用的主要诗歌选集中，它们大部分（或至少前现代主义的那些诗歌）都可以找到。② 对作者的选择是从尽可能包括最著名的作者，并涵盖尽可能多的时代和风格这一角度出发的。

在随后的探讨中，我们的主要目的是表明在将叙事学的分析方法运用于实践时的益处。首先在这里描述在该系统语境中所采用的概念和术语，其目的在于如何将这一导论中描述的方法作为付诸实践的模型，而不是在对前面的评估详细讨论的基础上提供一个全面的阐释；参考文献的选择也限定在有代表性的著作上。本书最后的结论部分的分析，则表明了第二个目的，也就是运用我们所进行的叙事学研究，说明在抒情诗中所发现的叙

---

① 为说明在三部常见的选集中运用第一人称视角或自我反映的抒情人在诗歌中的突出地位，我们要指出，这种情况在其中分别占约翰·海沃德（John Hayward）编辑的《企鹅英诗集》（1956）的 88％，克里斯多夫·里克（Christopher Rick）的《牛津英诗集》（1999）的 76％，保罗·基甘（Paul Keegan）的《新企鹅英诗集》（2000）的 74％。

② 参见上面注释所列的三部选集。

述结构的突出特征。

参考文献

Bal，Mieke (1985)．*Narratology：Introduction to the Theory of Narrative* (Toronto)．

Barthes (1994)．*The Semiotic Challenge*，tr. Richard Howard (Berkeley)．

Bernhart，Wolfgang (1993)．"Überlegungen zur Lyriktheorie aus erzähltheoretischer Sicht"，in：Herbert Foltinek，Wolfgang Riehle，and Waldemar Zacharasiewicz (eds)，*Tales and 'their telling difference'：Festschrift für Franz K. Stanzel* (Heidelberg)，359-375．

Brooks，Peter (1984)．*Reading for the Plot：Design and Intention in Narrative* (Cambridge，MA)．

Bruner，Jerome (1990)．*Act of Meaning* (Cambridge，MA)．

Bruner，Jerome (1991)．"The Narrative Construction of Reality"，in：*Critical Inquiry* 18，1-21．

Burdorf，Dieter (1997)．*Einführung in die Gedichtanalyse* (Stuttgart and Weimar)．

Cavarero，Adriana (2000)．*Relating Narratives：Storytelling and Selfhood*，tr. P. Kottman (London)．

Chatman，Seymour (1978)．*Story and Discourse：Narrative Structure in Fiction and Film* (Ithaca，NY)．

Chatman，Seymour (1990)．*Coming to Terms：The Rhetoric of Narrative in Fiction and Film* (Ithaca)．

Culler，Jonathan (1975)．*Structuralist Poetics：Structuralism，Linguistics，and the Study of Literature* (London)．

Eakin，Paul John (1999)．*How Our Lives Become Stories：Making Selves* (Ithaca，NY)．

Easthope，Antony (1983)．*Poetry as Discourse* (London)．

Eco，Umberto (1979)．*The Role of the Reader：Explorations in the*

Semiotics of Texts (Bloomington).

Genette, Gérard (1980). *Narrative Discourse: An Essay in Method*, tr. J. E. Lewin (Ithaca, NY).

Greimas, Algirdas Julien (1966). *Sémantique structurale*, *Langue et Langage* (Paris).

Greimas, Algirdas Julien, and Joseph Courtés (1979). *Sémiotique: Dictionnaire Raisonné de la Théorie du Langage*, *Langue Linguistique Communication* (Paris).

Hayward, John (ed.) (1956). *The Penguin Book of English Verse* (Harmondsworth).

Herman, David (2002). *Story Logic: Problems and Possibilities of Narrative* (Lincoln).

Hühn, Peter (1995). *Geschichte der englischen Lyrik*, 2 vols (Tübingen).

Hühn, Peter (1998). "Watching the Speaker Speak: Self-Observation and Self-Intransparency in Lyric Poetry", in: Mark Jeffreys (ed.), *New Definitions of Lyric: Theory, Technology, and Culture* (New York), 215-244.

Hühn, Peter (2002). "Reading Poetry as Narrative: Towards a Narratological Analysis of Lyric Poems", in: Christian Todenhagen and Wolfgang Thiele (eds), *Investigations into Narrative Structures* (Frankfurt/Main), 13-27.

Hühn, Peter (2005). "Plotting the Lyric: Forms of Narration in Poetry", in: Eva Müller-Zettelmann and Margarete Rubik (eds), *Theory into Poetry: New Approaches to the Lyric* (Amsterdam and Atlanta) (forthcoming).

Hühn, Peter, and Jörg Schönert (2002). "Zur narratologischen Analyse von Lyrik", in: *Poetica*, 34, 287-305.

Kablitz, Andreas (1988). "Erzählperspektive – Point of View – Focalisation: Überlegungen zu einem Konzept der Erzähltheorie", in: *Zeitschrift für französische Sprache und Literatur* 98，237-255.

Keegan，Paul (ed.) (2000). *The New Penguin Book of English Verse* (London).

Kerby，Anthony Paul (1991). *Narrative and the Self* (Bloomington, IN).

Lanser，Susan S. (1981). *The Narrative Act：Point of View in Prose Fiction* (Princeton，NJ).

Lotman，Jury M. (1977). *The Structure of the Artistic Text*，tr. R. Vivon (Ann Arbor).

Luhmann，Niklas (1990). "Weltkunst"，in：N. Luhmann，F. D. Bunsen，and D. Baecker (eds)，*Unbeobachtbare Welt：Über Kunst und Architektur* (Bielefeld)，7-45.

Luhmann，Niklas (1995). *Die Kunst der Gesellschaft* (Frankfurt/ Main).

Martínez，Matías，and Michael Scheffel (1999). *Einführung in die Erzähltheorie* (München).

Müller-Zettelmann，Eva (2000). *Lyrik und Metalyrik：Theorie einer Gattung und ihrer Selbstbespiegelung anhand von Beispielen aus der englisch- und deutschsprachigen Dichtkunst* (Heidelberg).

Nünning，Ansgar (1990). "'Point of View' oder 'Focalisation'? Über einige Grundlagen und Kategorien konkurrierender Modelle der erzählerischen Vermittlung"，in：*Literatur in Wissenschaft und Unterricht* 23，249-268.

Pier，John (2003). "On the Semiotic Parameters of Narrative：A Critique of Story and Discourse"，in：Tom Kindt and Hans-Harald Müller (eds)，*What is Narratology? Questions and Answers Regarding the Status of a Theory* (Berlin and New York)，73-97.

Pratt，Mary Louise (1977). *Toward a Speech Act Theory of Literary Discourse* (Bloomington).

Prince，Gerald (1987). *A Dictionary of Narratology* (Lincoln).

Rastier，François (1972). "Systématique des Isotopies"，in：A. J.

Greimas (ed.), *Essais de sémiotique poétique*, Langue et langage (Paris), 80-106.

Ricks, Christopher (ed.) (1999). *The Oxford Book of English Verse* (Oxford).

Ricœur, Paul (1990). *Soi-même comme un autre* (Paris).

Rimmon-Kenan, Shlomith (2002). *Narrative Fiction: Contemporary Poetics* (London and New York).

Schank, Roger, and Robert Abelson (1977). *Scripts, Plans, Goals and Understanding: An Inquiry into Human Knowledge* (Hillsdale).

Schmid, Wolf (1982). "Die narrativen Ebenen 'Geschehen', 'Geschichte', 'Erzählung' und Präsentation der Erzählung", in: *Wiener Slawistischer Almanach* 9, 83-110.

Schmid, Wolf (2003). "Narrativity and Eventfulness", in: Tom Kindt and Hans-Harald Müller (eds), *What is Narratology? Questions and Answers Regarding the Status of a Theory* (Berlin and New York), 17-33.

Schönert, Jörg (1999). "Empirischer Autor, Impliziter Autor und Lyrisches Ich", in: Fotis Jannidis, Gerhard Lauer, Matias Martínez, und Simone Winko (eds), *Rückkehr des Autors. Zur Erneuerung eines umstrittenen Begriffs* (Tübingen), 289-294.

Schönert, Jörg (2004). "Normative Vorgaben als 'Theorie der Lyrik'? Vorschläge zu einer texttheoretischen Revision", in: Gustav Frank and Wolfgang Lukas (eds), *Norm – Grenze – Abweichung: Kultursemiotische Studien zu Literatur, Medien und Wirtschaft. Michael Titzmann zum 60. Geburtstag* (Passau), 303-318.

Semino, Elena (1995). "Schema Theory and the Analysis of Text Worlds in Poetry", in: *Language and Literature* 4, 79-108.

Titzmann, Michael (2003). "The Systematic Place of Narratology in Literary Theory and Textual Theory", in: Tom Kindt and Hans-Harald Müller (eds), *What is Narratology? Questions and Answers Regarding the Status of a Theory* (Berlin and New York), 175-204.

Tomashevsky, Boris (1965). "Thematics", in: *Russian Formalist Criticism: Four Essays*, tr. with an introduction by L. T. Lennox and M. J. Reis, (Lincoln), 61-95.

Turner, Mark (1996). *The Literary Mind* (New York).

Uspensky, Boris A. (1973). *A Poetics of Composition* (Berkeley).

Warning, Rainer (1997). "Interpretation, Analyse, Lektüre: Methodologische Erwägungen zum Umgang mit Lyrischen Texten", in: Rainer Warning, *Lektüren romanischer Lyrik: Von den Trobadors zum Surrealismus* (Freiburg i Br.), 9-43.

Wolf, Werner (2002). "Das Problem der Narrativität in Literatur, bildender Kunst und Musik: Ein Beitrag zu einer intermedialen Erzählliteratur", in: Vera Nünning and Ansgar Nünning (eds), *Erzähltheorie transgenerisch, intermedial, interdisziplinär* (Trier), 23-104.

Worthington, Kim L. (1996). *Self as Narrative: Subjectivity and Community in Contemporary Fiction* (Oxford).

第一章　托马斯·怀亚特：
《她们离我而去》

她们离我而去，让我有时找寻
光脚在我的卧房里偷偷找寻。
我曾看到她们温柔、驯顺而亲切，
现在却显得野性，想不起
5　她们有时将自己置于危险中
拿我手里的面包，如今她们忙着
来回地寻求不断的变化。

感谢命运曾经另外让它
好过二十倍，但只有特殊的一次，
10　薄薄的衣装让人心荡神移，
她宽松的长袍从双肩滑落
纤细的双臂久久拥我入怀，
甜蜜的亲吻即刻向我覆盖，
柔声说"我的心肝，你喜欢吗？"

15　那不是梦：我醒着躺在床上。
但所有深入我心的和善
以让人陌生的方式离去。
我已脱离了她的美善，
她也用上了新花样。
20　既然我已如此体贴地献身，

我真想知道她是不是值得。①

托马斯·怀亚特（1503—1542），该诗 1557 年首次发表于托特尔（Tottel）的《杂集》中。

一、抒情诗与彼特拉克传统

托马斯·怀亚特不仅是 16 世纪英国抒情诗歌重振时最重要的诗人之一，而且以他对意大利诗歌的翻译及他自己的诗歌创作，与萨里一起，在英国抒情诗歌中建立起彼特拉克爱情诗的传统。彼特拉克爱情诗的模式出自他的《歌集》（Canzoniere），这是他为劳拉所写的十四行诗，它在大约三百年的时间里持续成为欧洲诗歌最重要的参照点，也在抒情诗歌中成为情感表达的一种核心方式。彼特拉克诗歌模式的基本状况是：一位男子追求一位具有宫廷背景、社会地位高贵的女子，由于社会与道德原因，他的欲望不能实现。无法实现的原因可能包括女性的贞操感、女子高贵的社会地位，或她已婚这样的事实。由于情人对他的拒绝而产生的失望和悲伤具有特殊的意义，因为它们的主要后果就是促使他转向自省和自律。遭遇拒绝和挫折迫使情侣在认知上对他的经历做出反应，思考在爱情状态中与他的角色相关的身份。

怀亚特的诗歌明显地与这一模式啮合，但它是以一种非惯常的方式出现的。它对彼特拉克爱情传统的偏离不仅在于它的形式上，说到底还在于它的内容上。② 怀亚特没有转向彼特拉克所选择的十四行诗的形式，而是运用了具有七行的诗节，将他的诗歌与乔叟在他的爱情史诗《特罗勒斯与克丽西德》中运用的宫廷韵律形式关联起来。然而，在他对基本素材（情

---

① Sir Thomas Wyatt, *The Complete Poems*, ed. R. A. Rebholz, Harmondsworth, 1978, pp. 116-117.

② 怀亚特对彼特拉克的某些偏离不仅表现在对彼特拉克的发展上，还表现在对他的批评上。参见格斯（Gus, 1974：218f）。格斯解释了怀亚特抒情诗歌对彼特拉克传统的偏离的成分，认为这不是一种挑衅式的批评，而是将彼特拉克传统、早期英国爱情诗和斯多葛学派思想成分创造性结合的产物。

人与其所崇拜的女子）的发展中，怀亚特果断地突破了传统，让情人受挫的体验和对它的表达成为适于这一模式的唯一特征。通过让失望的情人对女子表示怀疑，而不是对她进行赞美，通过同时爱上几位女子，而不是引起他失望的唯一的一位，怀亚特违背了传统。说到底，对于传统尤为让人吃惊的背离在于，情人找到了他性的满足。以对性的充分表达而对隐含规则表现出公然弃绝，在多恩的抒情诗歌中甚至可以发现更为激进的形式。①

二、人物、交流状况与视角

诗歌中以内在式聚焦展现的发生之事，是由一位自身故事的抒情人（autodiegetic speaker）呈现给我们的，这一抒情人替换着在这些事情发生之时和对它们进行回忆时的叙说。除抒情人之外，人物还包括一系列他以前的情侣和一位匿名的女子。概括而言，发生的事情包括如下一些要素：抒情人已被抛弃，他对这一抛弃做出反应，回忆他与一位女子存在着两性关系，同时又保持与其他女子两性关系的幸福时光。抒情人叙说了他现在的爱情状态，这一状态的特征是，那些最初寻求与他共度时光的女子现在都在逃避他。尽管感到失望，他并不试图劝说他以前的情人恢复他们的关系。他叙述行为的目的在于表达自己的不满，以帮助他面对与以前的情人们分离所产生的挫折。

三、过去与现在状况的并举

诗歌开头一行就清楚地表明，在诗歌的叙述行为之前有一个事件，这一事件对抒情人的意义在于，它决定性地打破了他现在与过去的状况。这一事件涉及抒情人与他的情人们性爱关系的结局。过去，她们寻求他的爱，情愿向他奉献自己，但如今她们却避开他。抒情人并不试图在自己身上找

---

① 比如，爱情的性的满足在多恩的《封圣》一诗中也是十分重要的。

出某些原因，来解释他先前的情人何以不再觉得他具有吸引力；相反，他提出她们习惯于不忠和反复无常："如今她们忙着/来回地寻求不断的变化"（第6～7行）。人物地位的变化在叙述行为开始以前就明显地出现了。从他的观点来看，他以前控制着这些女子，如今她们却与他拉开距离，不再寻求他的出现。在叙述时，先前的情人享受着她们的独立，这阻止了抒情人对她们行使他的权力，阻止了与她们的性接触："我曾看到她们温柔、驯顺而亲切/现在却显得野性，想不起/她们有时将自己置于危险中"①（第3～5行）。这一转变也使彼特拉克传统的情人角色的观念发生了反讽性的变形，按照彼特拉克的传统观念，情人应该理解成男子为追求所爱的女子而献身的人。不过在这首诗的第三诗节，抒情人又再度试图解释他状况中的这一变化，他将自我描绘为已经尽力效劳："我已如此体贴地献身"（第20行）。

诗歌两度叙说了过去的两性结合。在第一诗节中，叙说了与不同女子反复出现的结合；第二诗节的叙说则牵涉仅发生在一位特殊女子身上的一次。先前的情人全都作为具有同样特征（"温柔、驯顺而亲切"）的女性而回忆起来，但对这一特殊的情人的回忆却具有额外的性质：可以明显感觉到它是独一无二的（"只有特殊的一次"，第9行），女子说的话被逐字重复。抒情人现在的不幸由对这一饱含情欲的体验的回忆而增强："感谢命运曾经另外让它/好过二十倍"（第8～9行）。

四、过去的情人们不可置信

抒情人发现自己所面对的状况是他的性的欲望无法满足。他似乎没有任何机会在与另一个女子的相处中使自己得到安慰，因为从他的角度看，所有的女子都已离弃了他。他并不试图用他诱人的诗歌赢回他的女友②，

---

① 在中世纪英语中，这里的"危险"（danger）的主要意思指力量和影响，在现代英语意义上，"危险"具有额外的含义。

② 安德鲁·马弗尔《致他娇羞的情人》是诗歌中抒情人力图引诱一位女子的一个例子。

而是对她表示怀疑，否认她作为一位值得赞美的女性的地位。他单方面解释了他们之间的关系何以终结，从而损害了她的声誉。抒情人以"和善"（gentleness）一词描述自己对女性的行为举止，而通过含蓄地指责她抛弃她的温柔，以及她渴望获得其他男子的某种新的东西（"新花样"），从而断言她将他们的关系引向终结。在对他们关系结局的单方面分析中，抒情人未考虑这样一个事实，即他对女子行为的指责如同指责他自己一样，因为，就如第一诗节中所表明的，抒情人自己也有各种各样的爱情关系。抒情人抱怨失去的不仅是一位女子而同时是多位女子，这一事实表明，最后一个诗节的讽刺语调是一种反应，这一反应不是对单个人的让人失望的爱情的反应，而是对失去了先前女性允许他对她们施加影响的力量所产生的更为根本的失望的反应。抒情人对力量和权力的渴望，在第一诗节，从那些与动物相关的隐喻中尤为清楚地显露出来，这里不仅表现了女子对参与性活动的赞许，而且还将她们描述为具有驯顺、亲切和需要喂养的特征的人，从而强调了她们的依赖与顺从。抒情人丧失权力和力量与女性从驯顺到野性的变化是同一枚硬币的两面，通过返回她们不驯顺的状态，他以前的情人们离开了他的势力范围："我曾看到她们温柔、驯顺而亲切，/现在却显得野性，想不起/她们有时将自己置于危险中/拿我手里的面包"（第3～6行）。我们不能肯定地说抒情人是否确实对女性行使过他的权力，她们是否真正心甘情愿地期待他的出现，或者他的权力地位只不过是对他过去一厢情愿的想法。在他指责这些女子做那些他自己也在做的事情时，十分明显，他因为过于切近地卷入发生的事情中，以致不能清楚地看到自己在她们心中的地位。这损害了他的信誉，也清楚地表明，他对发生的事情的评价打上了出自他主观利益的烙印，从而在某种程度上是不可信的。

五、序列结构

诗歌中所呈现的发生之事的微观结构，可以区分为三个部分：过去的状态，它的特征是女子的反复接近；现在的状态，女子不再寻求抒情人的出现；以及他对这一状态的变化产生的反应。无法使这些女子回到过去，以及抒情人对此做出反应，追寻的是由失望而产生的报复的脚本，对女子的质疑，发生在对她放弃她的爱而做出的反应上。选择与动物相关的隐喻描绘女子的行为举止，意味着她们的缺失可以理解为回到野性的序列中。如果说她们开始是驯顺的，抒情人如今感觉她们是野性的。这样，回到野性的脚本就起到了第二个脚本的作用，在这一脚本中，女子的自许，道德上的评价，以及对她们的贬低都可以得到解释。

六、故事与事件

诗歌中可以界定出显著程度不同的三个事件。其中的两个可以描绘为抒情人所经历的事件（尤其是发生之事中的事件）：女子的缺失，这与他的期待或他的欲望形成了对照；以及抒情人在第二诗节中表现的饱含情欲意味的回忆。这一充满情欲的相会与其他会面截然不同，它显得如此清晰，给人的印象如此强烈，以至于需要将它明确地与梦境相区分："那不是梦：我醒着躺在床上"（第 15 行）。但是，读者却将它看作具有某种别样意味的重要内容：抒情人对女子的贬低，使他丧失了可靠性，至少表明他似乎对自己的滥交视而不见，以及他对自己以前情人的态度。在这首诗中，读者若期望从抒情人那里感受到可靠性以及获得恰当评价的信息，免不了会让人失望。

就这首诗的故事而言，一方面，可以看作丧失；另一方面，则是明显的成功但又不易辨识的疏远过程。在不能延续他的两性关系时，抒情人设法说服自己，他无须为失去以前的情人而感到悲伤，并通过他的叙述行动宣告她不再值得赞美。在加里·沃勒（Gary Waller）的论文中，提供了怀亚特诗歌的一个例证，说明宫廷爱情的话语不仅意味着描绘情人遭受痛苦与对女性的赞美，而且也力图获得对女性的控制："它似乎专注于描绘和理想化所爱的人，为她毫无怨言、不求回报地效劳，但实际上，它提供了一种控制和主导的话语。在情人理想化他所爱之人时，他也渴望控制她和她所主张的东西。"（Waller，1986：81）。由于从爱情话语向权力话语这一转换，我们牵涉一个中介事件：读者能够看到使这一转换出现的抒情人隐藏

的动机：受损害的虚荣心与爱情的丧失。领悟抒情人因丧失爱情所做出的
反应的真实性质具有重要的意义。

七、加文·尤尔特对抒情人的戏仿

加文·尤尔特对怀亚特《她们离我而去》的戏仿，可以看作对怀亚特
诗歌中的抒情人一个继起的评论。[①] 与怀亚特诗歌中的抒情人相比，尤尔
特诗歌中的抒情人揭示了前者存在的盲点。尤尔特诗歌中的抒情人意识到
自己没有权力、也没有能力去施加对女子的影响。然而，与早先诗中的抒
情人不同，他不掩饰自己失望背后角色的讽刺性交换，不再保持他所谓的
温柔，而是能公开表达他的失意和无权状况。诗中将女子描述为"婊子"
清楚地表明，这一抒情人已经不像怀亚特诗中的那样，他清楚地了解自己
在与以前情人的关系中的地位。

加文·尤尔特：《她们离我而去》

在眼下这一刻
女人们向我
大步走来的日子
已经消失了；
5　如今，一切都变了。
曾经的场景，
对我，100％更好。
亲吻她能做到
在裸着或半裸的状态。
10　怎么样，宝贝？
她的拥抱切切实实
使人更加快乐满足。

---

① Gawen Ewart, *Collected Poems* 1980-1990，London，1991，p. 90.

我已不再心存幻觉。

但是，说起那一位

15　我的放任让我

落入被抛弃的状况。

关系已不再延续。

如今，她可以求新了——

怎么样？真的！

20　我觉得情感已被剥夺。

好一个婊子！

（那是意味深长的！）

怀亚特故事中发生的事情反映出男性与女性之间一种不对称的关系，如尤尔特诗歌所表明的，这样的不对称关系直到 20 世纪依然值得讲。但是，发生变化的是，抒情人能够退后一步，思考他自己的地位。这一当代抒情人可以做怀亚特诗歌中的抒情人不能做的某些东西，换句话说，他能够承认并表达自己的无能为力——"（那是意味深长的）"。

参考文献

Estrin, Barbara L. (1994). "Taking Bread: Wyatt's Revenge in the Lyrics and Sustenance in the Palms", in: *Laura: Uncovering Gender and Genre in Wyatt, Donne, and Marvell* (Durham and London), 93-122.

Fox, Alistair (1997). *The English Renaissance: Identity and Representation in Elizabethan England* (Oxford).

Greenblatt, Stephen (1980). *Renaissance Self-Fashioning: From More to Shakespeare* (Chicago and London), 115-156.

Gus, Donald L. (1974). "Wyatt's Petrarchism: An Instance of Creative Imitation in the Renaissance", in: Lucius Keller (ed.), *Übersetzung und Nachahmung im europäischen Petrarkismus: Studien und Texte* (Stuttgart), 218-232.

Hoffmeister, Gerhart (1973). *Petrarkistische Lyrik* (Stuttgart).

Hühn，Peter（1995）．"Der Beginn der neuenglischen Lyrik im 16. Jahrhundert：Sir Thomas Wyatt und Henry Howard，Earl of Surrey"，in： *Geschichte der englischen Lyrik*. *Band I：Vom 16. Jahrhundert bis zur Romantik*（Tübingen），23-52.

Waller，Gary（1986）．*English Poetry of the Sixteenth Century*（London）.

Wyatt，Sir Thomas（1978）．*The Complete Poems*，ed. R. A. Rebholz.（Harmondsworth），116-117.

第二章　威廉·莎士比亚：十四行诗第 107 首

> 无论我自己的担忧，或茫茫世界
> 梦想着将要降临的先知的灵魂，
> 都无法制约我延续真正的爱，
> 即便此爱注定终将臣服于命运。
> 5　人世的月亮忍受了被蚀的苦难，
> 悲哀的占卜者嘲笑自己的预兆，
> 疑虑现在为自己戴上保险的桂冠，
> 和平在宣告橄榄枝永享葱茏。
> 在这最怡人的时光来临之际，
> 10　我的爱清新，死神在我面前降伏，
> 既然我将活在这不足道的韵律中，
> 任凭他将那木然无语的种族凌辱。
> 你将在这里发现你的纪念碑，
> 君王的金冠铜墓却销蚀无存。①

威廉·莎士比亚（1564—1616），该首十四行诗最先发表于 1609 年。

一、语境与结构

威廉·莎士比亚的十四行诗，包括第 107 首十四行诗，明显地居于由

---

① William Shakespeare, *The Sonnets and A Lover's Complaint*, ed. John Kerrigan, Harmondsworth, 1986, p. 130.

彼特拉克《歌集》所开创的爱情十四行诗的文学传统中。然而，与此同时，他的十四行诗又完全重构了彼特拉克诗歌的惯常状态。在彼特拉克的诗中，以美与真相结合作为原型的女士既追求强烈的爱情，又渴求情人的无上崇敬。情人身上始终未能摆脱一个两难困境，即欲望与放弃二者间的冲突。莎士比亚的十四行诗通过将爱情与友谊相分离，并将其指向不同的个人，从而试图解决因不相容的态度和情感归于一个，且同一个人而导致的这一两难困境。这使它对实现两方面的要求都具有理论上的可能性。无私的赞赏和崇敬归之为朋友，一位不同寻常，明显具有很高社会地位的英俊男子（第1～第126首十四行诗）；而爱情则归之为一位黑肤女子，一个迷人的、时时渴望被爱的性感女子（第127～第152首十四行诗）。然而。在他的十四行诗中，我们遇到许多迹象，表明解决这一两难困境在两方面最终都并不成功（参见 Hühn，1997）。

对第107首十四行诗的分析，必须要考虑这首诗在莎士比亚总的十四行诗中的背景，尤其是他十四行诗的头一部分（即向一位年轻男子叙说的部分）中的背景。这一背景主要应被视为男子之间的亲密友谊，连同艺术家与对之赞赏并支持其需求的赞助人之间的关系。他诗歌的这一部分，尤其是第107首十四行诗的特点，表现在框架的界定不断在友谊与赞助这两方面交错而行。向一位朋友和赞助人表示艺术和诗歌敬意的过程可以确定为诗歌的脚本，这一脚本被结合进诗歌的框架中。[1]

莎士比亚第107首十四行诗的发生之事包括三个部分：抒情人个人的友谊，他由于受到威胁（不明原因）而产生的担忧，不过最终得以化解；从中导致产生和平与稳定的公共政治事件（同样未加解释）；以及抒情人对他文学才能充满自信的断言（下面将详述）。诗歌对其中的暗指未有解释，这引起了涉及确定该诗年代及破解其中历史指涉的大量研究。[2] 但是，诗歌中影响其意义的政治指涉仅只在这样的范围内出现，即它们容许抒情人在表

---

① 关于赞助和赞助人的主题，参见如桑德斯（Saunders，1964）和马瑞蒂（Marotti，1982）。

② 参见卡尔弗特（Calvert，1987）、克里根（Kerrigan，1986：313-320）和邓肯-琼斯（Duncan-Jones，1997：324）。

现公共政治状况的发展时将其作为故事的决定性转折点，并确定和影响他与其朋友和赞助人的关系以及稳定他在这一背景中的身份之时（见下述）。

诗中含蓄地激发崇敬这一脚本，由一系列陈述表现出来。抒情人声称他对朋友和赞助人的忠诚和爱是永续不断和真心诚意的，而这受到了来自第三方或某种公共状况的威胁："无论我自己的担忧，或……先知的灵魂/都无法制约我延续真正的爱"（第1～3行）。最终，他保证这首诗将为他朋友预先准备一座相称的纪念碑，以使对他的纪念永世长存："你将在这里发现你的纪念碑"（第13行）。确实，对具体脚本的指涉直到以某种方式进入诗篇以前都未出现，但这并未改变这一事实，即它所蕴含的规范使我们从诗歌文本一开始就期待着，它将以表达出某种崇敬而宣告结束。不过，这里也有三个具有某种趋势的迹象偏离了这一脚本。第一，抒情人对友谊的声言是在遇到危机的时刻，是在面对即将到来的对这一关系的威胁时发出的（"即便此爱注定终将臣服于命运"，第4行）。个人的担忧和公共的预兆都预见了这一威胁，这意味着，他个人意义上的发展是与公共政治变化紧密联系在一起的（这一联系的确切性质并不明确）。第二，引人注目的是，抒情人只是从他个人的角度描述他与他朋友之间的友谊关系，而不是强调他们共同的伙伴关系，他只运用第一人称单数形式的物主代词，而不是复数"我们的"（"我……真正的爱"，第3行，着重号是作者的强调，还可见第10行）。第三，关键在于，诗中早先出现的偏离友谊和赞助的框架以及崇敬这一脚本，以出乎意料的事实表现出来：抒情人关于他诗歌才能的陈述没有描述出对他为之效力的朋友和赞助人的崇敬之意，而是赞美他自己（"我将活在这不足道的韵律中"，第11行）。结果，诗歌的事件性就在框架中的突然重新厘定，以及随之而来的脚本突然变成诗人的自我永生中表现出来。以这一方式，叙述本身构成为这样一个故事，这个故事以友谊作为开始，持续这一存在，最终以诗人以他自己作为诗歌的主题而宣告结束。

二、序列结构：威胁与稳定

在莎士比亚第107首十四行诗中，发生之事的详细呈现，是将一系列事情安排进一个结构中组织起来的，这一结构保持不变，但是它的指涉（从而也包括它的意义）在诗歌的进程中却几度发生变化（在私人与公共领域之间）。这一抽象的序列图式，构成了一个运动过程，从开头受到威胁到形成与之对照的稳定状态。这一类型从诗歌开头便开始产生影响，在开头，构建出首个四行诗节，这一四行诗节表现在友谊和赞助（"我……真正的爱"）① 这一更大序列的次序列中。在莎士比亚整个诗歌总的背景下，与在这首特定的诗的思想发展过程中，其中运用的"我的爱"（第10行）及第13行的呼语，两者都意味着这些词指涉的是友谊（抒情人与他作为赞助人的朋友的友谊关系）。而建立在抒情人和年轻男子之间的友谊受到了威胁（"此爱注定终将臣服于命运"，第4行）。这体现出抒情人个人的担忧（"我自己的担忧"，第1行），和与之平行的、模模糊糊的公众对于未来的关注（"茫茫世界……先知的灵魂"，第1～2行）②。抒情人以否定的叙述对这些担忧做出反应，普林斯（Prince 1988）将此类叙述称之为否定叙述（disnarrated）。他叙说了可以概括为预期的威胁并未得逞，这种否定指向了未来关系的稳定（"无论……或……/都无法制约我延续真正的爱"，第1～3行，着重号为作者所加，以下正文中的着重号均为作者所加，不再一一说明）。诗歌并没有说明担忧后面的原因，或它是如何被化解的，但是对于潜在危险的两个解释却将它们表现了出来：这就是所有一切的短暂无常，以及朋友的不断离去（与这一主题接近的十四行诗，尤其明显地表现在莎士比亚的第87～96首十四行诗中）。通过不接受这些预期未来（"梦想着将要降临"，第2行）的故事，并否定先知，抒情人断言他具有稳定地掌控这一关系的能力。坚信长久的爱能够得以持续，这可以视为叙述的"我"具有的力量和高度自信的第一个迹象。

诗歌的第一个四行诗节涉及私人领域和公共政治事务，两者以平行的方式展开。这一连接随后被进一步发展为带有两个部分的第二序列，分别

---

① "爱"（love）一词在赞助（patronage）的话语语境中的意义，参见，如巴雷尔（Barrell，1984：24-26）。

② "先知的灵魂"（Prophetic soul）在这里可以理解为公众意义上（与个人意义相对）所持有的看法。

是第二个和第三个四行诗节。第二个四行诗节宣告了稳定的政治状况的开始，这一公共状况的发展接着引出一个平行的稳定状态，这就是第三个四行诗节中出现的抒情人个人的稳定状态。① 第二序列（即第二个和第三个四行诗节）基本上是以同步的方式叙述的。然而，与此同时，抒情人回顾过去，并从现在期望未来。他的叙述以对过去的指涉（"人世的月亮忍受了被蚀的苦难"，第 5 行）引领出目前的状况，并做出一个涉及未来的预测（"和平在宣告橄榄枝永享葱茏"，第 8 行）。我们现在可以看到这两个序列（即第一个和第二个四行诗节）由时间的间隔（时间省略）而分离开来。在它们的间隔中，状况是稳定的，这由第二个序列中的时间"现在"表现出来，它显现的特点是安全。这一预兆毫无保留地承认，预言并未实现，从而肯定了在此之后抒情人在第一个四行诗节中对危险（"先知的灵魂"）预测的预先否定。状况变为稳定的原因在于，无害的月食已经过去，这明显是对具体的政治演变的一个隐喻，它的结束表明受威胁的秩序得以恢复正常。②

这一新获得的稳定状况，是在未来延续目前的公共状况的基础。和平本身可以成为抒情人和行动者宣告自己无止境的存在。这样，在第二序列的第一部分（第二个四行诗节）中，我们再次看到这一图式，即威胁与稳定并置，稳定随威胁而来。引人注目的是，以一种类似我们在第一个四行诗节中发现的方式，危险并不是外在造成的，而可以说是内在固有的。就如在第一个四行诗节中那样，运用人格化的方式提供一种抽象的存在，各种事动态地呈现，从而赋予它们以行动者的地位，"疑虑"和"和平"被用作语法上的主语。不过，参照的结构框架却改变了，指涉的不再是抒情人与他朋友之间的关系，最为重要的，是受到威胁和稳定影响的政治上的发

---

① 抒情人又一次没有解释何以他的友谊会受到变动的政治状况的影响。

② 试图确定这首诗的年代通常会在对"人世的月亮"这一表达进行阐释的基础上将它在当时的语境中重构。它往往被理解为指涉伊丽莎白一世，她在 1603 年去世。与所有那些感到担心的预测相反，詹姆斯一世平静地继承王位，并未出现动荡。参见，如克里根（Kerrigan，1986：313-320），他明显地将"忍受"（endured）理解为"受痛苦"（suffered）之意。尽管有（"人世"）女王之死，王位的承续并未中断，和平与秩序依然保持着。

生之事。①

三、从崇敬到朋友到诗人的自我永生

在第一个四行诗节中，通过私人和公共因素之间的类比，威胁成为主题（并被否定）。同样地，在从第二个四行诗节转换到第三个四行诗节中，在谈到稳定的过程时也出现了类似的平行，并具有因果相援的含义。这一平行存在于总的政治状况与抒情人个人友谊的状况间，如在第二个四行诗节的第二部分："在这最怡人的时光来临之际/我的爱清新……"（第9～10行）。选择"怡人"作为政治状况恢复的隐喻，不仅强调了在疾病和危机之后得以恢复、身体健康，从而获得（医学上的，因而是与个人相关的）稳定的内涵，而且以死与生的对比，隐含地引出抒情人从朋友到诗人的角色和身份的转变。这一角色的转变引发了主题参照框架相应的重新编码，从友谊/赞助人的关系，转到成为一个诗人，这一状况的转变，也是从崇敬到通过写作而获得自我永生这一隐含脚本的重新界定。威胁之后的稳定这一叙述序列突然变得具体了，并被重新界定为从短暂的无言进展到诗人在他诗中的永久纪念："我将活在这不足道的韵律中"（第11行），作为对战胜死亡的胜利，使自己服从于抒情人的对手以书面对比的形式如此叙说："死神在我面前降伏"（第10行）。文学写作过程所赋予的永恒性（正如这一点所暗示的），现在不再在抒情人和年轻男子之间分享，而明显只属于一个单个的人：作为个体的抒情人。

这样，作为诗人的抒情人角色的这一主题化，表明早先开始并延续的叙述序列的框架出现了重要转变：威胁和连续性的抽象结构图式仍保留着，

① "人世的月亮"解释为指伊丽莎白一世和她死后王朝向詹姆斯一世转换这样的看法，这一看法尤其可由诗中的"桂冠"（crown，第7行）和"怡人"（balmy，第9行，指涉国王在加冕典礼上的涂油礼）的枚举而得到支持。参见克里根（Kerrigan，1986：313-320）。

但却充满着不同的语义内容。① 诗人具有保证某些东西将永存的力量，因为他具有不同一般的语言才能；他能够通过将短暂易逝的生命转入文学作品的长存不朽中，从而使前者得以保留，并面对短暂与永恒。这种能力将诗人从所有那些注定将被遗忘，并将被死亡超越的人们（"木然无语的种族"，第12行）中区隔开来，因为他们缺乏的正是言辞。如在前面的（次）序列中那样，威胁与生存间的对照强调了持久性，并以预期被打破的形式，为之提供事件性。诗歌助长记忆的力量使抒情人得以活在他的诗篇中，这与生物学上的死亡意味着人的存在的结束这一预期相矛盾。② 但是，与诗歌框架的变化相比，用诗来比喻人生的意义没有那样重大，前者使抒情人一下子转换了诗歌的主题焦点，从他作为朋友的角色转为作为诗人的角色，并确信他自己将永恒不朽。在结尾的两行诗句中，诗人的序列继续着，并且得出了结论，抒情人以他的能力保证将要永存，而这也适用于他的朋友。以建筑的隐喻暗指对修辞艺术的纪念（以纪念碑作为记忆的媒介），他许诺给他朋友以诗的纪念。他所保证的这一允诺（"你将在这里发现你的纪念碑"，第13行）仍然是在崇敬的图式中完成的。但是，这不过是一种形式上的完成，因为允诺的意义是作为一种崇敬的行为而产生的，是隐含的，并且由于它实际上意味着抒情人的地位超越了他朋友的地位而明显是有限的。尾联不仅强调了朋友的存在对抒情人的依赖，而且，在抒情人将注意力指向他自身生命永存的同时，运用纪念碑作为隐喻，也与朋友在肉体消失后依然长存的思想联系在一起。

---

① 明斯基（Minsky, 1979）引入"框架置换"（replacement frame）这一术语，指一个解释过程中框架的变化。框架置换将出现一个新的参照框架。当先前的框架不再胜任对所提供的材料进行解释时，一个能接受这些材料的接受者将被引入，从而出现新的框架。为了理解第107首十四行诗第三个四行诗节序列的连续性，有必要改换诗歌的框架。然而，这一新的框架并未取代先前的友谊的框架；友谊的框架必须保持活力，保留为一个陪衬，以使突然出现的意义变化可以感受到。

② 永生的主题是一个传统的主题，这一传统主题部分地可以追溯到奥维德《变形记》的结尾以及贺拉斯《卡米拉》（*Carmina*）的第三卷。参见本书济慈《忧郁颂》中类似的主题运用。

四、事件性

现在可以看出，莎士比亚第 107 首十四行诗的叙述结构在两个层次、两种不同强度上显示出事件性。在诗歌序列的层次上，事件——一个发生之事中的事件——以必须克服的危险这一形式出现，因为一系列受到担忧的否定的事从未被具体化。此外，对序列的重新解读（以脚本和框架发生变化的形式出现），也是一个事件——一个呈现事件，更确切地说，是以媒介事件形式表现的事件——在变化应被看作发生在呈现层次上，从而归因于抒情人关注的范围之内。后一个事件的事件性大于前一个——威胁与生存的序列几度重复，从而逐渐变得可预见。但是，框架的变化却在意料之外出现，并从根本上破坏了已经成型的阐释图式。这一后来发生变化的事件性，可以通过分析友谊在序列中的地位和诗歌对于两个人物的（力量）关系而更为确切地进行解释。叙述所陈述的功能从促进抒情人的努力，到确保他的友谊，到帮助他保证自己作为诗人的生存而发生着变化。① 两个男子之间力量关系的变化，暗示着第一个四行诗节所断言的他们之间友谊的稳定性受到了质疑。通过将他的角色主题化为一位诗人，而不是包含在他对友谊赞美的崇敬中，抒情人描绘了友谊和赞助人之间不对称的关系，并将其反转过来，使诗人获得力量。这一力量关系的变化，在第二序列的结尾，从几个方面显现出来。抒情人并没有建议他和他朋友作为他诗歌中的两个朋友共同生活在一起，而是把两个不同未来的计划安排在他的诗歌中。② 由于抒情人已经确认他将永存（"我将活在"，第 11 行），因而朋友也

① 法恩曼（Fineman，1986）也注意到莎士比亚的十四行诗用这种方式突破了传统的崇敬脚本，但他没有进一步考虑第 107 首十四行诗。法恩曼将莎士比亚对诗人主体性的发现置于他表现崇敬的那种悖论性形式上，在这里，崇敬与它具颠覆性的伪装之间不再有明显的区别。

② 维克斯（Vickers，1989）指出，与第一人称和第二人称单数代词在莎士比亚十四行诗中的反复重复运用相比，运用复数"我们"和"我们的"在莎士比亚的十四行诗中相当罕见，且往往表示不稳定的整体。

将随之长存（"你将在这里发现你的纪念碑"，第 13 行）。诗歌已经在那儿存在着，但朋友只能在他死后才能用上它。诗人自觉地表现了他自我的生存，并以谦虚的传统说法（"不足道的韵律"，第 11 行）来加以强调，运用他艺术的至高无上以超越死亡，从而逆转了对传统的赞助关系的依赖。即便朋友在经济上和社会上都有着优越的地位，但他却无法保证在没有获得外来帮助的情况下死后依然能够永存。他属于"木然无语的种族"，因而必须转向他的诗人朋友，以求在诗歌中获得永存。

在莎士比亚整个十四行诗的背景下，第 107 首十四行诗被置于朋友的伤害行为和因离去而引起的疏远过程中（特别参见莎士比亚第 87～96 首十四行诗）。如果我们在分析中考虑这一背景的话，那么，诗歌的事件性和它叙述的交流功能都可获得一个额外的意义。框架的改变现在可以看作依然存在着危机的迹象，强调诗人的力量可获得永存，相应地可以理解为一个具有重要意义的转移，以这一转移，抒情人如果不能说服他的朋友改变思想，并再次显示他原有的感情，那么抒情人至少意欲表明他对于他朋友具有的独立和力量。这样，叙述行为就获得了语用功能，因为它试图对抒情人与他朋友间的关系产生直接影响，而不是简单地表现它。从交流的角度来看，诗歌的事件性可以在两个不同延伸的语境中界定。在诗歌叙述之中，它可被描述为一种自我主张的行动和对力量的宣称；之外，在一个可能的更大的交流语境中，则可被描述为一种意图，意图指导友谊的发展——也就是说，使诗歌开头强调的断言友谊的持久性变为现实。

这首诗的序列被框架的变化而打断。我们可以由此概括并确定，表现在这首诗中的故事事件是一个自主主张的事件，这一主张出自一位强有力的诗人，他不受外部利益的约束，并将他的创造力视为他身份的首要来源。进一步，我们可以谨慎地在诗人的这一独立主张中，看到文学史和文化范式转换中出现的有目的变化的先兆：脱离赞助体系，发现作为自主主体的艺术家的存在。[①]

在莎士比亚第 107 首十四行诗中，叙事进程在形式上特有的抒情要素之一在于它的演示功能（performative function）。叙述行为发生在一个不完

---

① 参见法恩曼（Fineman，1986）关于莎士比亚在十四行诗中发现诗人主体性的论述。

整的进程的中间，而叙述则起到进一步延伸与完成这一进程的作用。这一演示性通过抒情人对十四行诗创作的自我指涉（"这不足道的韵律"，第 11 行）而进一步强化，它将诗人的讲述行为本身引入叙事进程的核心。抒情人前瞻性地做了某些叙说（"你将在这里发现你的纪念碑"，第 13 行），而这些叙说接着在叙述的过程中得以实现。不无讽刺的是，我们或许可以补充一句，他的朋友现在为使诗人预言成为现实所要做的一切，就是死亡。①

参考文献

Barrell，John（1988）. *Poetry，Language and Politics*（Manchester），18-43.

Booth，Stephen（ed.）（2000）. *Shakespeare's Sonnets*（New Haven and London）.

Calvert，Hugh（1987）. *Shakespeare's Sonnets and Problems of Auto-biography*（Braunton）.

Fineman，Joel（1986）. *Shakespeare's Perjured Eye：The Invention of Poetic Subjectivity in the Sonnets*（Berkeley）.

Hühn，Peter（1997）. "Erfolg durch Scheitern：Zur Individualitätssemantik in Shakespeares Sonetten"，in：Henk de Berg and Matthias Prangel（eds），*Systemtheorie und Hermeneutik*（Tübingen），173-198.

Marotti，Arthur F.（1982）. "'Love is not Love'：Elizabethan Sonnet Sequences and the Social Order"，in：*English Literary History* 19，396-428.

Minsky，Marvin（1979）. "A Framework for Representing Knowl-edge"，in：Dieter Metzing（ed.），*Frame Conception and Text Understanding*（New York），1-25.

Prince，Gerald（1988）. "The Disnarrated"，in：*Style* 22，1-8.

---

① 当然，诗人也将只在他死后活在他的诗篇中。然而，隐藏在他讲述后面的策略的重要性在于，他在谈论他自己和他朋友与死亡和纪念碑相关的生命状况时，在他自己和他朋友之间做出了明确的区分。

Saunders, J. W. (1964). *The Profession of English Letters* (London).

Shakespeare, William (1986). *The Sonnets and A Lover's Complaint*, ed. John Kerrigan (Harmondsworth), 130, 313-320.

Shakespeare, William (1997). *Shakespeare's Sonnets*. ed. Katherine Duncan-Jones (London: The Arden Shakespeare), 324-325.

Vendler, Helen (1998). *The Art of Shakespeare's Sonnets* (Cambridge, MA).

Vickers, Brian (1989). " 'Mutual Render': I and Thou in the Sonnets", in: *Returning to Shakespeare* (London and New York), 41-88.

Walch, Günter (1993). "Shakespeares Sonettdichtung als Gedächtniskunst", in: Dieter Mehl and Wolfgang Weiß (eds), *Shakespeares Sonette in europäischen Perspektiven: Ein Symposium* (Münster and Hamburg), 95-113.

第三章 约翰·多恩:《封圣》

看在上帝的分上别说了，让我爱吧，
要不就骂我瘫痪，或是痛风，
骂我五根灰发，嘲笑我毁了财运，
财富改变你地位，艺术改善你心智，
5 找到你的路子，得到你的位置，
观察他人的荣耀或体面，
瞻仰国王真实或一成不变的尊容；
随心所欲吧，都可以，
只是你得让我爱。

10 唉，唉，谁曾被我的爱伤害？
哪条商船被我的叹息吹翻？
谁说我的泪水淹没了他的土地？
我的冰冷何曾驱走早来的春天？
充盈我血脉的炽热又何曾
15 在瘟疫的名单上增加一人？
士兵找寻战争，律师寻找
热衷把争吵诉诸官司的人，
尽管她和我相爱。

任你们责骂，我们由爱成全；
20 称她是只飞蛾，我是另一只，
我们是蜡烛，燃尽自己熄灭，
我们在自己身上发现鹰与鸽。
不死鸟之谜因我们有更多解悟；

我们俩合而为一，就是它。

25 就这样，中性之物适合两性，
　　我们死生如一，就以
　　这份爱证明神秘。

　　如果不是因爱而生，我们可以因它而死，
　　如果我们的传奇不适合
30 墓碑和棺椁，它将适合诗篇；
　　如果没有编年史为我们作证，
　　我们将在诗歌中筑起华屋；
　　精致的瓮如同半顷墓园，
　　盛得下最伟大人物的遗骨；
35 凭这些赞美诗，所有人都赞同
　　我们已因爱而载入圣者名册：

　　因此乞灵于我们："你们，被可尊崇的爱
　　造就成彼此的遗产；
　　对你们曾是和平的爱情，现在变为争斗；
40 你们使整个世界的灵魂紧缩，
　　将乡野、城镇、宫廷驱入你们眼里：
　　（于是造就了此等镜子、望远镜，
　　让一切成为你们的缩影）
　　请代向上天祈求
45 你们的爱情典范！"①

　　约翰·多恩（1572—1631），该诗被认为写于1603年以后，首次发表于1623年。

---

　　① John Donne，*The Songs and Sonnets of John Donne*，ed. Theodore Redpath，London，1983，pp. 237-238.

在多恩的诗歌《封圣》中，对爱情主题的处理，对文化史研究者和叙事学研究者都是一个能产生极大兴趣的问题。文化史研究者惊叹在这一时期的诗歌中，居然包含着对现代概念的爱情的清晰表达，这就是某种独立自主、不受来自社会其他方面影响的爱情观念。[①] 叙事学研究者则注意到爱情在故事层面上发展的独创方式：爱情与宗教脚本的结合以及特定的序列要素在未来的重新安排，使理想的生活尽管面临种种障碍，却依然成为可能。

一、交流状况与视角

诗歌开头的祈使句"看在上帝的分上别说了，让我爱吧"启动了交流谈话的情境框架，其中接受会话的对话伙伴反对自身故事的抒情人的爱情关系。在这一点上，可以将爱情视为支配交流情境的总的主题语境。抒情人继续向他的谈话对象交谈，开始以一种近乎咄咄逼人的方式，力图保护自己不受对他的爱情的批评。在这一过程中，言语行为与故事间的关系在同时性、回顾性与展望性之间交替而行。回顾性的讲述（即涉及过去的发生之事，它在言语行为发生以前就已经结束了），只有在未来在抒情人想象的叙说中才能看到（第37～45行）。在抒情人期望或要求（"因此乞灵于我们"，第37行）的这一想象的言语行为中，他的爱情故事以与讲述者的希望相应的方式回顾性地描述出来。在抒情人表达他对未来爱情故事的期望时，文本没有提供明确的指示，表明抒情人是向谁讲述。但是，在对未来势在必行的讲述表现中，有力地表明所牵涉的受述者发生了变化，包含在第37行到第45行的表达任务，已经由抒情人在想象中分配给了未来的情人们（"凭这些赞美诗，所有人都赞同/我们已因爱而载入圣者名册"，第35～36行），因为正是他们呼唤爱的信徒去实现理想的爱（"请代向上天祈求/你们的爱情典范！"，第44～45行）。这样，在这里接受叙说的情人们就起到了故事内抒情人（intradiegetic speaker）的作用。受述者的这一变化

---

① 参见洛（Low，1990）和哈尔彭（Halpern，1999）。

伴随着一个蓄意的聚焦变化：自身故事的抒情人现在寻求未来人们如何理解他，而他们究竟如何看待他将由他自己来构建。①

二、抒情人为他的爱辩护

抒情人试图让他的受述者赞同他的爱情，这只限于头两诗节。到第三诗节，他的策略发生了变化：他不再提出新的理由，而是表达了他的爱不会由于他的对话者的不同意见而发生变化："任你们责骂，我们由爱成全"（第19行）。这一对他的爱充满自信的陈述，与诗歌开头形成了对照，在第一诗节中，抒情人曾两度要求其受述者接受他的爱情。然而，虽然在头两个诗节中抒情人试图说服其受述者接受他的观点，但他近乎咄咄逼人的言语显示出，即便在这里，他依然如此确信他的爱情的正当性，如果需要的话，没有对话者的赞同，他依然可以自行其是。

在第一诗节中，抒情人力图以这一策略影响他的受述者，这表现在两个方面：一方面，他夸大了与他的对话者的潜在的争论，以便贬低他们；另一方面，他通过提出发展他们自己的财务和追求他们在宫廷中的利益，试图将他的对话者的注意力转向他们自身的状况（第4～8行）。运用这种方式，抒情人为自己辩护，反驳他加诸其受述者身上的那些异议，根据这些异议，他病得太重，又太老、太穷，以至于无法建立起爱情关系。

在第二诗节，透过反问句，抒情人以彼特拉克的那些老套语，将他的爱情关系在世上可能受到指责的负面影响夸大到极限。抒情人以这一方式表明，他知道他的爱情是完全独立于周围环境的。对他来说，爱情与周围的世界构成了由根本上不同的体验所形成的两个不同的社会背景。环绕他爱情的世界由出自其中的不同原则主导，不会影响这个世界，也不会受到这个世界的影响（"士兵找寻战争，律师寻找/热衷把争吵诉诸官司的人，/

---

① 在斯威夫特的《斯威夫特博士死亡之诗》和格雷《写于乡间教堂墓地的挽歌》中，也有一位抒情人，通过对他想象中的讲述者说话，陈述了他死后将如何在公众的记忆中生存。

尽管她和我相爱"，第16~18行）。① 一连串的反问句表明，感情和情愫只有在爱情中才能找到（"我的叹息""我的泪水""我的冰冷""炽热"），而经济事务（"商船"）、疾病（"瘟疫的名单"）、法律（"律师"）和战争（"士兵"）都是围绕爱情和受述者的世界的一部分。通过夸张地表达他的爱情对世俗事务的影响，抒情人试图指出他的爱情对任何人都不会有任何伤害，因为它是并不通向外在世界的自足自立的实际存在。同时，这对情侣显然已经告别了世俗性的问题，所以财务问题对他们来说并不重要。

三、爱情及其隐喻

　　第三、第四和第五诗节描述了这对恋人现在的状况和等待他们的未来。第三、第四诗节是由自身故事的抒情人讲述并聚焦的。而在第五诗节，抒情人则提供了自我和他所爱的人的回顾性描述，这是通过他人，即未来的恋人们聚焦的。

　　虽然第二诗节包含了出自传统的彼特拉克爱情诗的成分，如"我的叹息""我的泪水"，但抒情人与他所爱的人之间的关系明显地不受彼特拉克传统规则的约束。比如，抒情人所爱的人并不对他表示拒绝。另外，他们的爱情也具有明显的性欲的性质，这一点是意味深长的（见后面的论述）。抒情人运用想象，有时将他们的爱情关系描述为共享独有特性并作为独立实体的两个恋人，有时则将他们描绘为由对立的双方组成的单一体。这对恋人先是作为一对苍蝇（或飞蛾）出现，它们的渺小再度强调了他们的爱情对围绕他们的世界来说是何等微不足道。继而，他们是两只蜡烛，这一

---

　　① 参见哈尔彭（Halpern，1999：105ff.），他在系统论的意义上将爱情表现为与自我创造的生活的其他部分相脱离：在多恩的诗歌中，爱情的语义与封闭系统的要求相对应。爱情与世界的关系类似于系统与环境的关系：爱情在某种环境中出现，但两者相互之间不产生因果关系的影响。然而，与自我创造相比，爱情的这种情况只是部分是适合的。虽然抒情人假设了永恒的复活，并通过不死鸟的形象表明爱情无止境的重生，他还是否认了爱情支撑其自身的能力，承认这一对情人不能依赖于爱而生："如果不是因爱而生，我们可以因它而死"（第28行）。

形象含蓄地提醒我们，由烛光所吸引的飞蛾是在它们的火焰中耗尽自己的。每一个都视另一个为蜡烛或飞蛾，所以他们就带来了相互的死亡。就如"我们死生如一"（第26行）所显示的，重要的是要意识到他们的死是性的连接（"死"在16世纪和17世纪具有性满足这一附加意义）。对死的指涉也表明，不像爱情，情人们的生命不能永远延续下去。由于仅仅专注于爱情和性爱，他们无视世俗事务，而如果他们要能在世上生存的话，这些是不得不考虑的。这样，按抒情人所说，这对情侣必须为他们各自的死负责："我们是蜡烛，燃尽自己熄灭"（第21行）。

飞蛾仅只能短暂地存活，蜡烛也会燃尽。形成对比的是，不死鸟将永远重生，所以它的生命可以认为是永恒的。[①] 在这对情侣结合以前，不死鸟的形象所表现的他们之间的差异，在鹰与鸽的对照中再一次得到强调。鹰与鸽可以理解为情人们身上隐含的品质（鹰代表力量；鸽代表善良、宁静和爱），或者代表了两性之间的差异，就像不死鸟超越死亡一样："不死鸟之谜因我们有更多解悟；/我们俩合而为一，就是它。/就这样，中性之物适合两性"（第23～25行）。情侣俩合而为一，在不死鸟和它无尽循环的死亡与重生中超越了两性之间的对立（这一点对于情侣来说，意味着他们不断重复的爱情行为）。不死鸟之谜（不断循环的死亡与重生）对抒情人来说不再神秘：自我创造与回归过往可以解释为两性结合的结果。而对他的爱以外的那些东西，它依然是个谜（"这份爱证明神秘"，第27行）。

第四诗节再度回到早先归结的问题：爱情可以给予这对情侣性的满足，但是它不能为他们提供或者让他们在世上不朽："如果不是因爱而生，我们可以因它而死"（第28行）。爱情，或至少抒情人所描绘的那种爱，具有一种自我毁灭的因素，或者至少由于他们爱情的极端性质而引起社会的孤立，使情侣有遭受危险的一面。因而，从更为广阔的世界的角度看，抒情人对

---

① 西奥多·雷德帕斯（Theodore Redpath）在他编辑的多恩诗歌的注释（1983：239-241）中评论说，彼特拉克诗歌中不死鸟和飞蛾的形象，已在西西里诗人雅各布·达·伦蒂尼（Jacopo da Lentini）的诗歌中结合起来，不死鸟的形象在西西里文学中已广为流传。在彼特拉克的诗歌中，不死鸟出现在抒情人渴望他所爱慕的女子劳拉的形象中。在彼特拉克诗歌传统中作为象征的不死鸟、鹰和鸽，都是基督教信仰中精神更新和复活的象征。参见科佩费尔斯（Koppenfels，1967：71）。

他心爱的人的爱看来不值得在官方历史的记载中纪念。在他对此的挑战中，抒情人转而选择以诗歌中的不朽作为纪念："如果我们的传奇不适合/墓碑和棺椁，它将适合诗篇；/如果没有编年史为我们作证，/我们将在诗歌中筑起华屋"（第 29～32 行）。编年史记载的仅仅是世上认为值得纪念的事迹，但诗歌却可以使抒情人的这种爱情关系保存在公共的记忆中。在记忆的传统中，诗歌往往被看作情侣们死后的居所。①

与第一诗节中看起来对抒情人爱情表示反对的受述者不同，未来的情人们和读者打算以抒情人赞同的方式来讲述这对情侣的故事。在这一未来的叙事中，这对情侣的行为被作为一个脚本，他们成为读者可以在其中模塑自己作为情人的行为典范："请代向上天祈求/你们的爱情典范！"（第44～45 行）。

在第五诗节中，可以发现两个变化的状态。第一个变化涉及爱情的社会主题："对你们曾是和平的爱情，现在变为争斗"（第 39 行）。诗歌中的这对情侣经历了和平的爱，因为他们造就了一个仅仅只有他们相互存在的世界。然而，未来的情人们却发现，在他们面临一个更少被接受的环境中，他们存在着更大的压力去为自己辩护，因为爱情对他们来说意味着"争斗"。第二个变化发生在这对情侣身上，关系到他们相互代表世界的方式，或者制造一个属于他们自己的世界的方式。

这样，两个世界形成了对照：一个是宏观世界，在这里我们可以以受述者作为代表；另一个是爱情的微观世界，它的核心关注是情感的需求，而不是经济或法律事务。抒情人创作了他爱情故事的梗概，并将它置于未来的情人们的嘴里。在这当中，这对情侣吸取了世界的灵魂。他们相互间有能力看到整个世界，而不仅只是它的一部分，这意味着，在抒情人眼中，他们的世界不再是开初所表现的一个不完整的世界，而是"将乡野、城镇、宫廷驱入你们眼里：/（于是造就了此等镜子、望远镜，让一切成为你们的缩影）"（第 41～43 行）。而在读者眼里，抒情人提出的自主爱情看来值得商榷，或只是成为一个他所声称的爱情构建。即便这对情侣相互处于一个

---

① 回想一下，在意大利语中，"诗节"（stanza）可以意味着"诗节"或"房间"（room）。

自我包含的世界中，他们依然需要依赖客观世界。只有将他们自己置于宏观世界的关系中，或者更确切地说，只有吸取它的灵魂，这对情侣才有可能存在于他们相互的世界中。这样，爱情便与艺术无异。它按照自己的规则行事，但它总在这个世界中出现，在并不需要确定它的环境中出现，尽管如此，它还是有赖于它。

四、脚本与序列

诗歌潜在的主要脚本可以确定为封圣。这使我们得以将发生的事情理解为朝向特定目标发展的过程。然而，脚本表现的示例却明显偏离了这一图式，因为世俗的要素取代了宗教脚本的要素。能够证明情侣封圣正当性的，是这样一些非凡的东西：发生在他们生命中的爱情奇迹（"谜""神秘"）；他们为爱而献身，这使他们成为可与基督教殉道者相比的殉道者，前者创造了奇迹并为他们的信仰献身。情侣的葬礼是脚本中下一个要提到的要素。由于他们不值得一场精心准备的葬礼（"不适合/墓碑和棺椁"，第29～30行），他们的长眠之地不是坟墓，而比喻性地出现在诗行中。① 作为诗人，抒情人运用诗歌为其封圣和未来受到纪念做出了主要贡献。事实上，鉴于封圣这一行为本身并未加以叙述，我们可以将诗人的言语行为视为自我封圣的行为。诗歌序列以召唤圣徒作为结束，以便能够从这些未来的情人们那里获得怜悯和支持。

五、事件性与故事

《封圣》从几个方面展示出高水平的事件性。首先，对爱情十分赞许的

---

① 关于在诗歌中的不朽，可以参见对莎士比亚第107首十四行诗的阐释。在莎士比亚的诗歌中，诗人的幸存居于最突出的位置，但在多恩的诗歌中，抒情人的作用在于确保这对情侣本身被共同纪念。

两性观念以及对性爱的主动享受突破了传统的爱情观念。但是，诗歌整体的事件性较少出现在对彼特拉克图式的核心要素的偏离中，而更多地存在于将封圣这一脚本运用到世俗的发生之事中（换句话说，我们涉及的是一个呈现事件，尤其是一个中介事件）。这导致了一个有趣的新脚本的生成，其中，爱情被解释为一种宗教活动，这种活动对后代也可以适用。[①] 呈现在诗歌中的故事可以理解为既隐含着失败，同时也是解决问题的成功过程。抒情人面临的冲突上升了，因为他的爱情不被接受，也因为抒情人渴望的世界与主宰着这个世界的规范之间存在着矛盾。尽管抒情人能够实现与他所爱的人的爱，但在他的人生阶段，他却不能赢得公众的认可，不能让公众接受他的爱情。面对爱情面临不被接受的问题，他在现实中对它做出了反应，通过他的讲述试图说服他的诋毁者接受他的爱情。然而，对于这一问题的实际解决，却被他置于想象中的未来。在抒情人所设想的未来，他的爱情可以载入圣者名册，可以接受并成为其他情侣的典范。将爱情视为宗教，从而将情侣从世俗的要求中解放出来，这一新模式的产生可以理解为抒情人个人的成功。他成功地使对他的纪念活在他的诗歌中，但不是诉诸编年史或墓碑，而这是通常保存对某个人纪念的方式。在观察者眼里，抒情人设想的自主爱情不过是一个适当的构建。在抒情人巧妙地运用他的智慧和构思时，也表明他自己也意识到了这一点。虽然如此，他转向未来的封圣并将他的爱情列入记载这一明显戏谑的方式，使他现在赋予自己情人的角色获得了成功，也使他可以显示他的爱，并表明他采取的相应行动。

参考文献

Baumlin，James S.（1991）. *John Donne and the Rhetorics of Renaissance Discourse*（Columbia，MO）.

Brooks，Cleanth（1962）. "The Language of Paradox：'The Canonization'"，in：Helen Gardner（ed.），*John Donne：A Collection of Critical Es-*

---

① 这种语言上戏谑的一面，尤其涉及不寻常的比喻，这种独出心裁也被看作是玄学派诗人的主要特征之一，多恩便是其中的一位。参见史密斯（Smith，1991）对玄学派的别出心裁和玄学的机智的论述。

says (Prentice-Hall), 100-108.

Donne, John (1983). *The Songs and Sonnets of John Donne*, ed. Theodore Redpath (London).

Ferry, Anne (1975). *All in War with Time: Love Poetry of Shake-speare, Donne, Jonson, Marvell* (Cambridge, MA).

Freitag, Hans-Heinrich (1975). *Zentrale Motive und Themen in der Liebeslyrik von John Donne* (Bonn).

Halpern, Richard (1999). "The Lyric in the Field of Information: Au-topoiesis and History in Donne's *Songs and Sonnets*", in: Andrew Mousley (ed.), *John Donne: Contemporary Critical Essays* (Basingstoke), 104-121.

Koppenfels, Werner von (1967). *Das Petrarkistische Element in der Dichtung von John Donne* (München).

Low, Anthony (1990). "Donne and the Reinvention of Love", in: *English Literary Renaissance*, 20, 465-486.

Miner, Earl (1969). *The Metaphysical Mode from Donne to Cowley* (Princeton, NJ).

Smith, A. J. (1991). *Metaphysical Wit* (Cambridge).

第四章 安德鲁·马弗尔：
《致他娇羞的情人》

　　要是我们有足够的天地和光阴，
　　这一娇羞，小姐，就不是什么罪过。
　　我们可以坐下，想想去哪儿
　　散步，度过我们漫长的爱情时光。
5　你可以在印度的恒河之滨
　　找寻红宝石；我在亨伯的潮头前
　　哀声叹气。我会在洪水
　　未降临之前十年，便爱上你：
　　倘若你高兴，你也可以拒绝，
10　直到犹太人改宗归正。
　　我一如植物般的爱会生长，
　　比那些帝国还要辽阔，更为悠缓。
　　一百年时光应该用以赞美
　　你的双眼，凝视你的额头。
15　两百年用以膜拜你的乳房，
　　其余的得用三万年时光。
　　每个部分少不了一个时代，
　　最后的时代应该袒露你的内心：
　　小姐，这才配得上你的气派，
20　我的爱应该不会比这更低。
　　然而在我身后，我总听到
　　时间的战车插翅飞奔而来；
　　而在我们前面的远方，展现出
　　一片荒漠，辽阔、永恒。

25　你的美啊不再能够找到，
　　在你大理石的拱顶下也不再
　　回荡我的歌声：成群的蠕虫
　　将侵蚀你长久保存的童贞，
　　你那古雅的荣耀将化为尘埃，

30　而我所有的情欲也将灰飞烟灭。
　　坟茔倒是一处美好的私人之所，
　　但我想没人会在那儿拥抱。
　　因此，快趁着眼下青春留驻
　　如清晨的露珠停留在你肌肤之上，

35　趁你快乐的灵魂从每一个毛孔
　　如道道烈焰喷发出热情，
　　此刻，就让我们尽情嬉戏吧，
　　让我们如一对相爱的猛禽，
　　与其在时间的咀嚼中步步衰萎，

40　不如马上把属于我们的时光吞咽。
　　让我们用我们全身的气力，
　　用我们所有的甜蜜，滚啊滚成一球，
　　用狂野的厮打迸发我们的欢乐，
　　从生命的道道铁栅中贯穿。

45　这样，我们虽不能使我们的太阳
　　静静的停止，我们却能使它奔忙。①

　　安德鲁·马弗尔（1621—1678），该诗被认为在1650年至1652年写成，首次发表于1681年。

---

　　①　Elizabeth Story Donno，ed. *Andrew Marvell：The Complete Poems*．Harmondsworth，1972，pp. 50-51.

一、整体结构：爱情故事的三种版本

在这首诗中，抒情人表现了对他自己爱情故事的结构和类型的理解（Ferry，1975：185-199；Hühn，1995：162-170）。他依次叙述了爱情故事的三种不同版本。在头两种中，他将传统的观念主题化，并反对那种在人们陷入热恋时应如何行事的传统观念，描述了在这种传统概念下两种同样不能令人满意的表现。继而，他提出了新的、他所喜爱的第三种爱情版本。他向他心爱的人叙说，以说服她践行他所喜好的那种爱情方式。因而，诗中深思熟虑的便是一个借叙事而展开的精心筹划的诱惑。在三个相续的序列中，展开抒情人与他心爱的人之间具有不同时空特征、意味着被实现的不同可能性的三种不同爱情的叙述变体：第一种是假设和虚幻的（1～20行）；第二种是真实，而且设定在未来的（21～32行），第三种则是势在必行的，就在眼前（33～46行）。

在发生之事中包含着两个存在者——男性抒情人与他爱着的女子——他们处在一个一切都受时间支配，一切都短暂即逝的世界中。发生的各种事情包括抒情人对女子爱情的渴望，他坚持不懈地恳求，以让他得以实现对她的爱，而她则出于明显的道德原因拒绝了这些请求，尽管她分享他的爱（或毋宁说抒情人假定她这样做，或期望她这么做）。诗歌呈现的顺序分为三个叙述序列，其中每一个都将这一对存在者置于求爱的我和拒斥的（"娇羞的"），即他所渴求的心仪女子间一种类似的初始状态中。但这些序列在履行发生在他们中的各种事情时所扮演的角色明显不同。在诗歌整体结构的层次上，三个不同的叙述序列被结合形成一个宏观序列，这一宏观序列的功能就在于表现一种说理和论证。在《致他娇羞的情人》中，抒情人将叙述用作一种实用目的：他用它来说服心爱的人和他一起去爱。

爱情，更为确切地说，一个男子对一个特定女子的性爱，作为所有这三个序列中发生之事的框架而被激活。发生在其中的隐含的交流状况，就是试图说服或引诱某人同意去实现爱情。在这三个不同的爱情故事中，每一个的框架都置爱情于生活和社会的实用语境之外（我们在其中可以发现，如对婚姻生活可能或必要的目标的安排已在料想中）。爱情是孤立的：它不过就是两个人之间一种从根本上说来受到道德准则制约的自足关系。这个框架的组成是由时代和文化所决定的，而且这个框架必须重建成为同时代读者的文化知识的一部分。这意味着我们关注的爱情模式是在彼特拉克传统中可以发现的那种典雅爱情，它主要以文学形式而流传下来。在这种爱情图式中，现实中情人们结合的可能性，被排除在社会或道德的基础上（女子已经结婚，有一个远远优于男子的社会地位，等等）。这种图式关心的是使男子的行为举止更为雅致和体贴入微，使他能够控制自己的情欲。所有的三个序列都以不同程度的一致或偏离，借鉴了占主导地位的时代的互文性（文学）图式。这种图式就如出现在彼特拉克语境中的那种殷勤求爱的脚本一样。其中高度仪式化的进程以如下形式展开：男子试图赢得他心仪女子的青睐，赞美她（通常借助于他的诗歌），并满怀希冀，而她则社会地位高贵，体态优雅，道德完美，从道德上的理智出发拒斥他诱惑的意图，并在这一过程中从未表达她自身爱恋的情感。这种图式将作为原则问题的爱情的实现拒之门外，从而使（情人所渴望的）这种事件绝无可能出现。从另一个角度来说，这也意味着，它增加了任何可能出现并得以实现的潜在的事件性。在彼特拉克的抒情诗传统中，也可以看到以其他特定类型形式所展开的某些创造性的事件。比如，抒情人可能反思他自己所遭受的痛苦，从而达到一种自我约束和克制（这打破了爱情的自然秉性），或者，这种图式可能在诗歌的呈现层次上，也就是说，在艺术家形成诗歌文本（产生话语事件）的方式上发生预料不到的变化。① 然而，引人注目的是，我们诗歌的抒情人并未遵循这些传统的常规路径。相反，他通过坚持爱情的实现，完全反对彼特拉克的爱情观。从而，人物被安排在与彼特拉克的脚本（主动的与被动的，热心冲动的与拒人于外的，渴望的与拒斥的，火热的与冰冷的）非对称的位置上。

---

① 后一种情况的一个很好的例子可以在马弗尔的诗《爱的定义》（"The Definition of Love"）中发现，在这首诗中，爱的实现的欠缺（不可能性），以及由此而出现的在行动中一个失败的事件被反复强调，但是，在越来越强烈的优雅和简洁的结局以前，意象的选择，由于它巧妙地改变图式的方式而具有这一事件的性质。

二、头两个爱情叙事：不可能实现

　　这首诗中的抒情人与主人公相认同，因而是自身叙事。他借助叙述的语言行为，带着驱使他们进入文本外的世界的意图，叙说了诸多发生之事。通过在他心爱的人面前设置爱情故事的几种可能的形式，抒情人希望劝服她，使她接受那个他所喜爱的故事形式中归之于她的角色，从而引导故事向他所希望的方向发展。在《致他娇羞的情人》中，相续的叙述序列中三个叙事的出发点，都落脚在抒情人从根本上对彼特拉克爱情那种惯常脚本的不满，以及他渴望制定并实现一种遵循不同路径的爱情。

　　三个序列中的第一个（第1～20行），与彼特拉克式爱情的脚本和欲望序列最为契合，它表现了对美的赞赏、拒斥与哀叹，诗中表示："我会在洪水/未降临之前十年，便爱上你：/倘若你高兴，你也可以拒绝，/直到犹太人改宗归正"（第7～10行）。然而，它是在一种非现实的状况下提及这一点的（"要是我们有足够的天地和光阴"，第1行），这意味着即便在这里，传统故事的复现也带有一种批评性的腔调。抒情人接受这一进程的发展，并明确地对它做了积极的评价（第19～20行）。但是，通过将现实的（熟悉的）空间与时间概念的无穷延伸，他含蓄地表现出对所提及的脚本和图式的嘲弄。情人之间在空间上的分隔尤为显著（"你可以在印度的恒河之滨/找寻红宝石；我在亨伯①的潮头前/哀声叹气"，第5～7行），而在这一序列的结尾又远远地移至遥远的未来（"直到犹太人改宗归正"，第10行）。人类的爱与时间和空间的过度延伸之间的对立，产生了一种怪诞的效果，并以一种善意的嘲讽的调子呈现在我们面前，但却带着这样一个暗示：如果不满足特定的条件，将会出现更强烈的批评，这样，"这一娇羞……就不是什么罪过"（第2行）。有限的人类之爱与无限的时空之间的语义差异，通过使用对人类是不可能的或者非现实的这一同位（isotopy）方式而在语言上得到强调（例如，"一百年时光应该用以赞美/你的双眼，凝视你的额头"，

---

　　① 暗指赫尔（Hull），系马弗尔所居地。

第13～14行）。人物之间的关系（"我"与"你"）是不对称的。当这一序列如此之快地延伸到未来时，可能的事件，即爱情的实现，以对这一脚本的背离被无限期推迟，从而显得高不可攀（"倘若你高兴，你也可以拒绝，/直到犹太人改宗归正"，第9～10行）。在这一序列的结尾，甚至不再提到，而在其位置的终点上（"最后的时代应该袒露你的内心"，第18行），又与传统的脚本重新整合（放弃身体的满足，赞美道德的完美）。从而，这一序列不再提供一个确定的结果，既无事件，又无转折点。叙述者叙说了一个假设的爱情故事，这个故事只有在某种明显非现实的状况下，才是可能与可被接受的。

第二个序列（第22～32行）追寻同样的脚本（注意以"美""歌声"和"长久保存的童贞"出现的对赞美、追求和拒斥的暗示），但现在是处在一个完全不同的、明确的时间短暂的现实状况之下（"然而在我身后，我总听到/时间的战车插翅飞奔而来"，第21～22行）。在这一点上，第二序列既显示出与第一序列的相似性，又显示出与它的差异。在它的核心深处，横亘着一个率直的、不加掩饰的死与性爱之间的对立。这一对比以一种明显的嘲讽意味，强调了由于尘世短暂，爱情的欲望在彼特拉克式爱情脚本的背景下是无可实现的（第25～32行）。这一层意义，可以通过贯穿在第二序列中一系列在矛盾或不可能性意义上具有语义对比搭配的言语表达中发现，如"美""拱顶""歌声"（第25～27行），"成群的蠕虫""童贞"（第27～28行），"古雅"①"尘埃"（第29行），"灰""情欲"（第30行），"坟茔""私人之所""拥抱"（第31～32行），等等。这些语义含义中的粗俗性质由其中明显的性暗示而得以强化，许多词都具有这种性的同位性质，如"成群的蠕虫"—"侵蚀"—"童贞"，"古雅的""情欲""私人的""拥抱"。例如，如在第一序列中那样，内聚焦提供了一种评价态度，但是，现在它以更激烈的语气，以一种恐怖和痛苦的反讽形式，显得更为清晰。这种激烈性可以理解为激情受挫的一个标志。

在这一序列中，爱情的实现从根本上被推迟了，如在第一序列中那样，实现的事件（可理解为偏离特定脚本）并未出现。然而，在这里，它之所

① "古雅"（quaint）除主要具有"可爱的"（pretty）、"精雕细刻的"（well-crafted）、"奇妙的"（curious）之意以外，也是俚语中对女性性器官的暗示。

以不可能是由于时间有限，死亡不可超越："坟茔倒是一处美好的私人之所，/但我想没人会在那儿拥抱"（第31～32行）。这一叙说所指涉的是死亡和有限的存在，用以突出缺乏实现的可能，而不像在第一序列中那样，这种实现是在无限的时空中被无限期地推迟。这一序列也再次延伸到未来，但是，在这里，将要到来的结局是确定无疑的最终的结局。人物之间的关系也再一次出现了不对称。

爱情故事的这一版本被前瞻性地（发生在未来）进行叙说。它的呈现集中在这一过程的结尾，集中在未来未曾发生、未曾实现的事件上，如诗句中以反讽的、嘲讽的表达所显现的那样："成群的蠕虫/将侵蚀你长久保存的童贞"（第27～28行）。这一脚本的实现不同于第一序列中的爱情故事，在那里，抒情人发现自己置身于他从经验中了解的现实之中（"然而在我身后，我总听到"，第21行）。这使第一序列的现实结构更为明显：它的无穷假设意味着它是基于一种虚幻的假设之上。

三、第三个爱情叙事：可能实现

作为这首诗的结束，第三个也是最后一个序列（第33～46行），转入了第二个故事前瞻性叙说所预期的结果中，并将其彻底重述。这个结果是一个明确的、肯定的爱情故事，与另两个故事运用的方式相比，现在抒情人采用的是以现在时态（"眼下""停留""喷发"）和祈使句（"让我们"）来叙说。他表明可以如何将这位女子的意愿投入抒情人的爱情（第33～36行），并进入共同的实践中（第37行）。他以比喻的方式，运用了三个意象，即吞食其牺牲者的猛禽（第38～40行），滚而成为一个球（第41～44行），以及太阳的加速运动（第45～46行），来描绘肉体结合的过程。以这种方式，他将其勾画为一个准备实现的爱情故事。这一叙述的目的，是使它变为现实的一种刺激，这就是作为先前消极的爱情故事的变体，这一叙述何以使用现在时态、祈使语气的原因。头两个序列寻找实现爱情归于失败，证明第三序列中的爱情进程从根本上进行重构是合理的。就要在眼下实现的要求，伴随着爱情观的其他变化而出现。人物之间的关系现在可以说是对称的（"我们""我们的"

"一对相爱的猛禽")。抒情人以他们共同分享的欲望强调，他和他的情人具有同等价值和重要性（第33～36行）。尤其是他列举了女子的情欲（"你快乐的灵魂从每一个毛孔/如道道烈焰喷发出热情"，第35～36行），这是现在与他自己从一开始就明白无误地拥有的情感相一致的。他们共同的强烈欲望，他们共同具有的应该导向何方的想法，现在可以使一个新的、不同的爱情故事成为可能。原先的不对称只有一个方面还保留着，这就是女子仍保持沉默，她仍处于被劝服应该完善她的爱的这种状态中。抒情人是否能真正感受到女子的激情，或者他是否将之看成诱惑她的努力的一种暗示，我们确实还很难说。关键在于，他们共享的欲望应该导向何方的共同想法，对于这里所提出的新型爱情故事的实现来说是一个基本的要求。

相互间欲望的力量在于其背后的呼唤：将被动弃置一旁，让被动给行动让位，这与先前的延迟形成明显的对照："与其……不如……吞咽"（第39～40行）。爱情的实现在这里具有明确的意图。这在语言的及物动词和动结式结构的运用上得到了反映（"吞咽""滚""迸发""使"）。将包含密切相关的义项强烈（strong）、热情（intense）、狂暴（violent）和挤压（compressed）的同位词语搭配在一起，突出了力量与情欲的强度（例如，"猛禽""用我们全身的气力……滚""球""狂野的厮打""迸发""使它奔忙"）。而且，语义强度的含义与明显的性的隐含意义结合在一起，尤其表现在像这样的诗句中："让我们用我们全身的气力，/用我们所有的甜蜜，滚啊滚成一球，/用狂野的厮打迸发我们的欢乐，/从生命的道道铁栅①中贯穿"（第41～44行）。

四、事件性与整体结构

这首诗中的事件是性爱的实现，它被直接追寻，并由于女子准备回报

---

① "铁栅"（iron grates），替换了1681年的福利奥版本（Folio edition）中的"铁门"（iron gates），在这首诗歌的大多数现代版本中，这一替换都延续了下来，因为在一份早期的手稿本中发现用到"铁栅"。唐诺（Donno，1972：235）将之视为正宗，并在她的版本中采用"铁栅"。也可参见兰德尔（Randall，1992）。

抒情人的感情，而将它作为一种可能性加以叙述。这一实现表明它偏离了自我克制这一传统脚本，而被与自我克制相对的观念所取代。我们从而开始涉及一个媒介事件，但这一媒介事件被明确地运用于追寻发生之事中的一个事件，追寻文本外的真实世界中的变化。由互文性的类型引起的期待中断，意味着它具有很高程度的事件性。在怀亚特和萨里（Surrey）将彼特拉克引入英国抒情诗以后，在英国就遇到了一系列批评，甚至遭到反对（这种情况在多恩身上更为明显地表现出来之前，其第一个迹象就出现在怀亚特自己身上）。从理论上说，这缩小了对彼特拉克爱情图式偏离的事件性。但是，从背景上考虑，这种批评的情况是例外，而不是规范，无论如何，在打破预期这一点上，马弗尔通过对爱情实现中肉体的、本能的、性爱的关注，比这些批评家走得更远，从而增加了他诗歌的事件性（Low and pival，1969：414-421；Brody，1989：53-79）。除此而外，他诗歌的事件性也由于运用跨越界限的空间语义隐喻而得到加强。面对的任何障碍（"生命的道道铁栅"①，第 44 行），都必须被力量所战胜。这也是激情的力量增长的一个标志，这种激情在第三序列的背后提供了驱动的力量。诗歌的结尾增强了打破预期（衡量事件性的标准）的强度，更进一步，抒情人现在明确地接受时间的推移（参见 Berthoff，1970：110-114）。这与第一部分形成了对比，在那里，悬置的时间假设被确定为非现实的虚构，第二部分更是如此，其中时间无可避免地溜走了，这对于抒情人来说成了一种恐惧。令人惊讶的是，在第三部分，时间的运行事实上加快了，这使爱情的实践可以尽可能激烈，尽情赏玩，因为它被看作是稍纵即逝的，就如在诗歌结尾看似悖论性的宣言所简洁地表达的那样："这样，我们虽不能使我们的太阳/静静的停止，我们却能使它奔忙"（第 45～46 行）。

爱情故事的三个不同版本是按照抒情人心目中的一个特定目标而安排的。头两个版本运用不同形式，在不同程度上是否定性的，从一开头便对它们加以叙述，目的就在于瞄准一个肯定的版本，以这一肯定的版本，诗

---

① "铁栅"，比福利奥版本中强度较弱的"铁门"更为强有力地表达出需要有力量去跨越重重界限。

篇会得出一个更有力量、更具说服力的结论。① 迄今文学批评中对这种安排的通常解释是，它反映了一种逻辑论证的形式，即三段论的形式（Leishman，1968：70-72；Low and Pival，1969：414-421；Hodge，1978：22-26；Donno，1972：233；Hühn，1995），而这些要素的顺序则追随其论证的结构。叙事学让我们加入这一评论的行列中，并以如下方式使之变得更为确切：抒情人运用叙述，以坚持他的论证，通过以这样一种方式安排三个叙述序列，即从两个爱情故事不能得到满足，过渡到允诺它得以实现，这具有一种双重功能。它在修辞上支持语用边界交叉，得以进入最后的序列，在心理上则证明这一事件性是合理的。这一事件性就在要履行的事件中，它含蓄地表明对爱情的渴望，但这一渴望却为前两个序列所禁止。

叙述行动本身构成爱情故事不可分割的一部分，因为它的目的就是在真实世界中实现爱情。在叙述时，抒情人向他所爱的人讲述这个故事，呼吁她接受她自身作为情人的角色，并对他自己作为情人的角色做出回应。这一新的角色的采用，以及由此产生的这一故事在现实中的实现，由叙述与被叙述同时发生这一事实而赋予了特殊的强度。在《致他娇羞的情人》中，叙述的实用功能甚至可以更为成功地以这样一种方式而构成：抒情人是带着一种紧迫感的，是在直接将前面的事件预示为从说到做的变动这一情况下来叙说的。

再做进一步的解释，我们可以将这首诗中叙述的特殊功能与抒情人作为主体的角色联系起来。面对这一世界无可避免地存在的短暂性，他以这首诗歌对它做出反应，通过爱情的完善，最终来界定他的主体性（Belsey，1987：105-121），换句话说，在成功的爱情故事中给自己分配一个角色。这种建构身份的方式与当时所具有的一些传统地选择的方式是完全不同的。在这些传统选择中，最为突出的是通过针对超越来界定自己（诉诸宗教因素），通过以自我繁殖后代的形式（求助于周期循环的概念）②，以及以文

---

① 从修辞角度看，诗篇中所运用的劝服策略使用了经典的"及时行乐"（carpe di-em）的主题。参见莱什曼（Leishman，1968：70-72）、唐诺（Donno，1972：233）与霍恩（Hühn，1995）。

② 莎士比亚开头的十四行诗歌中那些劝婚诗涉及了这一策略。

学的自我不朽（运用艺术永恒的承诺）①，来寻求获得自我稳定的身份。对于这个世界毫无妥协余地的存在的短暂性，马弗尔《致他娇羞的情人》给我们提供了一个引人瞩目的、与传统概念断然不同的现代型故事。②

参考文献

Belsey，Catherine（1987）. "Love and Death in 'To His Coy Mistress'"，in：Richard Machin and Christopher Norris（eds），*Post-Structuralist Readings of English Poetry*（Cambridge），105-121.

Berthoff，Ann E.（1970）. *The Resolved Soul：A Study of Marvell's Major Poems*（Princeton，NJ）.

Brody，Jules（1989）. "The Resurrection of the Body. A New Reading of Marvell's 'To His Coy Mistress'"，in：*English Literary History* 56，53-79.

Donno，Elizabeth Story（ed.）（1972）. *Andrew Marvell：The Complete Poems*（Harmondsworth）.

Ferry，Anne（1975）. *All in War with Time：Love Poetry of Shakespeare，Donne，Jonson，Marvell*（Cambridge，MA）.

Hodge，R. I. V.（1978）. *Forshortened Time：Andrew Marvell and Seventeenth Century Revolutions*（Cambridge）.

Hühn，Peter（1995）. *Geschichte der englischen Lyrik. Bd. I*（Tübingen）.

Leishman，J. B.（1968）. *The Art of Marvell's Poetry*（London）.

Low，Anthony，and Paul J. Pival（1969）. "Rhetorical Pattern in Marvell's 'To His Coy Mistress'"，in：*Journal of English and Germanic Philology* 68，414-421.

---

① 莎士比亚十四行诗中的抒情人依赖这一策略，例证可见他的第 107 首十四行诗。

② 这个故事的现代意义在于它抛弃了永恒的观念，以及以线性的时间概念取代了周期性的时间概念。参见如，温多夫（Wendorff，1980）。多恩不像马弗尔，最终仍然继续忠实于对时间的传统观念。

Randall，Dale B. J. (1992). "Once More to the G (r) ates: An Old Crux and a New Reading of 'To His Coy Mistress'", in: Claude J. Summers and Ted-Larry Pebworth (eds), *On the Celebrated and Neglected Poems of Andrew Marvell* (Columbia，MO)，47-69.

Wendorff，Rudolf (1980). *Zeit und Kultur: Geschichte des Zeitbewußtseins in Europa* (Opladen).

第五章　乔纳森·斯威夫特：
《斯威夫特博士死亡之诗》

拉罗什富科箴言中有言
由大自然我相信所言不虚：
没有腐败的头脑，
错误在人类身上。

5　这一箴言胜过其他一切，
认为人类思想太过卑劣：
"在我们朋友处于痛苦时，
"我们先考虑自己的私人利益，
"大自然仁慈地安抚我们，
10　"指明某些机缘让我们满意。"

如果你觉得这话不中听，
那就让理智和经验来证明。

我们都有一双羡慕的眼睛，
平等高举在我们身躯之上；
15　谁不想在拥挤的人群中，
自己站得比别人更高？
我爱我的朋友也爱你，
但不要让他挡住我的视线；
就让他有个更高的位置吧，
20　我要的最多不过高一英寸。

如果你在一场战斗中发现，
有一位你最喜欢的朋友，
他表现出种种英雄壮举，
在决胜中杀敌，赢得战利品；

25　难道你不希望戴上他的桂冠，
而愿意被人超越？

亲爱的诚实的内德得了痛风，
疼得嚷嚷不停，你安然无恙：
听到他的呻吟你多平静！

30　没落到你头上你多高兴！

哪位诗人不会伤心看到，
他同道写得跟他一样好？
他希望他的对手全进地狱，
可不是让他们胜过他。

35　当竞争错过她的结局，
她会转向嫉妒和嘲笑；
为最牢固的友谊自豪，
除非机会在我们一边。

徒然的人类！荒诞的人类！

40　你的种种愚蠢，谁能追踪？
自爱、野心、嫉妒、骄傲，
各在我们心中割据一方：
给他人财富、权力和地位，
这一切就如对我的抢夺。

45　我不追求什么头衔，
然而你沉没时，我在高处。

读蒲柏的诗我连连叹息，
我多希望它就是我的：
他可以用一个对句搞定，

50 我却用六行诗也难做到：
它使我嫉妒大发，我叫喊，
让他和他的机智染上瘟疫！

我怎么能被盖伊胜过？
还是用我幽默刺人的方式。

55 阿巴思诺特不再是我朋友，
他居然敢于自命嘲讽；
我才是生来的嘲讽大师，
精雕细刻，展开用场。

圣约翰和普尔尼①都知道，
60 直到他们把我赶过时，
我的散文曾名重一时，
可以抨击一位国务大臣；
他们使我的傲气大失颜面，
让我把笔丢弃一旁；
65 上天竟赐福他们如此才华，
让我怎能不讨厌他们？

命运将赐给我所有对手礼物，
却绝不能给我的朋友：
开始我还可以乖乖忍受，

---

① 普尔尼，指威廉·普尔尼（William Pultney），与后面第 194 行的威尔（Will）为同一人。——译者

70　但嫉妒却让我崩溃。

就说这么多做开场白吧，
后面我们的诗就要开始。

那日子不会遥远了，我
必定在自然的过程中死去：
75　在我预见我特殊的朋友们时，
会尝试发现他们的私人目的：
虽然那很难被理解，
我的死会让他们觉得更好。
此刻我忍着听他们说话：
80　瞧，教长怎么突然开始变了：
可怜的人，他一下子发蔫了，
你在他脸上看得清清楚楚：
他脑子里满是旧时的眩晕①，
直到他死也离不开他。

85　此外，他记忆全衰退了，
再也记不得他说了什么；
再不能把朋友放在心上，
忘了最后在哪喋喋不休，
一遍一遍给你重复故事，
90　以前曾跟他们讲过五十遍。
真难想象啊，我们会坐下
听他讲那些过时的机智？
不过他对年轻的福科斯感兴趣，
他会捧着他的酒承受他的玩笑；

---

　　①　原文为："That old vertigo in his Head"，斯威夫特曾患内耳紊乱，使他常出现眩晕。——译者

95　我保证，他得缩短他的故事，
　　　或每季度更换他的伙伴：
　　　讲到一半时间，他跟他们说；
　　　必须找到另外一套。

　　　至于诗歌，他已经过气了，
100　他得花一个钟头找韵律：
　　　他的火熄了，灵机衰落了，
　　　想象力没了，缪斯委顿不堪。
　　　我希望他扔掉他的笔，
　　　不过现在还没人说起。

105　以后他们心肠软了下来，
　　　大大增加了我的年月：
　　　"他比他估计的要长命，
　　　"好好想想查理二世吧。①

　　　"他极少喝得下一品脱酒，
110　"我担心那不是个好兆头。
　　　"他的胃也开始衰竭了，
　　　"去年我们想他还壮健，
　　　"但现在已变成另一个人，
　　　"我希望他能熬到春天。"

115　那么拥抱自己吧，有理由说，
　　　"对我们说来还不算太糟。"

―――――――――――

　　　① 查理二世（Charles the Second，1630—1685），英国和爱尔兰国王，死于1685年，斯威夫特时年18岁。——译者

这种时候他们善用辞藻，
用担心表达他们的希望：
巨大的不幸已经预示，

120　没有敌人能与朋友相比，
带着他们宣称的所有善意，
怀着侥幸猜测的奖赏；
（当例行的招呼打过，
仆人的回答是：越来越糟）

125　讨他们喜欢胜过直言，
要称颂神啊，教长很好。
然后那个预言很好的人，
再对其他人表他先见之明：
"你们知道，我总担心最坏的，

130　"因此常先告诉你们这一点："
他宁愿选择我去死，
也不愿让他的预言成谎言。
没有一个人预言我将康复，
但所有人都同意，放弃我。

135　然而，就在我抱怨的地方，
如果某个邻居感到痛苦；
他要发布多少条消息？
我要补上多少衷心的祈祷？
询问我保留什么养生之道；

140　我如何放松，睡得怎么样？
当我死时，还有更多的悲伤，
胜过围在我床边的所有哭泣者。

我的好伙伴，不用害怕，
即便你们可能弄错了一年，

145 即便你们的预兆跑得太快，

　　最后它还是要被证实。

　　"这致命的一天到来了！

　　"教长如何？他刚刚还活着。

　　"现在离去的祈祷已经做了：

150 "他差不离已断气，教长死了。

　　"在丧钟敲响以前，

　　"消息传遍了半个城镇。

　　"哦，愿我们为死亡做好准备！

　　"他何时离去的？继任人是谁？

155 "我知道的不比这消息多，

　　"这全都要留给公众使用。①

　　"留给公众！完美的怪念头！

　　"公众究竟为他做了什么！

　　"只有羡慕、贪婪和得意！

160 "他献出了一切：但首先他死了。

　　"教长在全国就没有一个

　　"值得的朋友，没有穷亲戚？

　　"所以准备让陌生人得好处，

　　"完全忘了他自己的亲骨肉？"

165 格鲁布街的智者全派上了用场；

　　城镇里满是倒胃口的挽歌：

　　有些段落每张报上都有，

---

　　① 斯威夫特留下遗嘱，将他大部分财产用以修建一座供精神病患者居住之所。——译者

诅咒教长，或祝福布商①。

医生们看重他们的名望，

170　所有指责都聪明地落在我身上：

　　　"我们必须承认他严谨正直；

　　　"但是他从不接受劝告，

　　　"他是按照该做的去做吗；

　　　"他可能已这样活了二十年了：

175　"因为当我们打开看他时发现，

　　　"他所有重要的器官都健全。"

从都柏林迅速传到伦敦，

宫廷说了，教长死了。

善心的女士萨福克非常忧郁，

180　她笑着跑去告诉王后。

那么慈祥、温和、善良的王后，

流着泪说"他走了？"这时候他该了。

　　　"你说他死了，怎能让他腐朽；

　　　"我很高兴圣牌给忘了。

185　"我承认许诺过他们，但何时呢？

　　　"那时候我还只是一位公主；

　　　"但现在作为国王的配偶，

　　　"你们知道，那就完全不同了。"

---

① "祝福布商"（bless the Drapier），斯威夫特曾以布商之名，写过一组小册子，由 6 封书信组成，称为《布商的信》（*The Drapier's Letters*）。——译者

查特斯①在罗伯特爵士的接见会上，

190 带着嗤笑沉重说出了这消息：

　　"为什么他瞬间就死在岗位上？

　　（鲍勃说）"我十分抱歉这消息；

　　"哦，那个可怜的家伙却还活着，

　　"我的好朋友威尔还在自己的地方；

195 "假如博林布鲁克死了的话，

　　"或许头上已戴上主教法冠。"

　　现在柯尔在他店里清扫垃圾，

　　斯威夫特名不虚传的三卷书仍在。

　　让它们通行无阻四处传布，

200 蒂博尔慈、穆尔和西伯曾订正过。

　　他会把我当长者对待，

　　出版我的遗嘱、传记和书信。

　　诽谤再生也不过死路一条；

　　这些蒲柏和我都必定经受得住。

205 场景从这儿转换，它表示：

　　我多爱这些为我死而悲伤的人啊。

　　可怜的蒲柏会伤心一个月，

　　盖伊一星期，阿巴思诺特一天。

　　圣约翰会被吓住并克制自己，

210 咬住他的笔头，掉一滴眼泪。

　　其他人会耸耸肩，说一声，

----

　　①　据斯威夫特注，查特斯（Chartres）是一个从男仆成长的声名狼藉、邪恶的无赖，他会用十分巧妙的方式，不管是作为性工作者、谄媚者还是告密者接近所有阁员，曾历经多朝、多种变化。——译者

我很难过，但我们都得死。
冷漠无情罩上智慧的外衣，
精神会提供所有的毅力：
215 因为那些从无同情感的人，
铁石心肠怎么可能融化；
我们被猛烈冲击时，他们在亲吻权杖，
按上帝意愿再签合约。

傻瓜们，我年少的子弟，
220 饱受悬疑和恐惧的折磨。
那些明智思考我年龄的人，
在死来临时，站在祭坛围屏两边：
围屏挪走了，他们的心在颤抖，
毫不做作悲伤地悼念我。

225 我的女友们，她们那温柔之心
最好学会表演自己的角色，
接到这消息时要悲戚忧郁，
"教长死了，（吹号公告了？）
"上帝会怜悯他的灵魂。
230 "（我会冒险为女士们玩所有把戏。）
"六位教长说他们必须扶棺。
"（但愿我能知道国王召唤谁。）
"夫人们，你们的丈夫将出席
"一位如此要好的朋友的葬礼。
235 "不，夫人，这景象令人震惊，
"他明天晚上忙着呢！
"如果他在牌局上输给她，
"我的女士俱乐部会见怪的。
"他爱教长。（我引领着一颗心。）

240 "但亲爱的朋友，他们说人必然离开。

"他跑完了他的道，时间到了；

"我们希望他在个更好的地方。"

我们为何为朋友的死悲伤？

没有损失更容易补充。

245 一年过去，情景迥异，

教长已经不再被提到；

唉！现在没人泪眼模糊，

就好像他从未存在过。

阿波罗宠爱的人眼下在哪？

250 离世了，他作品随他而去：

必定也会经历共同的命运；

他的那类风趣已经过时。

有些乡绅去找林托特①，

打听斯威夫特的诗歌和散文：

255 林托特说，"我听过这名字，

"他一年前死了"。作品也一样。

他寻遍所有地方一无所获；

"先生，您或许可在鸭巷②找到：

"上星期一我送过一车书

260 "到糕点师那儿，有他的。

"相信它们可以保存一年！

"我发现你对这儿很陌生。

"教长在他那时候很有名；

"他有一种押韵的技巧：

---

① 林托特（Bernald Lintot，1675—1736），当时伦敦的一位书商，出版过蒲柏、盖伊、斯蒂尔等人的许多书。——译者

② 鸭巷（Duck-lane），据斯威夫特原注为"伦敦一处出售旧书的地方"。——译者

265　　"现在他写作的方式过时了；

　　　　"城镇里有更好的口味。

　　　　"我从不留过时的东西；

　　　　"新潮的我已够多的。

　　　　"求您让我见识一下吧；

270　　"这是科雷·西伯①的生日诗。

　　　　"这颂诗你以前从未见过，

　　　　"是斯蒂芬·达克②为王后所作。

　　　　"这儿还有一封写得巧妙的信，

　　　　"针对《手艺人》和他的朋友；

275　　"它清楚地表明对大臣们

　　　　"反映的所有不满；接着

　　　　"是证明罗伯特爵士正确的证言，

　　　　"还有亨利先生最后的演说词：

　　　　"小贩们还没有拿到手，

280　　"您要荣幸地先买一套吗？

　　　　"这是沃尔斯顿的计谋篇，第十二版，

　　　　"所有的政客都读它；

　　　　"议会的议员们在城里时，

　　　　"会把它分发到所有市镇：

285　　"你从没遇过这么聪明的东西，

　　　　"廷臣们把它全记在心上：

　　　　"那些能够阅读的宫女

---

　　①　科雷·西伯（Colley Cibber，1671—1757），1730年成为桂冠诗人。桂冠诗人的任务之一便是为国王的生日写庆贺诗。——译者

　　②　斯蒂芬·达克（Stephen Duck，1705—1756），俗称"打谷诗人"，他的生活开始于体力劳动。后来诗才被发现成了名人，为王后卡洛琳所赞助。斯威夫特曾在多处诗文中嘲笑他。——译者

“被教导当作她们的信条。

　　“受尊敬作者的良好意愿，

290　“已变为获得年金奖赏：

　　“他以他的长袍为荣，

　　“无畏地诋毁教士们那一套：

　　“他绝对肯定地表示，

　　“耶稣是个大骗子，

295　“他所有的奇迹都骗人，

　　“像玩杂耍的展示技艺；

　　“教堂从没有这样的作者：

　　“丢人，他没能获得法冠！”

　　假如我死了，再假如

300　聚集在罗斯的一个俱乐部，

　　那里的谈话五花八门，

　　我成了他们聊天的对象：

　　当他们抛出我的名字时，

　　有的喜欢，有的就不；

305　一个相当一般的依据，

　　出自我公正的性格：

　　“如果我们相信传闻，

　　“教长在宫廷从未遭恶意；

　　“至于他的诗歌和散文，

310　“我承认自己难以评价，

　　“也说不出批评家怎么看待；

　　“但我知道，所有人都买它，

　　“正如他所贯彻的道德观

　　“就为医治人类的恶习。

315　“他的才气和尖刻的反讽，

"暴露蠢材，鞭打恶棍；

"连一个暗示都不会盗取，

"他写的全是他自己的。

"即便公爵乐于顺从他，

320 "他也不认为有什么名誉，

"他宁愿溜到一边，选择

"和聪明的穷汉说话：

"他蔑视带骑士标志的蠢材，

"就像受宠的查特斯那类；

325 "他从不取悦居高位者，

"也没人让他畏惧；

"不用管别人有多伟大，

"因为他不依赖任何人帮助。

"虽然长久做着大事，

330 "却从不让自己摆架子：

"他不考虑私人目的，

"将信任放在朋友身上：

"仅仅选择聪明和善良，

"既无奉承者，又无结盟死党；

335 "不过德行解除精神痛苦，

"而且几乎都会获得成功；

"许多知名于世者心中清楚，

"没有他无人知晓他们。

"在王公们当中举止得体，

340 "站在他们面前从不畏怯：

"女王陛下，上帝保佑她，

"说话随意如对她的梳妆台，

"她认为那是他特有的奇想，

"也不认为他是个坏脾气。

345　"他谨遵大卫的教导：

　　"你们不要依靠君王。①

　　"要是激发他做追逐权柄者，

　　"你会惹得他暴跳如雷；

　　"如果你提到爱尔兰上院，

350　"他会急切地慷慨陈词！

　　"公正的自由是他唯一的呼喊，

　　"为了她，他准备献出生命，

　　"为了她，他勇敢兀自屹立，

　　"为了她，他不顾自己一切。

355　"两个王国犹如两个派系，

　　"都在他头上出了价；

　　"但是找不到一个背叛者，

　　"为六百英镑将他出卖。

　　"如果他饶了舌头停了笔，

360　"他会像其他人一样拥有玫瑰；

　　"但是，权力他从未想过：

　　"他财富的价值也非一个格罗特②。

　　"他常常发现有人忘恩负义，

　　"也同情那些受到伤害的人；

365　"但是他保持内心的平静，

　　"承受着人类的这一报答；

　　"不会牺牲保持纯真的人

　　"去取悦自己的敌人。

　　"他耗费许多劳而无功的时间

---

　　① "你们不要依靠君王"（"In Princes never put thy Trust"），出自圣经《旧约·诗篇》第 146 章第 3 节。——译者

　　② 格罗特（groat），英国旧时发行的硬币，价值 4 便士。——译者

370　"去调和他那些有权势的朋友：

　　"看遍了派系编织的恶作剧，

　　"他们追寻的不过是相互毁灭。

　　"他所有的关心都徒劳无益，

　　"最后绝望地离开了朝廷。

375　"哦，人类的规划何等短暂！

　　"我们的黄金梦都在这儿终结。

　　"圣约翰国务活动中的计谋，

　　"奥蒙德的勇猛，奥克斯福德的谨慎，

　　"用以拯救他们沉没的国家，

380　"却都被一件事给毁了。

　　"宝贵的生命很快结束，①

　　"我们的福祉都有赖于它。

　　"当危险的派系开始时，

　　"他们心中藏着愤怒与复仇：

385　"以正式同盟和盟约约束，

　　"毁灭，屠杀，一片混乱；

　　"宗教变为无稽之谈，

　　"政府成了巴别塔：

　　"法律滥用，长袍失色，

390　"议院腐败，王冠遭劫；

　　"古老英国的荣光成为祭品，

　　"使她在故事中变得无足轻重。

　　"当如此风暴横扫大地，

　　"怎能不起来捍卫美德？

395　"教长怀着震惊、悲伤和绝望

---

①　斯威夫特在该处有注：在廷臣们激烈争吵处于高潮时，女王死了。——译者

"注视这可怕的毁灭性的景象：

"朋友遭放逐，或关进塔楼，

"自己被权贵蹙眉皱鼻；

"被那些可鄙的毒笔追逐，

400　"远离奴隶和狂热者的土地；

"一个卑贱种族被愚蠢抚养，

"最唯命是从者最不招待见。

"他的无辜、不随波逐流，

"让他遭受连续的迫害；

405　"那些显要者不断升迁，

"他们的功绩成了他的敌人。

"当他自己熟悉的朋友

"专注于他们的个人结局时，

"他觉得他们都像变节者，

410　"踮起脚尖起来反对他。

"教长用他的笔击败

"臭名昭著的破坏性欺骗，

"揭穿蠢材们的私利，

"用双臂迎击以免遭损失。

415　"他做的一切让人羡慕，

"从毁灭中拯救无助的土地；

"而那些站着操舵的人，

"倾心红利，追踪他的生命。

"从邪恶的命运中拯救他们，

420　"国家之罪却陷于他身。

"邪恶的怪物在法官席上，

"愤怒的血液从不止歇；

"就像卑鄙而放荡的恶棍，

　　　"现代的斯克罗格斯，古代的特雷西连①

425　"渴望公正的人被弃置一旁，

　　　"既不怕神，又不敬畏人；

　　　"教长发誓要发泄他的激愤，

　　　"使加罪于他的人感到后悔；

　　　"只有上天为他的清白辩护，

430　"心怀感激的人站在他朋友一边：

　　　"不是法律的作用，也不是法官的皱眉，

　　　"既无取悦王冠的话题，

　　　"又无受雇的见证人，挑选的陪审团，

　　　"占上风的仍是宣判他有罪。

435　"放逐中怀着一颗不变的心，

　　　"他度过生活中剩余的时光；

　　　"远离圣约翰、蒲柏和盖伊，

　　　"远离愚蠢、骄傲和派系之地。

　　　"他在那儿难寻友谊，

440　"来往的总是那么几位；

　　　"没有愚蠢的等级，都是杂交的，

　　　"谁真愿被看作贵人：

　　　"头衔在那儿没什么权势，

　　　"贵族爵位成了凋萎的花朵，

445　"如果这些可怜人懂得自尊，

　　　"觉得拥有它反倒会丢脸。

---

　　① 据斯威夫特注，斯克罗格斯（William Scroggs），查理二世时任首席法官，其审判多变，追随朝廷意向。特雷西连（Tressilian），约三百年前一个邪恶的法官。——译者

"农村的乡绅，王国的祸根，

"他徒然一再发泄他的愤怒：

"乡绅们两年一次会，带给市场

450　"他们售卖的灵魂和无用的投票；

"国家被欢快地剥夺，

"教堂被抢劫，佃租被提高，

"与窃贼和强盗一起分赃，

"丰厚的酬金维持安宁：

455　"每份工作中都有其份，

"修理监狱或修理兵营；

"连通向他们自己的住所

"宽敞的公路也要摊上税。

"或许我可以允许教长

460　"在他脉管中有太多的萨提儿①，

"而且决心不让它匮乏，

"因为没哪个时代比现在更需要它。

"然而，恶意从不是他的目的，

"他鞭打罪恶却不提名。

465　"没有一个人会怨恨，

"因为任何人都是平等的。

"他的萨提儿所向披靡，

"让人们的错误得以改正；

"他憎恶那些毫无心肝的家伙，

470　"他们将嘲笑称为幽默；

"他放过驼背或鹰钩鼻，

"这些人没法使人高兴。

---

① 萨提儿（Satyr），希腊神话中的森林之神，人形而羊首、羊尾，性嗜嬉戏，好
色。——译者

"真正的无聊让他怜悯，

　　"除非提供点机智诙谐。

475　"他从不会以笑话去冒犯，

　　"那些承认自己无知的人；

　　"却笑话听到一个白痴引用，

　　"死记硬背的贺拉斯诗歌。

　　"他知晓一百个快活的故事，

480　"全围着辉格党和托利党转；

　　"行将结束的时光他心情愉快，

　　"朋友们也让他走自己的路。

　　"他捐出了仅有的一点财富，

　　"建造一所供愚人和疯人之屋：

485　"还带着萨提儿特有的意味说道，

　　"没有一个国家会如此渴望这屋；

　　"他已将他的债务人交给那个国家，

　　"我希望它不久以后会更好。"①

　乔纳森·斯威夫特（1667—1745），该诗首次发表于 1739 年。②

----

①　Jonathan Swift, *Poetical Works*, ed. Herbert Davis, London, 1967, pp. 496-513.

②　斯威夫特写过两首完整的诗歌，每首都有不同的版本，其中提到了拉罗什富科的箴言。一首是《斯威夫特博士的生活和真实性格》（"*The Life and Genuine Character of Dr. Swift*", 1733）；另一首是《斯威夫特博士死亡之诗》（"*Verses on the Death of Dr. Swift*"），这首诗斯威夫特可能完成于 1739 年。福克纳（Faulkner）出版了他的后一文本，该版本被视为标准和完整版。虽有一些变动，一直延续至今。佩特·罗杰斯（Pat Rogers）在她编辑的版本（企鹅版，1983）中，将福克纳的脚注视为副文本（paratext），赫伯特·戴维斯（Herbert Davis）则将它们看作诗歌的一部分，将其归于斯威夫特本人，在《乔纳森·斯威夫特：诗歌作品》一书中，他将它们整合进斯威夫特的文本中。由于脚注的情况未能令人信服地确定，在这一阐释中不把它们考虑在内。在任何情况下，我们的注意力将主要关注序列性问题，它不受某些其他声音影响，这些声音的存在可能需要某些揣测。参见卡瑞安（Karian，2001）关于该诗出版历史的探讨。

一、交流状况与聚焦

　　这首诗中的叙述者是一个自身故事的抒情人，他将自己描述为"教长"，既以第一人称，又以第三人称指涉自己。由此，他虚构的讲述便展现出根据事实讲述的清晰特征：抒情人将自身表现为一位以经验为依据的作者，诗歌中大部分发生之事实际上并非凭空想象，而与作者的传记相一致。诗歌中被表现的世界与当代存在之间的薄弱界限，是赋予诗歌反讽和漫画效果的主要因素。由于传记性材料的详情细节被表现出来，而且抒情人将自己指涉为教长，因此以前的研究未能在抒情人与经验作者斯威夫特之间进行区分。① 然而，在下面的阐述中，我们认为，尽管作者虚拟化的程度较低，但仍然存在着作者与抒情人之间的差别。② 我们假设是在和作者介绍给我们的抒情人打交道，这一假设在形式上由诗歌运用的语言方式得到加强，尤其是其中与奥古斯都时代诗歌用语不相吻合的不规整的韵律和短诗行诗节，还有诗歌的头韵和夸张，都可使抒情人对他的讲述行为、从而对他作为诗人的角色展开嘲讽。

　　抒情人想象着广阔的世界和他朋友对他的死将会产生何种反应，并预先叙述了在他死后将发生的事情。为了做到这一点，他模拟了各种人物讲述的话语，这些话语作为对话或者赞赏者的讲述，以独立的形式表现出来。有一系列其他故事内的讲述者加入"教长"的叙说中，包括："我特殊的朋

---

　　① 维斯（Vieth 1978）是一个例外。他区分了斯威夫特的四种身份：作为经验作者的斯威夫特，作为抒情人的斯威夫特，由他的赞赏者创造的斯威夫特的形象，以及以脚注中的声音出现的斯威夫特，这一声音以第三人称指涉另一个斯威夫特。从叙事学的观点看，斯威夫特的形象与抒情人斯威夫特之间的区分，以及更进一步的聚焦对象与聚焦主体间的区分，可以运用叙述与聚焦间的区分来更好地进行描述。自身故事的抒情人将自己表现为教长，可以是聚焦主体（在这一情况下他聚焦其他的人物），也可以是聚焦对象（在这种情况下，他是一个由其他人物聚焦的想象中的对象）。

　　② 参见瑞安（Ryan, 1980）和科恩（Cohn, 1990）关于作者和具有虚构讲述特征的叙述者的分离。参见尼克尔-培根、格罗本和施赖纳（Nickel-Bacon, Groeben, Schreier, 2002）关于虚构性理论的论述，它将再现以及内容和语用诸方面结合起来。

友们"（第 81～116 行）；"萨福克女士和王后"（第 182～188 行）；"查特斯"（第 191 行）；"沃尔波尔"或"鲍勃"（第 193～196 行）；"我的女友们"（第 228～242 行）；"林托特"（第 255～298 行）；还有凭借"一个相当一般的依据"的"赞赏者"（第 307～488 行）。

通过引入故事内的讲述者，诗歌的视角形式发生了变化，抒情人既是聚焦的主体，又是聚焦的对象。他看到别的人在观察他，但他们观察的内容却是他自己创造出来的，是他所看到的他自身的外显。教长被看作公众人物，并从这一角度评价他的角色，因此我们可以将作者和那个在政治上活跃的人认定为一个具有活力的人物。由于集中于公众声誉，教长的言语中不包含聚焦形式中任何再现的意识：他自己对死和暮年的态度没有被主题化。这与我们在那些以探索死亡为主题的诗歌中通常所期待的恰恰相反。在这里，死亡不是作为一个主题，而是起到促使抒情人思考他在社会中的地位的作用。

在诗歌的某些部分，故事外的抒情人看来消失在其他讲述者戏剧化讲述的背后（引用人物的言语，有时在引用时甚至不出现诸如"说"等表示言说的动词）。然而，当他不向自己叙说时，他假借"外显的叙述者"（Chatman，1978）来叙述，这一外显的叙述者向读者讲述，并使叙述本身成为他叙说的主题（第 71～72 行）。

二、时间关系与序列性

《斯威夫特博士死亡之诗》展现出双重的时间视角，它产生了在他死后的时间里进行陈述的问题。由于他不可能描述他的死以及在那以后的世界，抒情人将这一叙述任务做了委托，在他依然活着时通过回忆（或者，根据他遗忘的具体情况而定），将它交给其他那些讲述者来完成，他们可以谈论教长的过去。从他们的视点来说，这些叙述是回顾性的；从抒情人的视点来说，这又是预述性的。抒情人通过"就说这么多做开场白吧"（第 71 行）将开头的 70 行诗分离开来，以及通过省略"一年过去，情景迥异"（第 245行）和场景变化（"场景从这儿转换，它表示"，第 205 行），给他的叙述构建了精心勾画的一系列缀段结构。这一缀段表面上的结构应该与序列结构中的行动相区分，序列结构的行动基于四个范型，而同样的事件有时可以分配给不同的脚本。

拉罗什富科的箴言提供了第一个组合，它先于诗歌出现，成为某些版本的座右铭："在我们好友的厄运中，我们总会发现某些令我们不快之处。"教长对此表示赞同，并将这种表现归因于人性："拉罗什富科箴言中有言/由大自然我相信所言不虚：/没有腐败的头脑，/错误在人类身上"（第1～4行）。在对箴言的释义中，抒情人强调了人的私人利益，以及可能从其他人的不幸中获利的事实："在我们朋友处于痛苦时，/我们先考虑自己的私人利益，/大自然仁慈地安抚我们，/指明某些机缘让我们满意"（第7～10行）。对于教长说明箴言来源并以例证阐明的这一组合，我们会做出反应，但不是一种同情的反应，而是一种带着愉悦之情的反应，在某个我们熟知的人遇到不幸时更能增加我们自身的价值感。抒情人将这一组合表现为人类行为的一种获得近乎普遍解释的模式。首先在诗歌中以一些抽象的例证做说明，然后再在想象中表现朋友和社会对教长的死的反应。只有在赞赏者开始他的讲述时（第299～468行），这一组合才被打断。可是，这一赞赏者不是作为教长的一位朋友，而是作为一个不抱偏见的观察者而引入其中的。他对教长不仅毫不嫉妒，而且对他表示尊敬，他所讲述的序列起到了重现教长生活，并为他的成就增光的作用。这位赞赏者对教长生活和政治经历的传记式处理，伴随着出现了一个次序列，它的主题是英国的政治和道德宗教的衰落。这一赞美的序列包括一个嵌入部分，专注于政治状况，它本身是一个更大的序列的一部分，这一更大的序列是由赞赏者讲述的，叙述了两年时间里教长体力和精力的衰落。

（一）我们朋友们的不幸增加了我们的自我价值感

"自爱、野心、嫉妒、骄傲"（第41行），刻画了人类（"徒然的人类！荒诞的人类！"（第39行））始源的本质性特征，它引起了我们对我们的朋友们，以及他们对他人的不幸而产生的日益增加的自尊自爱而表现的怨恨。抒情人枚举了存在于同胞中嫉妒的一般例证，也叙说了他自己的表现，表明他也同样因朋友们的文学才华而嫉妒他们："读蒲柏的诗我连连叹息，/

我多希望它就是我的"（第 47～48 行）。在这样做时，他强调怨恨并不纯然是对其他人成功产生的必然结果，而是对朋友们的成功实在无法忍受："命运将赐给我所有对手礼物，/却绝不能给我的朋友：/开始我还可以乖乖忍受，/但嫉妒却让我崩溃"（第 67～70 行）。按照人性的图式，他人的不幸增加了一个人的自我价值感，这种行为模式与一次性事件无关，而是表现为一种普遍的事实。它也在不同时间不同情况下，在不同的人物身上表现出来，从而使这一图式的普遍有效性显得更为明确。在诗歌中，这一行为模式没有与时间框架相关联：叙事结构按单个例证而展开，这些例证相互之间不存在时间先后顺序或序列性关系。此外，诗歌的主要部分（它同样是用来说明这一图式的），则由抒情人提供一个按时间先后顺序发展的结构。其中的各个片段置于时间之中，按照序列框架，从生病到死亡，从死亡到纪念以及记忆的淡化渐次发展。

伴随诗歌的发展，对教长的怨恨在他步入死亡的背景下被主题化（第 73～146 行）。教长的临近死亡并没有在他朋友中产生忧伤，相反，却显露了他们对他的怨恨和他们对他的真实想法（由故事内的抒情人讲述）。就抒情人而言，对他临近死亡时人们的反应证实了拉罗什富科的箴言，因为他已经承认，这一箴言适用于任何人，包括他自己。即便如此，他仍然无法解释他的朋友们从他的死亡中究竟能得到什么。更让人吃惊的是，他试图在他朋友们的行为举止中确切地证明这一模式的有效性："在我预见我特殊的朋友们时，/会尝试发现他们的私人目的：/虽然那很难被理解，/我的死会让他们觉得更好"（第 75～78 行）。接着，教长的朋友们因为他的文学才能而使他蒙羞。从他们的角度看，他显得老套，他的故事太长太过重复："他得花一个钟头找韵律：/他的火熄了，灵机衰落了，/想象力没了，缪斯委顿不堪"（第 100～103 行）。甚至连教长的暮年和衰弱也没能使他的朋友们感到悲伤，需要保证的是他们自己的幸福："那么拥抱自己吧，有理由说，/'对我们说来还不算太糟'"（第 115～116 行）。这些朋友们的行为举止，表明他们不是希望教长康复，反而认为他的濒临死亡是理所当然的，抒情人对他们的愿望和私人利益的思考做了解释："这种时候他们善用辞藻，/用担心表达他们的希望"（第 117～118 行）。

这一序列支撑着全诗。下一个缀段（第 147～204 行）以教长的死作为开头，叙说了在想象中公众人物对他的死产生的反应。这里，抒情人展示了叙述自身死亡的悖论性行为。在格雷的《写于乡间教堂墓地的挽歌》中，抒情人没有叙说他自己死亡的时刻，而是通过其他抒情人来叙说这以后的时光。而在斯威夫特的诗歌中，抒情人以第三人称的讲述，陈述了自己的死亡时刻，在这以后，他才将讲述的任务传递给其他人。① 这些人包括教长的医生们、王后、罗伯特·沃尔波尔，以及书商柯尔。在每种情况下，都显露出教长的死对他们几乎没有产生什么影响，也看不出他们有多少反应的迹象。医生们让教长对他自己的死负责，因为他们说他从不听他们的建议；王后感到宽慰，因为她不用再给他许诺过的圣牌；书商柯尔也可以从教长的死中获益，因为他可以出版教长的书信。

接着是社会对他的死的反应，教长描述了与他接近的作者伙伴们的反应：蒲柏、盖伊、阿巴思诺特（第 205～242 行）。他们竞相表现了他们悲痛的短暂，这样，他们也同样印证了拉罗什富科的箴言。然而，这样的行为类型最终被赞赏者打破，抒情人将其作为不抱偏见的观察者引入，以之作为"一个相当一般的依据"（第 305 行），这位赞赏者赞扬了教长的功绩。

（二）变老，垂死，纪念死者与记忆淡化

在这一序列中，事件的时间顺序位置可以绝对地（非相对地）确定。这一序列包括几个次序列，涉及一系列脚本。几个阶段的叙说依次为暮年的病痛、死亡、朋友们和社会对教长的死的反应。序列中的最后一个阶段包含一个具有特殊意义的次序列，由赞赏者在其中评价了教长的生活和他的成就。

在设想中的讲述行为的开始和教长的死之间，大约涵盖了一年的时间："我的好伙伴，不用害怕，／即便你们可能弄错了一年，／即便你们的预兆跑得太快，／最后它还是要被证实"（第 143～146 行）。教长在死以前的时间

---

① 在格雷《写于乡间教堂墓地的挽歌》中，对抒情人自身的死的叙述也起着核心作用。在格雷的诗中，抒情人力图树立他自己的特殊的形象，在他死后留在人们的记忆中，但这在斯威夫特的诗歌中仅仅是一个次要的功能：影响公共记忆的目标隐退在讽刺性地说明人类自私的背后。这样，教长的死就提供了一个机会，可以证明抒情人的同胞的行为是普遍的、有依据的，而在格雷的诗中，表现抒情人的死的主要效果是突出他的个性。

看到了衰老过程对他产生的影响（记忆衰退，创造力减弱，胃病等）。这让他周围的人预期他很快将会死去。然而，他实际上是在一年以后才死的，超过了他朋友们所预言的时间。伴随着他的死，社会以谈论他的功绩，对他进行纪念。但这些谈论，过了一年以后便停止了。教长从公众的记忆中完全消失，不再为社会提起："一年过去，情景迥异，/教长已经不再被提到；/唉！现在没人泪眼模糊，/就好像他从未存在过"（第245～248行）。唯一似乎还记得他，并肯定地说说他的只有赞赏者了。有意思的是，这位赞赏者既不属于文学圈子里的人，又无任何政治地位，他就是一个普通的酒吧常客。

1. 赞赏者对教长的褒扬

赞赏者的讲述在功能上与整个序列相对，按照该序列所言，他人的不幸能增加一个人的自我价值感。头一序列陈述的那些引人瞩目的成就并未得到称赞，教长从而在他死后被人遗忘。这一个次序列的功能，表现在从另一方面对教长的行动提供了一种新的评价，使他得以活在人们的记忆中。

赞赏者以重新评价斯威夫特的文学作品作为开始，为他在自己的作品中运用反讽进行辩护，指出教长在运用这一技巧时具有医治人类恶习的道德意图。赞赏者继续思考教长与周围世界的关系，在这一过程中，提到了与教长有关系的社会集团：文学界，朋友们，宫廷。在赞赏者眼中，教长的性格特征与教长自己所描述的明显不同。教长将自己描绘成对自己比对他的朋友更感兴趣，并且嫉妒他的朋友，而赞赏者强调的却是他的正派和忘我精神："他不考虑私人目的，/将信任放在朋友身上"（第331～332行）。此外，赞赏者在对教长生活经历的重构和对教长性格特征的描述中，融入了新的声音。尤为重要的是，他突出了教长对自由难以抑制的渴望，而教长自己并未将此视为主题："公正的自由是他唯一的呼喊，/为了她，他准备献出生命"（第351～352行）①。赞赏者的讲述通过将教长的生活与

---

① 对自由的强调与斯威夫特参与的有关爱尔兰问题和他写作反殖民主义者的小册子的政治活动有关。参见奥克利夫（Oakleaf，2003）和希金斯（Higgins，1994）对斯威夫特政治角色的论述；参见法布里坎特（Fabricant，2003）关于斯威夫特与爱尔兰关系的论述。

潜在的可以取舍的经历做对比，揭示了教长的谦逊与道德诚信。如果教长走另一条路，如果他执着于政治权势，如果他避免向公众说话，那么他的生活可能就是别样的："如果他饶了舌头停了笔，/他会像其他人一样拥有玫瑰；/但是，权力他从未想过；/他财富的价值也非一个格罗特"（第359～362行）。没有政治迫害的另一种生活状况，突出了教长的利他主义和正义感，这与他朋友们眼中展现的他的形象形成了对比。

2. 政治与道德状况的恶化

在叙述教长的生活和褒扬他的成就的片段中，赞赏者的讲述包含政治历史的段落。进而，出现了另一个嵌入的次序列，它的主题是英国的衰落。关注教长人生的序列与有关衰落的序列联系在一起，为英格兰的政治状况提供了背景，在这一背景下可以追踪教长的政治经历。赞赏者将女王的死确定为王国衰落的原因："宝贵的生命很快结束，/我们的福祉都有赖于它"（第381～382行）[1]。她过早的死导致王国政治和宗教的衰落："宗教变为无稽之谈，/政府成了巴别塔；/法律滥用，长袍失色，/议院腐败，王冠遭劫"（第387～390行）。对政治和道德衰落的这一描述，就如对另一种生活道路的思索一样，也起到了突出教长政治品格的作用。在教堂和国家忙于内斗的时候，教长代表他的同胞们从事慈善活动。

三、叙述的功能与赞赏者褒赞的地位

在教长的叙述中可以确认的两个功能之间存在着一种张力。一开始，诗歌的标题便主题化了教长的死，从而表明，它的叙述的功能在于确保教长在记忆中占有一席之地。然后，诗歌对比了斯威夫特在回忆中可能出现的两个形象。通过描绘社会和教长的朋友们对他的死可能的反应，抒情人描画了他自我的形象。在这一形象中，对他人的嫉妒占了主导地位，他自己的成就则未提及。在这以外，在赞赏者的讲述中则勾勒了另一幅图景，

---

[1] 抒情人在诗歌中并没有明确提到谁的生命过早结束。然而，诗歌的脚注表明，它所指的是女王的死。

在这里，表明将来教长会得到纪念，他的成就也受到了称赞。在记忆中占有一席之地这一功能，在文学批评界引起了争论，这一争论涉及赞赏者的讲述应在多大程度上视为讽刺，以及这里所提供的斯威夫特的形象是否可以被视为抒情人（或斯威夫特）希望在未来保持的形象。①

赞赏者的言辞本身显示出某种反讽意味。比如，斯莱皮恩（Slepian，1984）注意到，赞赏者在讲述中称赞了教长在他的嘲讽中没有提到任何人的名字；然而，斯威夫特实际上确确实实提到了，在他的讽刺作品中提到一系列政客和作家同伴的名字。这样，故事内的讲述者就运用一个虚构的人物嘲讽了自己的讲述，在记忆中占有一席之地的目的就明显地服从提供讽刺性的训导。这样一来，诗歌就由它的第二个功能所主导，这一功能便是通过在诗歌讽刺中描绘和批评人们的自爱，展现拉罗什富科箴言的真实性。② 赞赏者的讲述在这里显示出一种悖论。在赞赏者的评价中，教长没有为自爱和嫉妒的秉性所苦恼，这在拉罗什富科的箴言中被界定为人类的基本特性。然而，如果我们认为抒情人创造出赞赏者的讲述，以满足他自己的自爱的话，那么，我们会发现抒情人早先的陈述，即他也受制于自爱的本能，便得到了证实。这样，赞赏者的角色便具有两个同步功能：它创造了教长对未来的肯定形象，同时，又通过揭示人类虚荣的力量而对之进行嘲讽。

四、事件性

事件可以根据是否表现出突破人物、抒情人或抽象读者的期待——事件是否关系到发生之事、呈现或接受而进行区分。让人最为吃惊的被打破的期待，发生在教长被他周围的人评价为一个毫无私心的人的描绘中。通过以这种方式表现教长，赞赏者否认了拉罗什富科箴言的真实性，同时也

---

① 参见布斯（Booth，1974）和菲什（Fish，1989）关于文学理论中反讽问题的讨论。

② 参见韦伯（Weiß，1992）论斯威夫特的诗歌讽刺；参见施密德（Schmidt，1977）论斯威夫特的讽刺艺术。

否定了抒情人对他自身的描绘。依据它在其中所见的语境，这一否定以不同的方式创造了事件性。就被表现的各种人物的行为而言，它为我们提供了发生之事中的一个事件：某人（即便他不是教长的朋友）可能会不带嫉妒地尊重另一个人的成就。就抒情人而言，它给我们提供了一个呈现事件，抒情人虚构了他自己的赞赏者，然后这一赞赏者构建出那些不紧抱自爱不放的人们的期望。通过创造这一讲述（虽然用人物的话语），抒情人事实上展示了他自己的自爱，从而背弃了他的盲点。但是，这一自欺可以看作是策略的一部分，抒情人怀着明确地证实无私是一个天真神话的意图，反讽地表现自身，但仅仅是为了揭穿它的真相，并引导读者以批评的眼光洞察自私是人的基本特性这一事实。由此看来，文本旨在引入一个接受事件：在阅读过程中产生态度上的改变。

参考文献

Booth，Wayne C. （1974）. *A Rhetoric of Irony* （Chicago and London）.

Cohn，Dorrit （1999）. *The Distinction of Fiction* （Baltimore）.

Fabricant，Carole （2003）. "Swift the Irishman"，in：Christopher Fox （ed.），*The Cambridge Companion to Jonathan Swift* （Cambridge），48-72.

Fish，Stanley （1989）. "Short People got no Reason to Live：Reading Irony"，in：*Doing what comes naturally：Change，Rhetoric，and the Practice of Theory in Literary and Legal Studies* （Oxford），180-196.

Higgins，Ian （1994）. *Swift's Politics：A Study in Disaffection* （Cambridge）.

Karian，Stephen （2001）. "Reading out the material Text of Swift's Verses on the Death"，in：*Studies in English Literature*，1500-1900 41：3，515-544.

Oakleaf，David （2003）. "Politics and History"，in：Christopher Fox （ed.），*The Cambridge Companion to Jonathan Swift* （Cambridge），31-47.

Schmidt, Johann N. (1977). *Satire: Swift und Pope* (Stuttgart).

Slepian, Barry (1984). "The Ironic Intention of Swift's Verses on His own death", in: David M. Vieth (ed.), *Essential Articles for the Study of Jonathan Swift's Poetry* (Hamden, CT), 295-306.

Swift, Jonathan (1967). *Poetical Works*, ed. Herbert Davis (London), 496-513.

Swift, Jonathan (1983). *The Complete Poems*, ed. Pat Rogers (New Haven and London), 485-498.

Vieth, David M. (1978). "The Mystery of Personal Identity: Swift's Verses on his own Death", in: Louis Martz and Aubrey Williams (eds), *The Author in his Work: Essays on a Problem in Criticism* (New Haven and London), 245-262.

Weiß, Wolfgang (1992). *Swift und die Satire des 18. Jahrhunderts: Epoche-Werke-Wirkung* (München).

Waingrow, Marshall (1984). "Verses on the Death of Dr. Swift", in: David M. Vieth (ed.), *Essential Articles for the Study of Jonathan Swift's Poetry* (Hamden, CT), 307-314.

第六章 托马斯·格雷：
《写于乡间教堂墓地的挽歌》

丧钟在傍晚时分响起，
牛群哞哞缓步迈过草地，
农夫疲倦地走回家门，
世界给我留下一片黑暗。

5 微光闪烁的景致在眼前褪去，
肃穆寂静笼罩在天空之上，
嗡嗡营营的甲虫飞来飞去，
慵懒的叮咚声为羊群催眠。

远处青藤覆盖的塔楼上
10 忧郁的猫头鹰对月抱怨，
谁在她隐秘的闺房旁徘徊，
在她古老独享的领地骚扰。

粗粝的榆树和紫杉树荫下，
青草地上隆起累累荒冢，
15 每座狭小的墓穴里安卧着，
小村里朴实无文的先祖先辈。

微风传来芬芳黎明的呼唤，
燕子在茅草窝中呢喃细语，
雄鸡嘹亮的叫声如号角回响，
20 再不能将他们从陋床上唤醒。

灶膛的炉火不再将他们温暖，
忙碌主妇不再有傍晚的关切；
孩子们不能向归来的父亲耳语，
爬上他膝头献上让人嫉美的吻。

25　他们的镰刀曾多少次迎来收获，
坚硬的土地曾多少次被翻耕；
他们曾多么欢快地驾着马车！
有力的砍伐曾多少次让树木低头！

不要让抱负嘲笑他们有益的劳作，
30　家常的欢乐，默默无闻的命运。
宏伟听了他们不足道的经历，
也不要露出鄙夷不屑的讪笑。

自夸的纹章，威严的权力，
美色和财富所给予的一切，
35　同样在等待不可避免的时辰，
条条荣华之路终将导向墓地。

如果他们墓上没挂纪念品，
在通过长廊和装饰的拱顶，
没有四处鸣响高声的赞美，
40　你，骄傲，不要将这些过失归罪。

装饰的瓮或栩栩如生的胸像，
难道能将远离的呼吸唤回家？
荣耀的声音能激起默然尘埃？
恭维能抚慰死亡冰冷迟钝的耳朵？

45　也许这无足轻重的地方躺着
　　某颗曾经孕育天国之火的心，
　　某双曾经挥动帝王权杖的手，
　　或曾撩动优美琴声让人如痴如醉。

　　知识的书页对他们丰富无比，
50　在时光的销蚀中却从未展开；
　　贫寒抑制住他们高贵的怒火，
　　冰镇着富有天才的灵魂流动。

　　多少清澈晶莹的奇珍异宝
　　沉在海底深不可测的洞窟；
55　多少花朵开得嫣红无人见
　　在荒漠的空气中枉失芳香。

　　或许有无畏的村民汉普登
　　曾挺胸反抗周边的小霸主；
　　或许某个籍籍无名的弥尔顿，
60　某个不沾血的克伦威尔在此安息。

　　倾听元老院发出的掌声，
　　鄙视痛苦和毁灭的威胁，
　　将富足撒播在明媚的土地上，
　　从国家眼中理解他们的历史。

65　他们已无这命运：既不限制
　　美德的成长，又不限制犯罪；
　　既不通过杀戮去获得王位，
　　又不向人类关上仁慈之门。

既不隐藏良知挣扎的痛苦，
70　又不隐瞒天真无邪的羞愧，
或者用缪斯焰火燃点的熏香
堆积供奉奢华和骄傲的神龛。

远离尘嚣的鄙俗纷争，
他们清醒的愿望从不迷途；
75　置身人生清凉幽静的山谷，
他们保持自己无声的旋律。

为让这些尸骨免遭无礼，
简陋的纪念碑依然竖起，
粗糙的诗句不成形的雕饰，
80　吁求过往行人献一声叹息。

胸无点墨的缪斯写出名字和年份，
替代在那的鼎鼎大名和挽歌；
她还传布许多神圣的文字，
教乡里有道者如何面对死。

85　因为谁肯木然成为牺牲品，
放弃这愉快而焦虑的存在，
离开那温暖而惬意的日子，
身后不留下渴望缠绵的流盼？

离别的灵魂依赖温柔的胸膛，
90　闭拢的眼睛需要虔诚的泪水；
就连坟墓中也有自然的呼唤，
我们的骨灰中有前人的火种。

至于你，留意无名之辈离去者，

在这些诗行中叙说他们的平凡；

95 如果凑巧有孤独的沉思引领，

志趣相同的人会询问你的命运。

或许有位白发乡野村夫会说：

"我们常在黎明时分看见他，

"匆忙的脚步行走在露珠间，

100 "在那高处的草地迎接朝阳。

"那边山脚下布满了山毛榉

"古老奇异长长的树根四处盘绕，

"正午时他会伸长身子无精打采，

"全神贯注潺潺流淌的溪水。

105 "现在又自嘲地逛到树林边，

"喃喃自语冒出奇思异想，

"又或滴下悲伤绝望的眼泪，

"或狂热的关注，或无望的爱。

"一天早晨，在他熟悉的小山，

110 "在石楠荒野和他喜欢的树旁都不见他，

"第二天早晨，无论小溪旁，

"草地上，还是树林边都没他的身影；

"接下来一天，我们看见一队悲伤的人

"唱着哀歌缓缓将他抬入教堂墓地，

115 "走近去读读吧（因为你识字呀），

"那老山楂树下刻在石上的铭文。"

墓志铭

这里，他的头枕在安稳的大地上，
躺着时运和名望都无人知的青年。
公平的科学未对他的寒门皱眉，
120　忧郁枉自在他身上留下痕迹。

他心灵纯真而又慷慨大度，
上天也同样给他足够的回报；
他给了悲戚唯一所有的一滴泪，
得到上天给他所希望的一位朋友。

125　无须再寻求他的功绩以彰显，
或从畏惧的居所挖掘他的弱点，
那里，他们都在颤抖的希望中
在他天父和基督的怀中安息。①

　　托马斯·格雷（1716—1771），该诗发表于 1751 年，被认为在 1742 年
至 1746 年开始创作。

一、作品构成与序列结构

　　在这首诗中，抒情人透过两个连续的序列（序列 A 与序列 B），试图使
生命继续下去，构成诗歌整体的叙述布局。也就是说，他通过以叙述来影
响纪念的行为，从而在对过去生活的纪念中获得一席之地。被纪念的是两

---

　　①　William Collins and Oliver Goldsmith，*The Poem of Thomas Gray*，ed. Roger
Lonsdale，London，1976 [1969]，pp. 117-140.

个不同的主人公：埋葬在乡间教堂墓地的村民（序列 A：第 13～92 行），
与抒情人自身（序列 B：第 93～128 行）。在对村民的纪念中，诗歌回顾性
地展现并保存了对他们的回忆。而在涉及抒情人自身时，诗歌的目的则是
超越现在，构成保持对某个现在依然活着的人未来的纪念。两个序列也在
视角和叙述模式上有所不同。在序列 A，抒情人怀着思索去观察和记录村
民们过去的生活；在序列 B，他一开始就通过简要的自我描述，使自己成
为表现和观察的对象，接着（从第 98 行以后），则呈现出一幅更为细致的
自我的画面，这一画面出自一位村民的眼中所见。抒情人（或对或错地）
预期村民们将会如何看待他，以直接引语将村民们的话语呈现出来。抒情
人对村民生活思索性的重建涉及过去，而他自己的生活则涉及将来。①

　　对抒情人生活和其他人生活的叙述，在结构上是相似的：两者都表达
出一种愿望，记住他们所讲述的人；两者所叙说的也都是处于边缘中、过
着封闭生活的人。这样，抒情人最终可以被认为是这两个故事的主人公，
他寻求自身的界定，通过对村民的叙说而赋予自己身份，通过表达他目前
的危机状况，寻求在子孙后代中存活。抒情人的叙述，开始是隐蔽的，后
来有些公开的都涉及他自己。它的作用在于确认他是一个什么样的人，并
在忧郁顺从的基调中保持那一身份。在这些叙述中，抒情人指涉自己这一
事实能部分地得以隐藏，原因在于聚焦的变化：抒情人从想象中的村民眼
中聚焦他自身的内聚焦者，向从外部来聚焦抒情人的聚焦者发生转变。

　　在这两个序列之前，出现了对乡村教堂傍晚的描述，它的引入十分自
然（第 1～12 行）。抒情人在感受到所发生的各种事的同时，叙述了黄昏的
降临，这将他隔离在教堂墓地中，割断了与周围的联系，使他能够陷入孤
独的沉思遐想的状态中。采用他自己作为随后他沉思的参照点，这在诗歌
开始导入的描述中，在头一诗节最后的位置上（第 4 行）出现的、整首诗
中唯一对抒情人的代词指称中明显反映出来。相对于这一点，一般地说，
诗歌的框架和脚本可以分别界定为自然的沉思、黑夜的降临和乡村白天的
结束。同位语以两种方式为所发生的事提供特殊的语义内容。第一，充满
生机的、活跃的等观念，在死亡和分离（"丧钟……响起"）以及回归歇息

_____

　　① 参见威廉斯（Williams，1984：100ff.，160ff.）对该诗序列的另一种划分。

（"疲倦地""回家""褪去""肃穆寂静""慵懒的"）所隐喻地生成的内涵的抑制下，走向结束。第二，寂寞和孤独在语义特征上被激活。这样，自然世界中乡村环境的具体呈现便与终结、孤独、排除的语义内涵相伴而行。它们随后在两个叙述序列中再现，并起到了关键性的作用。

二、序列 A：村民们的生活

序列 A（第 13～92 行）表现的是村民们的生活，它可以分为两个次序列：次序列 A1（第 13～44 行）和次序列 A2（第 45～92 行），它们本身被分成两个部分。纪念可以认为是总的框架，一如诗歌标题中的"挽歌"本身所示；整体的脚本可以界定为通过准备纪念物，尤其是通过叙述或碑文的方式，保持对死者的纪念。因此，通过这些次序列的叙述，将埋葬在乡村教堂墓地中的村民生活加以再现。他们的生活被认为值得保存，并通过叙述赋予他们以记忆中的位置。这些叙述性地重建的生活故事带有否定的方面，如村民们的生活永久地结束了，再无可能继续；这些村民都处于边缘地位；他们以及他们的生活都无多少价值可言，看起来不值得引起关注；他们从未有发展他们的天赋、意识到他们真实潜力的机会，这从情感上加剧了对他们进行解释和渴望保持对他们纪念的欲望。这些否定的一面由所有序列都具有的三类同位（或同位组合）的共同特征而进一步加强，这三组同位使它们在语义上获得了三类等同义，分别是：短暂的，已逝的，过去；没有发展，没有实现，没有生活；被排除，被边缘化，让人遗憾。村民们生活的这些否定的一面，归根结底因两个因素而产生。从自然规律来说，它势必受到世间生活的普遍有限性的影响；从社会方面来说，势必受到社会阶层之间的严重分裂和随之而来的上层阶级对下层阶级蔑视的影响。简言之，它受制于短暂性与排斥性——这是开头部分引言主题所显示的两个同样的语义特征。村民们生活的这否定的一面，由人类在情感上（在 18世纪的意义上）保存他们的自然需求和富有同情心的纪念所抵消。作为对已经丧失的一种对比和疗救性反应，纪念的功能在这里由保存、参照、象征的同位结构而交流贯通。也就是说，纪念可以提供与过去的生活和已亡人的一种转喻连接。诗歌对村民们简朴生活故事的叙述，其力量一方面源自他们生活的微不足道；另一方面则源自对永恒性的共同欲望和记忆在情感上的敏感性。

如前所述，序列 A 包括生活和记忆这一脚本相续的两种状况：次序列 A1（第 13～44 行）和次序列 A2（第 45～92 行）。它们在叙述中再现已经故去的村民们的日常生活（第 13～28 行），和他们生活的一般情况（第 45～76 行），在这两者中都伴随着记忆过程中对这些存在者的思考（第 29～44行，第 77～92 行）。两个次序列分别以四个诗节为一组，在形式上突出了它们的对称性。

次序列 A1（第 13～44 行）专注于使乡村中人们的生活显得高贵而尊严，从而赋予他们以记忆中的一席之地，因为他们通常被社会鄙视而遭到拒斥。在第 13 行到第 28 行中，抒情人讲述了埋葬在墓地中的先辈村民们（理想化）的日常生活。他以预期性的叙说开始，描述了已经消逝的家庭生活的早晨和晚间，而这在将来再也不会出现（第 13～24 行）。接着，他回顾性地直接复制了过去的日常劳作，这同样是理想化的（第 25～28 行）。这里出现了线性时间顺序的偏离：在描述夜晚之后再描述白天；以及表现模式的变化：从对未来的否定性描述转为对过去的积极叙说，以之突出早先村民们的日常劳作，并将这些劳作视为一种特殊的成就。通过以高贵的一英雄般的同位结构来表达，使他们的生活显得更具尊严。它以隐喻性的词和短语（如"嘹亮的……号角""收获""坚硬的土地……被翻耕""有力的砍伐……让树木低头"），表现了日常生活和农作的辛劳，赋予它以战时英雄主义的内涵以及它自身价值的高贵意义。

对村民生活的这种肯定态度，在次序列 A1 的第二部分（第 29～44 行）仍然继续着。在这里，对村民们由于地位低下而被鄙视，抒情人采取了断然拒绝的态度。① 抒情人不想简单地通过回忆他们的生活以为他们辩论，而是明确提出不应该将他们看得微不足道（第 29～32 行，第 37～40 行）。他指出，生活中这些更具个人特色的东西都已经丧失，无论何等浮夸的纪

---

① 参见理查德·沙（Richard C. Sha，1990）关于格雷对下层阶级明显的矛盾态度的论述。

念都再不能将之唤回，以此来为他的呼唤做辩护（第33～36行，第41～44行）。抒情人陈述的理由和它背后的争论，在这里以紧密连接的叙述形式表现出来。

次序列 A1 专注于过去的生活，以它实际上（更确切地说以想象中）的情况表现出来，次序列 A2 展现的则是先辈村民们应该有，但却由于对他们存在的种种限制而未能实现的生活（归根到底这又是另一个思索之下的例子）。在它后面又一次伴随着在纪念中对永恒不朽的渴望。在从第45行到第76行的8个诗节中，抒情人以一种有条件或否定性的形式，叙说了故去的先辈们假想中应该有，但却因为社会的限制而被排除在外的生活。他以显现出重大的罪行同时也以伟大的文化成就的形式，表现了他们未实现的潜在的矛盾性事件。这牵涉各种可能的传记人物——包括诗人、政治家、学者、叛逆者，以及暴君、说谎者、挥霍无度者——所有这些都以简洁的叙述形式呈现出来。在这一次序列的第二部分（第77～92行），抒情人再次将眼光投向他周围的墓地，叙述了死者为确保他们在记忆中的位置而做出的积极努力——这一努力就是寻求永生，至少以象征性的形式跨越人生的短暂。这一欲望源自人类灵魂的自然需求（"离别的灵魂""自然的呼唤"）。可是，当纪念碑被竖起的时候，其纪念功能本身是由物质的纪念所承担的，这样，它所提供的永恒性就脱离了人类个体，作为一个纪念碑而独立存在。

三、序列 B：抒情人的生活与纪念

序列 B（第93～128行）是抒情人的生活和纪念，同样划分为两个次序列：次序列 B1（第93～116行），他的生活与死亡；次序列 B2（第117～128行），对于他的纪念。在语义含义上，序列 B 的结构与序列 A 相似（否定与保存的同位）。

第93行到第116行（次序列 B1），抒情人转向自己（"你"，第93行），叙说了他假想中的生活及其在乡村中的死亡。在这一过程中，他采用了从属故事叙述（hypodiegetic narrative，第98～116行），运用了一个虚构的村民（"乡野村夫"）作为故事内叙述者（intradiegetic narrator）。这一从属故事叙述是向另一个虚构的人物、抒情人的某个"志趣相同的人"讲述的。作为不同社会阶级中的一员，抒情人在这一环境中是以一个边缘化的、微不足道的人物，一个更广阔的世界里村民中的一员而出现的。这一状况以及它展开的方式，因与村民们的生活与死亡基本相似的同位（短暂的；被排除的，孤独的；不被理解的）而更为明显地表现出来。

墓碑是一个具有特色的纪念物：它上面刻着"墓志铭"（第 117～128 行，次序列 B2），用这一方式进行叙述，从而保存抒情人的整个生活。他的生活在主题上与村民们的生活相似，由于社会的因素限制了他潜力的发展（"时运和名望都无人知"，第 119 行）。他过早的死（"这里，躺着……青年"），进一步增加了种种未得以实现的东西的影响。墓碑上的铭刻与乡野村夫叙说之间的关系显得有些含糊而矛盾。一方面，由于村夫没有阅读的能力，不能大声将碑铭读出来，也就不能直接将它嵌入他的叙述中（作为替代，它与这一叙述平行，从而可以作为从属故事描述出来）。另一方面，对听者来说（这一听者可以阅读并在村夫的要求下去读），它又直接与他刚刚听到的叙述联系在一起；就此而言，这一墓志铭可以描述为从接受者视角出发的从属故事。

与序列 A 不同，序列 B 的第二部分，即"墓志铭"部分，不仅列出了希望保存在记忆中的人，而且还以诗歌所描述的人生故事，提供了更广泛的认识。[①] 在这方面，序列 B 代表着对序列 A 的一种强化。

关于叙述所涉的时间位置，有关抒情人生活的从属故事分别通过乡野村夫和墓碑而加以叙说，但这两个序列的叙述是假设的，在时间上是预期的。因此，序列 A 与序列 B 在时间上的指涉不同。如果说村民们关心重建和保存过去，抒情人关心的则是预期未来并保存他的未来。抒情人试图在他死后依然使他的存在不朽，这是他刚刚代表村民们所做的同样的工作。

---

① 夏普（Sharp，2002）提出书面记忆在印刷术兴起的历史背景下的相关性问题，认为它导致出现作者和读者之间一种非个性化的、不受个人情感影响的客观关系。

四、视角结构

序列 A 与序列 B 的第一个差别存在于它们之中的主人公、乡村村民与抒情人之间。这一差别一方面表现在叙述声音上，这一声音首先属于抒情人，然后属于乡野村夫；另一方面表现在所运用的聚焦种类上。总体而言，诗歌运用了借助抒情人最大限度的内聚焦方式。除了很少几处例外（第 1 行到第 12 行和第 77 行到第 84 行所感受的诗歌的详细背景），诗歌呈现的不外是思考、推测和想象，序列 A 与序列 B 均如此。情感和思想层面在聚焦中自始至终贯穿一致：每一种感受和思想都染上了忧郁、思乡、悲戚这种普遍气氛的色彩。上层阶级不足为信，简朴的生活则受到尊重，村民们首先便持这样的态度，随后在墓志铭中的年轻人也同样如此。由此建立起了两个序列的同构关系。

在整首诗歌基本采用的内视角范围内，就抒情人从外部观察他自身而言，在序列 B，聚焦并未改变到另一个想象的位置上。通过他的自我呼语①（第 93～97 行），抒情人使他自己成为感受的对象，为第 98 行出现的叙述声音和聚焦的变化开辟了道路：一位故事内叙述者被引入其中，开始采用由乡野村夫所代表的集体视点（"我们"，第 98 行）。首先在第 92 行，抒情人是聚焦主体，而在第 93 行他就成为聚焦对象，尤其是在第 98 行及其之后。② 有趣的是，抒情人并未从上述任何一种情况中聚焦。这在乡野村夫的叙述中表现得很明显，但同样也适用于第 92 行开始的思考。它们所叙述的是抒情人关于村民们的所思所想，但却未明确地提到他自己的感情和态度，尽管这并不能阻止我们从这些想象外在的投射中推测抒情人的内心状态。在墓志铭中，抒情人从远距离的概括中聚焦。先前仅仅表现为暗示的精神状态：孤独、人生短暂和不公的悲哀，等等，在这里被明确地得到了

---

① 呼语（apostrophe），指抒情诗歌或演说等用第二人称称呼不在场的人物或拟人的事物。——译者

② 参见布雷迪（Brady，1965）关于格雷"挽歌"中视角的核心作用。

证实。

五、自我界定与事件性

对待生活的态度在结构上的等同，同位现象的相似，情感和思想聚焦的一致性，都表明抒情人叙述中的变动不过是他自己在诗歌中生活形象各种表现的等同物。对他生活的叙述，首先通过村民们的生活（序列A）而表现，然后从外部由村民们所见，展现出他自我想象的画面（次序列B1），最后，则是他墓地的碑刻，这是从一个非个人的但知晓实际存在的视角呈现出来的（次序列B2）。在所有这三种情况下，这一故事涉及的都是关于被边缘化、被排斥、生命短暂、潜力未能实现这类状况。抒情人以他所叙述的关于他自己的故事，来界定他的个性和身份。他描绘了可以预料的被社会排斥、潜力得不到发展的状况，但是他也表现了对其他人密切关系的强烈渴求。[①] 这一愿望在墓志铭中提到的某位朋友（"一位朋友"）中表现了出来，同样也出现在那位询问他的"志趣相同的人"的念头中，类似的还有强调（想象中）死去的村民们亲密的家庭关系。对于密切的社会关系的强调在抒情人与（死去的）村民们之间建起了一座桥梁，含蓄地将之与上层统治社会非个人的公共生活形成对照。他所渴望的密切的社会关系的重要性，在叙述中那种富于柔情的调子中也流露了出来，这些叙述表明了一种真实性，其目的在于使读者对抒情人也采取相应的态度。

诗歌序列的顺序使我们得以描述叙事进程的总体特征，更为精确地界定诗歌的事件性。序列结构可以用两种方式来解释。一方面，它表明叙述者通过在他想象中重建村民们的故事（序列A）的方式，达到领悟他自己

---

① 麦卡锡（McCarthy，1997：140f.，150f.）的观点是，抒情人的地位在诗歌中发生了变化，从一个旁观者变为一个参与者。这一观点是不对的，因为他在最后也并不比他在一开始更多地融入村民社会中，虽然可能存在着渴望密切的个人关系的愿望。参见，如布雷迪（Brady，1965）。

的生活故事（序列 B）。在这一情况下，他对其他人生活故事的叙述就成为提前构建他自己生活故事的途径。另一方面，序列结构的顺序也可解释为设计诗歌结尾的一种策略技巧。这样，对村民们生活的思考和对他们进行回忆的兴趣，就主要成为一种前文本，使抒情人得以对他自己不稳定的状况做出反应。这两种观点的不同仅仅表现在归属于抒情人自我意识程度上的差别。不管诗歌的微观结构如何，它各个部分的整合可以与抒情人有意识的计划关联起来，但很明显的是，叙述本身就是一个故事：两个叙述序列的安排使叙述者的自身界定得以成形地叙述出来。

诗歌的事件性可被理解为在一定程度上对预期的叙事进程的偏离，这一事件性不在于抒情人努力确保他自己记忆本身的存在，因为这一目标被作为某种人类普遍具有、从而被期望的东西而表现。[1] 从媒介事件的意义来说，重要的是记忆产生的不同寻常的方式。抒情人在诗歌中明确地陈述了他将来的墓志铭，以及一首抓住他生命本质（如抒情人希望看到的）诗歌，并悖论性地在他仍然活着时，在思想上预期在他死后的时间里依然保持他的存在。序列安排的不同解释描述了上述对诗歌事件性的影响，它只有在抒情人更强的自我意识（在有意策划的意义上）可以证明被减少的情况下才会产生。还需要注意的是，自我的挽歌作为对自己纪念的诗意陈述，不同于诗歌中在社会意义上区分开的两种生活方式，也不同于诗歌中纪念死者所表现的两种方式。抒情人建立了具有内在价值的同情和敏感的能力（"他心灵纯真而又慷慨大度"，第 122 行），其重要性不亚于村民们富有成就的农业劳作，以及伟人们政治、军事、经济上的成就。墓志铭界定了抒情人的个性，它不同于村民们坟墓中基于类型的墓碑铭文，也不同于先辈们的坟墓，这些坟墓中的纪念碑强调简朴，从而将抒情人从上流社会中排除出来。

这样，通过贯穿诗歌的叙事进程（并将他自身的生活叙述置于作为整体表现的诗歌中），抒情人创造了他的个人身份，在这一个人身份的创造中，既涉及他彼此进行对比的两个社会阶层的身份模式，又将自己从他们

---

[1] 参见史密斯（Smith，1977：40-54）关于格雷的"挽歌"与作为文类的挽歌传统之间关系的讨论。

当中区别开来。①在将来被纪念，是这一叙述中身份建构的核心因素。② 访问陌生人（"志趣相同的人"）的想象，是抒情人自我的第二版本，它是由另一个人在墓志铭中所描述的他的生活，这归根到底是他自己所描述的他自我的生活。由此，诗歌隐藏的状态被一种精心伪装的自反性显露出来③，这是浪漫主义孤独的自我界定的先驱。④ 虽然如此，我们不能不注意到，诗歌使自我获得稳定并保存自我的存在有赖于他人：乡野村夫和"志趣相同的人"的感受，以及他们无论如何或多或少地意识到他。在这一点上，它在 18 世纪的意义上强调了身份的社会构成。⑤ 这样，这里所建构的身份类型就代表了文化历史中的两个时代。⑥

然而，抒情人试图通过在叙述中构想他自己的挽歌和墓志铭而获得身份，以确保他在将来的纪念中获得一席之地，这从根本上说是充满矛盾的。以这种方式预见他自己的死亡而稳固他的身份，只有在抒情人采取一种极不稳定、边缘的位置，指向他深层存在的不安全感时才是有可能的。⑦ 但是，不能让这一矛盾变得过于明显，否则在这首诗中构建的自我保证的有效性将受到威胁。⑧ 为了掩盖矛盾，抒情人与其他人的叙述充满了伤感，给人一种自然发生的印象。可是，这些技巧的运用还是反映了出来——在

---

① 纽威（Newey，1995：1-8）从孤独与社会认知之间的张力的角度，谈到了抒情人对自己的诗意定义。

② 有关它的核心主题关联，在如赖特（Wright，1977）的论述中做了说明。

③ 有关格雷的文献被认为对于自反性具有不同的意义。参见，如歌特勒（Mertner，1978）；朗德萨尔（Londsale，1975），他认为自反性与自我疏离的技巧有关；布朗森（Bronson，1965）则从高雅合宜的角度来看待它。

④ 威廉斯（Williams，1988：1044ff.）将格雷的《写于乡村教堂墓地的挽歌》归为"伟大的（浪漫）抒情诗"，从而将它与浪漫主义联系起来。

⑤ 参见米德（Mead，1967）关于身份的概念。

⑥ 韦因费尔德（Weinfield，1991）将格雷的《写于乡村教堂墓地的挽歌》看作英国抒情诗发展中一个关键的转折点。他认为这首诗歌反映了对于历史和对于抒情人的新的概念一种变化的态度，虽然理论上的论述尚显得不太清晰。

⑦ 参见麦卡锡（McCarthy，1997：15），他把不确定性解释为诗歌结尾的产物，虽然解释得不太具体明确；也可参见纽威（Newey，1993），他揭示了格雷这首诗中身份构成普遍的不稳定状态。

⑧ 参见霍恩（Hühn，1991）。

抒情人背后，可以说——在诗歌的结构和文本中反映了出来，它使创作主体的视角，即抽象作者的视角明显可见。

六、抒情特征

格雷《写于乡村教堂墓地的挽歌》一诗的头一个特征，对抒情诗歌来说（尤其是浪漫时期，如格雷在这里的前浪漫主义诗歌），显得十分独特，这就是叙述自反性和自我界定的悖论性结合。在解释自我，并通过叙述自我的情感行为和精神发展来界定自我的同时，也隐藏了对这一自我的指涉。第二个抒情特征（这一特征使头一个特征更完整，并使它进一步得到确认）存在于这样一个事实中，即叙述发生在一个尚未结束的故事中。死亡，作为人生叙事中未来的终点，是在预期中进行叙说的，然而，它也是唯一的时间位置，生命故事的最终意义从中被叙说，以后再无可能修正。它也是唯一的时间点，由人生所描述的故事可以在其中可靠地、决定性地确定下来。① 抒情人从他自身生活过程的一个位置进行叙述，前瞻性地预先回顾，并试图确定他生命最终可被看到的形式。以这一方式，他希望通过对将来的叙说以稳固自己目前的身份。

就抒情人自身生活叙述的自我指涉与诗歌的关联而言，格雷《写于乡村教堂墓地的挽歌》在策略上与莎士比亚第 107 首十四行诗、斯威夫特的《斯威夫特博士的死亡之诗》、济慈的《忧郁颂》，以及多恩具有不同形式的《封圣》等诗歌中采用的方式相类似。所有这些诗歌，在其运用文艺作品的永恒性以从遭遇危机的、短暂的个人生命存在中去保存自我这一点上，具有共同性。而其差别则在对他者的指涉不同。在自我界定中指涉具有核心作用的具体的个人，仅仅出现在多恩和莎士比亚的诗歌中，其中的个人分别是一位心爱的女子和一位朋友。此外，在斯威夫特和济慈的诗歌中，自我在本质上是孤立地表现出来的，只有在某些作为假设的情况下，如一种愿望（斯威夫特诗中中立的赞赏者），或一种不曾发生（济慈），这时，对

---

① 参见本杰明（Benjamin，1977）、布鲁克斯（Brooks，1984：22-34）。

他者的指涉才具有主题意义。这里，以他对一位朋友（墓志铭中）和他理想化的"志趣相同的人"的指涉，格雷处在一个中间的位置上。这种与"我"想象中的自我越来越孤立的关系，似乎是诗歌写作时代的产物。

参考文献

Benjamin，Walter（1977）．"Der Erzähler：Betrachtungen zum Werk Nikolai Lesskows"，in：*Illuminationen：Ausgewählte Schriften*（Frankfurt/Main），385-410.

Brady，Frank（1965）．"Structure and Meaning in Gray's Elegy"，in：F. W. Hilles and H. Bloom（eds），*From Sensibility to Romanticism*（New York），177-189.

Bronson，Bertrand H.（1965）．"On a Special Decorum in Gray's Elegy"，in：F. Hilles and H. Bloom（eds），*From Sensibility to Romanticism*（New York），171-176.

Brooks，Peter（1984）．*Reading for the Plot：Design and Intention in Narrative*（New York）．

Hühn，Peter（1991）．"Outwitting Self-Consciousness：Self-Reference and Paradox in Three Romantic Poems"，in：*English Studies* 72，230-245.

Lonsdale，Roger（1975）．"The Poetry of Thomas Gray：Versions of the Self"，in：*Proceedings of the British Academy* 59，105-123.

McCarthy，B. Eugene（1997）．*Thomas Gray：The Progress of a Poet*（Madison）．

Mead，George Herbert（1967）．*Mind，Self and Society from the Stand-point of a Social Behaviorist*，ed. Ch. W. Morris（Chicago and London）．

Mertner，Edgar（1978）．"Thomas Gray und die Gattung der Elegie"，in：*Poetica* 2，326-347.

Newey，Vincent（1995）．*Centring the Self：Subjectivity，Society and Reading from Thomas Gray to Thomas Hardy*（Aldershott）．

Newey，Vincent（1993）．"The Selving of Thomas Gray"，in：W. B.

Hutchings and William Ruddick (eds), *Thomas Gray: Contemporary Essays* (Liverpool), 13-38.

Sha, Richard C. (1990). "Gray's Political 'Elegy': Poetry as the Burial of History", in: *Philological Quarterly* 69, 337-357.

Sharp, Michele Turner (2002). "Elegy into Epitaph: Print Culture and Commemorative Practice in 'Gray's Elegy Written in a Country Churchyard'", in: *Papers on Language and Literature* 38: 1, 3-28.

Smith, Adam (1982 [1759]). *The Theory of Moral Sentiments*, ed. D. D. Raphael and A. L. Macfie (Indianapolis).

Smith, Eric (1977). *By Mourning Tongues* (Ipswich).

Weinfield, Henry (1991). *The Poet Without a Name: Gray's 'Elegy' and the Problem of History* (Carbondale and Edwardsville).

Williams, Anne (1984). *Prophetic Strain: The Greater Speaker in the Eighteenth Century* (Chicago).

Wright, George T. (1977). "Stillness and the Argument in Gray's Elegy", in: *Modern Philology* 74, 381-389.

第七章　塞缪尔·T. 柯勒律治：
《忽必烈汗：或梦中幻景断片》

下面的诗歌片段是应当之无愧的杰出诗人拜伦的请求而发表的，而且，就作者自己的意见而言，与其说基于任何诗意的价值，不如说是一种心理上的好奇心。

1797 年夏天，当时作者健康欠佳，退而来到珀洛克与林顿之间一所偏僻的农舍，它位于萨默赛特郡和德文郡交界的埃克斯穆尔。由于略感不适，开了镇痛剂，在药物的作用下，当他在椅子上阅读《珀切斯游记》①，读到"忽必烈汗下令在此建造宫殿和豪华的花园，于是十里膏腴之地被围上围墙"时，因药性发作而昏昏睡去。作者持续熟睡了约三小时。至少在外部感觉上，他在这段时间里怀着最生动的自信，情不自禁作诗不下二三百行。没有任何感觉或意识到曾做任何努力，各种形象便在他面前栩栩如生地呈现，与表达的对象分毫不差，那可称作真正的创作。醒来之后，他对整个过程记忆犹新，取出笔墨和纸，急切地要将保留在脑海中的诗行记载下来。很不巧，这时他被一位从珀洛克来的人叫了出去，耽误了一个多小时。再回到屋里，他意外地发现，虽然仍然保留着一些模糊而朦胧的记忆，但除了八九行零散的诗行和残缺的形象外，所有其他一切都烟消云散，就像一块石头扔进溪流中在水面上出现的影像一样，再也没能让它恢复。

> 那时充满魅力的所有一切
>
> 都被打破——那如此迷人的幻影世界
>
> 突然消失，成千个小圈弥漫四散，
>
> 一个使另一个变得奇形怪状。停留一下吧，
>
> 可怜的年轻人！连你的眼睛都不敢抬起——

---

① 　1613 年。

小溪很快就会恢复平静，很快

美景也会回归！瞧，他留下来了，

那些爽心悦目的朦胧的碎片很快

将战栗着再度重现、联合，现在又一次

池水平静如镜。①

从尚存的记忆中，作者不断地力图将他脑海中原先出现的一切原模原样地呈现出来。可是，明天还是没有到来。

作为与这一幻景的对比，我附加了一个具有完全不同特性的片段，同样逼真地描述了一个痛苦不安的梦。②

忽必烈汗

忽必烈汗曾在上都降旨

造一座宏伟的欢乐之宫；③

阿尔弗圣河在此奔流，

穿过深不可测的洞窟

5　注入不见阳光的海底。

方圆五英里肥田沃土，

环绕着塔楼和城墙；

蜿蜒的溪流在花园间闪耀，

树枝上鲜花盛开，芬芳绽放；

10　这里的密林如青山般古老

———————————

① 这些诗行取自柯勒律治的《画像：或情人的决心》(Ⅱ. 91-100)。

② 这是柯勒律治的诗歌《睡眠的痛苦》的注解，这首诗紧随《忽必烈汗》后印行，出现在 1816 年的《克丽斯特贝尔；忽必烈汗，一个幻景；睡眠的痛苦》中（见 Keach，1997：566）。《睡眠的痛苦》与《忽必烈汗》形成了直接的对比，前者涉及的是饱受折磨的地狱般的景象，而不是鼓舞人心如天堂般的情景，也未指涉创造性的主题。在序言末尾对这首诗的注解中，第一次运用了第一人称（"我附加了"），它的主要功能（也因此引起争议），是突出这样一个事实，即作者在《忽必烈汗》的所有话语中以第三人称来指涉他自己。作者在提及《睡眠的痛苦》时，可以明确他的作者身份，因为《睡眠的痛苦》不像《忽必烈汗》，它并不关注艺术创造性的问题。

③ 此处指涉历史上的忽必烈汗，中国元朝的创建者，以及他在上都的宫殿。

怀抱着阳光掩映的青葱草场。

但是啊，那深邃而奇异的幽壑
沿青山而下，斜劈雪松覆盖的林地！
蛮荒之地！圣洁而充满魔力，
15 仿佛有女子在残月下出没，
为她的鬼魅情郎哀声恸哭！
幽壑中喧嚣骚动，无休无止，
仿佛大地在猛烈的悸动中喘息，
凶猛的泉水不停地喷涌；

20 在迅速地间隙中时时爆发，
巨大的石块如蹦跳的冰雹，
或打谷人连枷下的颗颗谷粒；
这些舞动的岩石一刻不停
涌入那条神圣的河流。

25 迂回曲折移动着蜿蜒五英里，
圣河跃过森林和峡谷，
最后抵达幽深莫测的洞窟，
在喧嚣中沉入死寂的海洋。
从这片喧嚣中忽必烈宛然听到

30 祖先那预告战争的声音！
欢乐之宫的倒影
在水波中荡漾飘摇；
这儿可以听到混合的声响
发自那喷泉和那些岩洞。

35 真是巧夺天工的奇迹啊，
冰雪洞窟下阳光照耀欢乐之宫。

我曾在幻景中看到
一位少女手持扬琴：

那是位阿比西尼亚女郎，

40　用她的琴奏出乐曲，

吟唱着阿波若山①。

如果她的琴声和歌声，

能再度重现在我的心中，

深深的喜悦将让我心醉神迷，

45　我将用高亢悠长的乐声，

在空中建起那欢乐之宫

那阳光照耀的宫殿，那冰雪洞府！

只要听到乐声的人都能看到，

他们都会呼喊：当心！当心！

50　他闪烁的眼睛，他飘动的头发！

围成一个圆圈，绕他三匝，

带着神圣的畏惧，闭上你的双眼，

因为他一直摄取琼浆甘露，

一直啜饮天堂的乳汁。②

塞缪尔·泰勒·柯勒律治（1772—1834）。该诗据认为写于 1798 年，发表于 1816 年。

一、整体结构

柯勒律治的《忽必烈汗：或梦中幻景断片》③ 是具有不同寻常的复杂整体结构的诗歌文本。即便在它最初发表于《克丽斯特贝尔；忽必烈汗，

---

①　阿波若山（Mount Abora）可能影射弥尔顿《失乐园》中所描绘的天堂所在地（Ⅳ. 280ff.），埃塞俄比亚（即阿比西尼亚）的阿玛若山（Mount Amara）。

②　Samuel Taylor Coleridge. *Poetical Works*，ed. Ernest Hartley Coleridge，London，1967，pp. 295-298.

③　以下简称《忽必烈汗》。——译者

一个幻景；睡眠的痛苦》中时，柯勒律治就为该诗提供了一篇附加的序言。如下面的分析所示，它所强调的不是要把序言当作诗歌成因的来源，不是把它当作直截了当的有关自传性的真实信息来读，而必须将它理解为诗歌文本整体中不可分割的部分，在主题上与诗歌整体联系在一起。《忽必烈汗》由此显示出一个双重的二分结构。诗歌文本包括序言与抒情诗本身，后者按不同的主人公（忽必烈和抒情人）分为两个部分。三个部分都涉及艺术作品的创造，以及它们被创造的状况：这都牵涉艺术创造力以及围绕它的诸多问题。它构成了诗歌总体的主题框架，使各个部分得以相互关联，并可以掌控它们相互关联的方式。艺术创造的过程以叙述形式表现如下。第一，序言包括诗歌《忽必烈汗》（随后将简要提到另一首诗《睡眠的痛苦》）的源起；第二，《忽必烈汗》本身的头三分之二部分（第 1～36 行），描述了国家一处地方建筑的历史建构（"欢乐之宫"及其花园）；第三，《忽必烈汗》的后三分之一部分（第 37～54 行），关涉（未来）诗歌艺术品的创作，即渴望建筑艺术作品在语言上呈现出来。

二、序言

序言以一个简短的注解开始，在叙述它如何源起之前，说明诗歌是如何问世的。如上所述，对于这首诗的出版和源起的描述，意味着诗歌的情境和主题框架包括艺术创造力问题。这些问题牵涉（语言）艺术品创造这一精细的过程，尤其是它内在失败的风险，因为总是有可能离开这一创造或让它变得不完整。艺术创造过程的脚本可以在经典的理念中看到：超自然的灵感（通过神或缪斯），是文艺活动一个必要的前提条件。然而，在这里，这一脚本剥离了其神秘的成分，而以一种强调世俗化（现代化）的形式而出现：抒情人只能通过做梦，通过在梦中赋予诗作以诗行来完成创作。而且，这一灵感是在理性和经验的基础上获得的。用药理学和心理学的术语来解释，可以说是由于吸食鸦片，阅读一本关涉诗歌话题（忽必烈汗）的书，沉睡过去后而在睡梦中获得的。从这个意义上说，创造过程的序列，由自然地人为的、心理条件的同位形式赋予其特征。

话虽如此，传统脚本的核心特征——来源于个人意识之外的艺术，以及随之而来的接受它的作者的被动的、接受的和中介的地位——在这里所描述的序列中在同位形式上（被动的，接受的），却保持一种活跃的状态。叙述者可能是作者，但他几乎从不充当相应行动（语法上）的主体。拜伦请他出版这一"断片"；给他开药的是某个别的人；他没有行使任何意志，却在梦中出现了诗歌形象（"没有任何感觉或意识到曾做任何努力，各种形象便在他面前栩栩如生地呈现"）；就在他写下梦中所见时，却被外人妨碍（一位来访者打断了他）。叙述者作为接受者的地位在"幻景"这一隐喻性的表达中，以及在援引《画像：或情人的决心》诗句的精致镜像隐喻中，进一步凸显，在序言结尾甚至做了更明确的说明，"将他脑海中原先出现的一切原模原样地呈现出来"。叙述者对灵感的依赖也由这一事实而显露：尽管他不断努力，他仍然无法独自完成他所发现的片段。这一切都与用第三人称（"作者"）持续地指涉自己相一致，它进一步降低了他的积极作用。只有在最后一段，当他谈到另一不同文本《睡眠的痛苦》时，他才用第一人称指称自己。创造过程的脆弱性，在作者被从珀洛克来的来访者打断时明显地暴露出来。

此外，"作者"和"写作"两个词的运用，又明显地指明了作者作为叙述者的角色。而且，尽管强调了感受性和接受力，在内聚焦的运用上，作者角色掩蔽的、持续的主题上的重要性也表现了出来，叙述者不断地从内部聚焦于自身。这在他报道梦境以及他对它的回忆中表现得尤为明显。这一视角是基于抒情人（或叙述者），以及序言后面作为媒介主体的主人公的真实身份。虽然叙述者对人称的操弄创造了与他本人的距离，但他毫无疑问是一个自身故事的叙述者。在序言中，有关灵感脚本的指涉贯穿始终，这带来了要掩饰或否定意识和主动控制在指导艺术创作过程中的作用的种种努力。这一策略的总体目标在于保护文学的创造性，保护文学创作中的那种精细性、不可预测性，使它免遭来自自我意识的破坏性影响，免遭种种干扰。诗歌源起的坊间叙事是有意故弄玄虚，至少它仔细注意到了贯穿全诗的结构（在刚好三分之二的部分明确地中止，其韵律的精细模式，母题的重复功能，等等）。① 这显然是精心制作的在梦中找不到的文本。

　　序言中的坊间叙事仅限于（被中断的）创造过程。艺术作品本身——它
被创作出来但至少暂时尚未完成——被提及却未细加叙说。叙述行为是回顾
性的（用过去式）：它发生在叙述之后，在诗歌创作被打断之后，从而，它在
创作过程中的位置处在决定性的事件完成之前，这一事件尚未发生，也没有
表现出这样做的迹象。这一对诗歌写作未被完成的叙述，具有三个功能。第
一，它提供了对所叙说的尚未完成的艺术品的一个介绍；第二，它证实了这
一作品的出版，并通过故意缩小有人可能提出艺术完美的要求的重要性（"一
种心理上的好奇心"），而防止对它的潜在批评；第三，它确立了艺术生产和
艺术作品生产中的问题，并将其作为之后的《忽必烈汗》的总的主题框架。

三、《忽必烈汗》：诗歌本身

　　被描述为"断片"的诗歌，包括两个序列，分别以不同的方式与创造
过程相啮合。首先是忽必烈汗在上都的宫殿和花园的建造（第 1～36 行），
然后是在想象的诗篇中期望再造这一过程（第 37～54 行，尤其是"我
将……在空中建起那欢乐之宫"）。第一部分运用历史例证，叙说在遥远的
时间点上，一件艺术品被另一个人成功地创造出来，采用过去式的目的在
于"历史化"这一创造。第二部分则从另一方面，表达抒情人到现在为止
尚未实现的愿望，对这一愿望，他通过眼前的诗歌写作同样可以成功实现。

（一）忽必烈汗宫殿的成功建造

　　诗歌的第一部分（第 1～36 行）表现了忽必烈汗的宫殿和花园，这是
人工和艺术自然改造的产物。相应地，这一创造的发展和完成充满着张力，
并进而在自然动态元素的力量与调节人类法则的苛求中取得平衡。这一脚
本可以定义为：一个强有力的专制统治者委任建造一件艺术建筑，它由艺

---

　　① 注意存在着几种不同版本的序言，它们并不都以同样的方式描述诗歌的源起。
参见休斯（Hughes，1996：160-164）的概述。

术家和工匠们来完成。计划和建造的过程从最初的指令开始，延续至这一工程的最后完成。它构成第一序列：为了达到特定的目的而对景观进行加工和改造。但是，这一艺术过程在进行中并未明确提及艺术家或工匠，仅只有一处提到忽必烈汗是这一工程的创始者。它所提到的仅只是自然本身——物质。可以说，这一工程就以物质的形式而集大成——这一点占据了主导地位。所描述的自然既部分地成为某种被动的因素，又部分地成为某种积极的因素，就如文本中运用的被动语态和主动语态所反映的那样。这样，生产就包括有计划的人和自发的自然活动的结合：开始建造和收场的指令意味着人类代理的存在，而带着瞬息万变力量的喷泉和河流、险恶的巨壑则含蓄地拟人化为自然的化身。

这一动态的相互关系（在二者同时组合和力量对比的意义上），由基于基本的人类/自然（或人类/非人类）的诸多同位对立而彰显出来，从而提供了这一序列的语义细节。涉及人类的同位表现在计划和命令、建造（"环绕着塔楼和城墙"）以及测量（"五英里"）上。与之形成对比的是，与非人类（或自然）相关的同位表现，则以一种神圣的方式显得更为显著，并占据主导地位。它是超自然的，神秘的（"圣河""圣洁而充满魔力""出没""鬼魅情郎"），狂野有力而凶险的（"蛮荒""喧嚣骚动，无休无止""凶猛的泉水……喷涌""蹦跳""死寂的海洋""战争"），巨大而无可估量的（"幽深莫测"）。人类/自然的对立与空间、光和温度的对立平行：上/下（"洞窟""注入""幽壑""涌入""沉入"），光明/黑暗和温暖/冰冷（"不见阳光""闪耀""阳光掩映"）。

一并说来，这些同位对立表明人类的控制与活动在创造过程中所处的危险位置。[①] 这与序言中的状况相类似，这里对人类活动更为强调，尽管不太明显。同时，与序言中描述的创作过程没法达到最终完成的状况不同，艺术的产物，即第 31 到 36 行描写的花园中的欢乐宫，能够在特殊的平衡中得以完成，这一平衡是在原先处于对立的同位中实现的，这些对立包括：人类/自然、上/下，温暖—光明/冰冷—黑暗。在这里，人类这一同位形式具有特殊的艺术意味，尤其如"宫"（dome）、"混和""巧夺天工"。这一

---

① 参见 A. B. 英格兰（A. B. England, 1973）的解释，英格兰将对立的形象视为创造的冲动与智性创造力的障碍间一种持续冲突的表现。

平衡或者以抽象的词语，如"混合的声响""巧夺天工的奇迹"概括出来；或者以视觉形象刻画出来，其中出现的对立被结合在一起，如"欢乐之宫的倒影/在水波中荡漾飘摇"（第 31～32 行），"水波……喷泉和那些岩洞"（第 32～34 行），"冰雪洞窟下阳光照耀欢乐之宫"（第 36 行）。这样，在自然与人类设计的对立力量之间的和谐，便标志着完美的艺术品的完成。"巧夺天工的奇迹"，恰到好处地捕捉到人为设计与自发创作合为一体而表现的完美。它将这一艺术品表现为人类艺术设计的产品，同时也是由超越人类控制的力量所产生的奇迹。然而，意味深长的是，要准确追寻这一艺术品是如何形成的，几乎是不可能的。艺术活动就如忽必烈汗本身一样，显得模糊不清。虽然他是这一工程的创始者，诗歌的标题也冠以他的名字，但他仅仅退居幕后。笼罩在神秘中的创造过程，使诗歌的第一部分明显地类似于序言。

这里的事件就是现实中意想不到的完美作品，它是计划和法令的最终产物，尽管最初就面临着自然要素的力量，面临着超越人类控制的进程这样的事实。由于与序言描述的未能完成创作而形成鲜明对照，事件性得以进一步加强。这样，一个故事诞生了，一个关于艺术生产的故事。叙述行为的发生是回顾性的，在事件完成、故事结束后就结束了。除了一处，即第 29 行到第 30 行忽必烈汗从内部聚焦而外，总体上，过程的呈现都由外部聚焦。叙述者保持异故事（heterodiegetic）的叙述状态，没有把叙述者的角色作为叙述的主题，尽管在某些点上（如第 12 行、第 14 行）他背弃了自己的感情，发出了感叹。叙述者与内容之间的距离，在发生之事的历史和地理的遥远性上也进一步反映出来。

（二）抒情人对灵感的渴望

诗歌的第二部分（第 37～54 行）由两个部分组成。第 37 行到第 41 行回顾性地叙说了过去所见的幻景：一位女郎演奏乐曲；接着的部分，第 42 行到第 54 行，做了前瞻性的、有条件的叙说（"如果……那么……"），重现了第 37 行到第 41 行中的幻景，并将它作为忽必烈汗"欢乐之宫"在文艺作品中艺术地再现的先决条件（"我将用高亢悠长的乐声，/在空中建起那欢乐之宫"，第 45～46 行）。那一作品对读者的影响——促使他们意识到它的作者是一个有灵感的艺术家——也在这里加以描述。如前所述，诗歌的框架包含艺术创造力问题，而被激活的脚本与序言的脚本相对应：艺术生产的过程需要灵感来启动，在这以后才有可能完成艺术创造。就如在序言中一样，作者极为渴望成功地完成创作过程，但在这里，脚本的最后阶段显得更为独特：这一完成是由读者来定义的。创作完成的艺术品将给艺术家带来读者的赞赏和尊敬，从而赋予他特殊的身份。换句话说，受到尊敬的接受和认可是完美的真正标志。

在诗歌的第二部分，这一序列艺术的，尤其是诗性的意义比第一部分更为明显。贯穿在第二部分艺术的、音乐的、诗歌的这些同位形式凸显了这一意义，在"扬琴""吟唱""琴声和歌声""乐声"中明显可感，而在它间接涉及柏拉图的对话《伊安篇》，在对诗人迷狂①的描述，以及第 49 行到第 53 行描述的诗人神的灵感中②，这种艺术的、诗性的意义甚至更为强烈。在这方面，同位赋予这一序列以类似于序言和第一序列的意义。艺术家被接受的地位，自然力量超越人类活动的主导地位，清晰地呈现出来。"一位少女手持扬琴"（第 38 行），具有缪斯的角色。③ 只有当她的音乐在他心中复苏时，抒情人才能激发起他的创造力。缪斯和灵感与几个属性有关：神圣的、超人的（"阿波若山"），也与危险的和壮观的有关，这尤其表现在第 49 行到第 52 行之间。后者涉及艺术家与读者的关系。就像诗歌中其他两个部分一样，艺术创造力过程的诸多重要方面，显示出它们超越人类的控制力。

这一序列的结构是这样的：艺术品生产的艺术过程，导致对艺术家的认可，而作为有条件的愿望，它只能预先叙述。这与序言相似，但与第一序列不同。事件尚未发生，而如果发生的话，它潜在的事件性将由于对创

---

① 参见柏拉图下面一段话："抒情诗人在创作他们优美的诗歌时，不是凭他们正常的心智，而是在灵感的激发下，沉入音乐和韵律之中……抒情诗人的心灵也是如此，就像他们自己所说，他们像蜜蜂一样，在花丛中飞来飞去，在缪斯的花园里采蜜，他们的诗歌就来自流蜜的泉源。这是确确实实的。因为诗人是一种轻飘飘的、长着羽翼的神圣的东西，不得到灵感，不失去平常人拥有的理智，就无法创造，只有保持这种能力，才可获得诗歌神谕的礼物。"（柏拉图，1953：107-108 [534 a-b]）。

② 参见帕特森（Patterson，1974），帕特森由此发展了恶魔式的、不道德的诗歌观念（无法令人信服）。

③ 参见富尔福德（Fulford，1999）关于性别和创造力之间关系的探讨。

造过程的难度和障碍而大大增加。事件的不稳定性、偶然性的性质，尤其因叙述者的位置与第一序列相比发生根本性的变化而更为加重。在诗歌的第一部分，叙述者处于异故事状态，在历史、地理和伦理方面，明显地与忽必烈汗宫殿的艺术家相分离。而在诗歌的第二部分，他是一个受挫的艺术家，一个与主人公认同的自身故事的叙述者。他要履行创造性的事件，但他这样做的机会，受到叙述者的意向，以及源于他叙说自我时高度的自我意识的威胁。在诗歌的结尾，他通过从他人（观众）的视角来描述自己，从而与自身保持一段距离，由外部来聚焦自己。这是防止强烈的自我内省，并堵塞极度渴望灵感的自我意识的又一次尝试。如上所述，在序言中也运用了类似的造成距离的策略，叙述者用第三人称指涉自己。欢乐宫在过去（幻景）和未来之间的诗性重建中，叙述行为先于那一建造，这样就给叙述提供了双重功能：旨在表达创作艺术品的愿望，并以叙述参与其中，以帮助这一创作过程，同时又隐藏其作为行为者的创造者的角色。叙述并未明确地计划启动创作过程，但它可以间接地鼓励它。

四、各部分的连接与一致性问题

两个叙述序列的相互关系，以及它们与引言之间的关系，是一个涉及《忽必烈汗》所描述的复杂故事的重要问题。三个部分的连接在文本中并没有做明显安排，但这样一来，便给读者留下了空间以进行填补。[①] 参照第36行（并同时参照第一序列），以及第46行到第47行（尤其是"那阳光照耀的宫殿，那冰雪洞府！"），可以看出将各部分互相连接起来的出发点。相应地，两个序列间的连接，可以有理由作为按时序进展探索对它成功复制的描述而构建起来。第一序列以一种客观而疏离的方式，叙说了历史上一件完美艺术品成功产生的例子。其特点是它发生在遥远的过去，牵涉作为艺术媒介的建筑，列名的是赞助人而非艺术家，一般地说是处在一种前现代的环境中。第二序列则从另一方面，以一种不同的（文学）媒介讲述了

---

① 参见布鲁尔（Breuer，1980）关于连接产生悖论的论述。

尚未实现的复制早先的创造物的愿望，以及这一愿望的发展。这一讲述以主观形式进行，抒情人与他自己相认同，而不是远离艺术家。

第一序列和第二序列之间的差异，显露出浪漫主义诗人对他艺术创造力的关注，这一创造力不取决于他的直接意图，实际上反而受到了意向性的阻碍。[①] 两个序列的安排，叙说了浪漫主义诗人从前现代转为现代的变化中所面临的问题的历史根源，同时也指出了其解决方式。在发生之事的层次上，第一部分包含有关艺术创造的叙述，但却没有对创造本身进行叙述。然而，在呈现层次上，对忽必烈汗欢乐宫源起的语言描述，应该看作一个真正的诗意的艺术品，一个在诗歌语言中的"空中的……欢乐之宫"（第 46 行）。这样，第一序列所看到的艺术家渴望实现的东西，在第二序列通过努力奋斗去实现，而做这一点是出乎意料的，在这一过程中没有艺术家个人的考虑，没有他的自我意识。这样来看，诗歌的断片结构就是一种隐藏连贯性的技巧。

如果我们将两个序列的叙事顺序这样来解释，那么，诗歌的事件性就以这样的方式存在：预先叙说并且有条件叙说的事件，在第二序列的文本描述中已经实现。而且，这一事件不是处于同一层次上，即发生之事的层次上，而处于一个更高的层次，即作为诗歌文本的呈现层次上，因而它是一个媒介事件。两个序列之间的差异，可使第二序列强调艺术事业心在根本上的不可预测性，从而展现出一种期待视野，相对于这一期待视野，可以衡量事件性。第二序列预期一个额外的事件（或者说第一序列的另一面），这就是认识到作为艺术家的抒情人具有一种近乎神性灵感的特权。对于这一事件是否确实发生的问题，诗歌文本的回答是敞开的，有赖于读者是否接受并欣赏诗歌明显的断片结构实际上是精心制作的艺术品，以及他们是否因此而赞赏艺术家天才的成就。[②] 从这一角度看，事件性已移至接

---

① 惠勒（Wheeler, 1981）提供了一个非常详细的主动性和被动性之间相互作用的重构，作为解决创造力危机的策略。

② 参见蔡斯（Chayes, 1966）强调在有关创造性问题上读者的角色。史蒂文森（Stevenson, 1983）也把提及天堂作为积极对待创造性主题的标志，尤其强调读者最后的立场。

受的层次上，我们可以将它称为接受事件。

序言与诗歌之间的关系显示出同样的问题，这一问题涉及创作与第二序列艺术品的完成（灵感的必要性等）。然而，在某种意义上，它将顺序颠倒了。一开始，关于（诗歌）艺术品未能完成的坊间叙事，将事件性置于诗中尚未实现的部分，从而预期和强化了第二序列的功能。但是，它是在一个更高的层次——元诗歌（metapoetic）的层次上来实现这一点的。如上面所表明的，在元诗歌层次上，这首诗应该理解为它所表达的欲望的实现。①

最后，叙述功能表现在以对比的方式将两个层次结合起来，即艺术品的创作和对创作问题的思考这两个层次结合起来。在符号意义上，这可以解释为把作为参照对象（以叙述的形式）的艺术品，与作为那一对象的参照物的艺术品（同样以叙述的形式）结合起来。诗歌本身的叙述顺序（第一序列—第二序列）在参照之前便将对象表现出来，把整个文本（序言—诗歌）的叙述顺序颠倒了过来。在这一整体文本中，参照是在对象之前出现的。诗歌的叙述顺序使读者得以通过序言中的断言和对整个文本叙述顺序的解释，看到从欲望到实现的发展。这样，在《忽必烈汗：或梦中幻景断片》中，柯勒律治最终给我们留下了对作品来源精致微妙的处理。他以典型的浪漫主义方式，在自发的艺术创造不稳定的状态与现代的主观性不可避免的高度自觉性、自反性和自我意识之间，悖论性地居间回旋。文本以将这两段组合在一起的方式来表现这一点。一段是以现在时态呈现的演示段落（第37～54行，即讲述的同时进行描述），在其中，艺术的完成是未来可能带来的某种东西；另一段则用过去时态（第1～36行），其中，艺术的完成在两个有所不同的遥远过去已经呈现出来：在发生之事的层次上，是忽必烈汗不受个人感情影响的过去；在呈现层次上，是叙述者/抒情人主观的、个人的过去。序言所提供的诗歌背景意味着，这两段组合以失败告终，但它最终可以作为成功来阅读，因为它们各部分之间的关系在诗歌中被颠倒了。

①　参见麦肯齐（Mackenzie，1981）。皮尔斯（Pearce，1981）从另一方面，将诗歌视为一种丧失创造性的陈述，它不仅表现在柯勒律治的诗歌中，也表现在一般意义上的西方文明中，因而，无法领会诗中所采用的策略的复杂性。霍格西特（Hogsette，1997）持类似看法。

这一浪漫主义传统下对作品来源的描述，表明了一种模仿叙述现象——纽宁（Nünning，2001；2005）所说的元叙述（metanarration）。在这里，问题、条件以及诗歌言说的形式——作为叙述呈现形式的艺术创造，在诗歌的序言和第二序列中以它们各自的意义成为文本的主题。文本的元叙述方面的一个重要结果，就是模仿叙述本身——艺术危机的再现和对创造性的思考——成为诗歌的主题，这是浪漫主义诗歌一个有代表性的现象。诗歌中元叙述焦点的变化，可以视为统一中的各种表现，它具有重要意义，构成《忽必烈汗：或梦中幻景断片》的复杂结构，但这一点却往往被忽视。对创造性灵感的渴望成为这一完美诗篇的一部分，根据序言所说，抒情人无法将整个睡梦完整地写下来，因为帕洛克的一位来客打断了他。换句话说，艺术危机是作为真正的艺术作品的一部分而表现的。

参考文献

Breuer, Rolf（1980）. "Coleridge's Concept of Imagination – with a Consideration of 'Kubla Khan'", in: Roland Hagenbüchle and Jospeh T. Swann（eds）, *Poetic Knowledge: Circumference and Centre*（Bonn）, 42-50.

Chayes, Irene H.（1966）. "'Kubla Khan' and the Creative Process", in: *Studies in Romanticism* 6: 1, 1-21.

Coleridge, Samuel Taylor（1967 [1912]）. *Poetical Works*, ed. Ernest Hartley Coleridge（London）, 295-298.

England, A. B.（1973）. "'Kubla Khan' Again: The Ocean, the Caverns, and the Ancestral Voices", in: *Ariel* 4: 4, 63-72.

Fulford, Tim（1999）. "Mary Robinson and the Abyssinian Maid: Coleridge's Muses and Feminist Criticism", in: *Romanticism On the Net* 13. http://www. ron. umontreal. ca（seen 6/12/2004）.

Hewitt, Regina（1988）. "The False Poets in 'Kubla Khan'", in: *English Language Notes* 26: 2, 48-55.

Hogsette, David S.（1997）. "Eclipsed by the Pleasure Dome: Poetic Failure in Coleridge's 'Kubla Khan'", in: *Romanticism On the Net* 5.

http://www. ron. umontreal. ca (seen 6/12/2004).

Hughes, Jula (1996). *Eigenzeitlichkeit: Zur Poetik in der englischen Romantik. Blake, Schiller, Coleridge, Fr. Schlegel, v. Hardenberg* (Erlangen-Nürnberg) (Dissertation).

Mackenzie, Norman (1969). " 'Kubla Khan': A Poem of Creative Agony and Loss", in: *English Miscellany* 20, 229-240.

Nünning, Ansgar (2001). "Mimesis des Erzählens: Prolegomena zu einer Wirkungsästhetik, Typologie und Funktionsgeschichte des Akts des Erzählens und der Metanarration", in: Jörg Helbig (ed.), *Erzählen und Erzähltheorie im 20. Jahrhundert: Festchrift für Wilhelm Füger* (Heidelberg), 13-47.

Nünning, Ansgar (2005). "On Metanarrative: Towards a Definition, a Typology and an Outline of the Functions of Metanarrative Commentary", in: John Pier (ed.), *The Dynamics of Narrative Form: Studies in Anglo-American Narratology* (Berlin et al.), 11-57.

Patterson, Jr., Charles I. (1974). "The Daemonic in 'Kubla Khan': Toward Interpretation", in: *PMLA* 89, 1033-1042.

Pearce, Donald (1981). " 'Kubla Khan' in Context", in: *Studies in English Literature, 1500-1900* 21, 565-583.

Plato (1953). *The Dialogues of Plato*, vol. 1, tr. B. Jowett (Oxford), 107-108 (534 a-b).

Stevenson, Warren (1983). "The Symbolic City of Kubla Khan", in: *Nimbus of Glory: A Study of Coleridge's Three Great Poems* (Salzburg), 25-59.

Wheeler, K. M. (1981). " 'Kubla Khan' and the Art of Thingifying", in: *The Creative Mind in Coleridge's Poetry* (London), 17-41.

第八章　约翰·济慈：《忧郁颂》

不，不，不要去忘川，也不要搓揉

狼毒乌头深扎的根茎，那是毒酒啊：

不要让你苍白的额头忍受亲吻——

那龙葵、那来自冥后红葡萄的一吻；

5　不要用紫杉的坚果串成你的念珠，

也不要让甲虫，让垂死的飞蛾成为

你忧伤的塞吉①，别让丰羽的鸱鸮

成为你心底的不宁隐秘的伴侣；

因为一重又一重阴影困倦催眠，

10　将淹没灵魂中被唤醒的创痛。

但是当忧郁发作骤然而降

仿佛洒自天边悲泣的云雨，

它滋润所有垂下头来的花朵，

使青山隐藏在四月的雾霭中；

15　再让清晨的玫瑰饱享你的哀愁，

或让它融入海浪沙滩的彩虹，

让它化入花团锦簇的牡丹丛；

或许，若是你的情人饱含怨怼，

轻抑她的柔手，任她发泄，

20　深深地深深地品味她无双的明眸。

---

①　塞吉（Psyche），古希腊神话人物，又译普绪喀，希腊语原意为"灵魂"，以少女的形象出现。——译者

她与美——那难逃一劫的美共处；

还有欢乐，总将手贴在他的唇间

请求告辞；让人痛苦的愉悦就在近旁，

蜜蜂小口吮吸它却变成毒汁。

25　哦，就在快乐的殿堂之上

蒙上面纱的忧郁有她至尊的圣坛，

虽然只有劲头十足的舌头，味觉好

能咀嚼欢乐酸果的人才能看见；

他的灵魂一旦品尝她威力无边的哀伤

30　便成为她悬挂云端的战利品。①

约翰·济慈（John Keats，1795—1821），该诗写于 1819 年。

　　济慈《忧郁颂》的标题明确说明了文本的框架，即忧郁或压抑的精神心理现象。相应地，诗歌描绘了忧郁的独特心理感受及其对一个人可能产生的影响。它也在主题上聚焦于忧郁发作时类似于治疗的种种方式，通常认为忧郁发作时相当痛苦，需要治疗。对忧郁的反应（或治疗）的这些策略基于特殊的脚本（下面将详细展示）。故事在其中被创造的特殊方式来自一系列发生之事的复杂呈现，这些发生之事是相互联系在一起的。下面就以考察诗歌的交流状况作为开始。

一、交流状况

　　在发生之事（忧郁经历的过程）的呈现中，可以区分出两个人物和两个叙述层次，即抒情人（或叙述者）以及受述者，后者是被叙述的序列的主体，从而在一系列被叙述的发生之事中具有主人公的地位。这样，抒情

---

　　①　John Keats，*The Poems of John Keats*，ed. Miriam Allott，London，1970，pp. 538-541.

人表现了一个明确地向其主人公叙说的叙事。叙述行为发生在故事之先，抒情人带着一种权威的力量前瞻性地叙说：他要求受述者在被表现的诗歌叙述中采用主人公的地位，并将这一状况付诸实施。这一叙述明确地关涉一个特定人物，因而也就成为那一特定人物的故事。

无论是叙述者，还是受述者，都不是某一单个的人，但是抒情人声音的视角（尤其是其中抑郁的受述者的聚焦），意味着他们之间存在着精神上的类同关系（忧郁的心理体验属于个人，基本上无法进入其他人的意识之中，所以，抒情人只有在他自己也体验到忧郁的时候，才知道如何描述它在受述者心中的表现）。这一隐含的类同可以从两个方面解释。第一，我们可以假定抒情人是将他自身的忧郁情怀，以及它所带来的体验转移到受述者身上，以建议如果忧郁发作时受述者可以如何去应对它。或者，第二，我们可以将呼语读作抒情人与他自己的对话，这样，我们可以将受述者解释为抒情人自身意识的外化，这一意识来自抒情人自身的外在投射。诗歌文本的结构支持后一种可能，最重要的是凸显抒情人对忧郁十分了解，并运用精心设计的有疏离感的技巧。以这一方式来阅读，便可将诗歌视作显示抒情人要求自己更好地对待忧郁的体验。通过以隐蔽的自我呼语形式，他将自己的一部分投射到外部，希望外在地展现他难以捉摸的体验，并对它采取一种有疏离感的态度。这一带疏离感的策略，通过第二和第三诗节之间的修辞和语言风格的变化而展现，并得以强化。代词是第三人称（"他""他的灵魂"），而不是第二人称（"你的哀愁"），具体的个人感受（"忧郁发作""你的情人"），紧随着更为抽象并带有寓意的，由开头的大写字母标明的拟人化表达（"美""愉悦""忧郁"）。因此，抒情人应该被视为心理体验的故事中真实的主人公，他通过将要出现的叙说参与到这一心理体验中。他用以隐藏其身份的视角和修辞技巧提供了一种策略，一种使这一故事可能在现实中履行的策略（主要是通过防止过强的自我意识发生的方式——后面将详述）。

二、两个对比序列：漠然与激励

在诗歌文本中，抒情人使两个交替出现的序列形成对比，两者都将忧郁的发作作为出发点。这些叙述序列基于不同的脚本，这些脚本对忧郁发作时做出了对立的反应，或对之采用不同的治疗方式。两种情况下的叙说都采用祈使语气和将来时，但它们具有不同的目的。第一诗节中的脚本暗含的是忧郁发作时如何使之缓和。然而，这一脚本却给予了否定性的评价，并从一开始就予以反对。它所建议的处理方式，与第二诗节和第三诗节展开时便可看出的那种积极应对并准备付诸实践的激励脚本直接相对。在第一诗节中，伴随忧郁发作时的负面展现而来的那种缓和、安慰的方式被构思为：如果漠然和遗忘（"忘川"）可以减轻痛苦的强度的话，它可以采用各种顺势疗法（或实际上带麻醉作用的、药物学的方式），甚至以自杀作为最后的绝望方式，来迅速地跨越忧郁和消沉。这一脚本的目的在于，通过可比作丧失意识（睡眠）和失去生命（死）的方式，解除灵魂的极度痛苦（"淹没灵魂中被唤醒的创痛"，第 10 行）。与 "你心底的不宁隐秘"，第 8 行）所包含的肯定含义不同，对忧郁做出的这些反应的否定性的言外之旨，以及命令式的劝告（"不，不，不要"，第 1 行），确立了这一脚本及其潜在地会产生并将明确被拒绝的一系列发生之事的否定观点。这一脚本的展示所描写的行为特征，具有这样的状况，即它所对准的不是一个具体的肯定的目标，而仅仅是渴望避免痛苦和不悦。在否定的必然中，它从特定的、个人意识和存在的角度，讲述了如何逃避和结束一场忧郁的虚构故事。

第二诗节和第三诗节以正面的序列逆转了这一系列被拒绝的发生之事及其潜在的脚本，它枚举的一系列强化措施（而不是漠然无关）正是以激励的脚本为基础的。[①] 这样，引入忧郁的过程就不是渴望减轻它，而是希望强化它，让这一体验不受限制地爆发（Smith，1966）。这一趋向通过借助于同位形式，更确切地说，通过在众多短语和搭配中使用具有占支配地位的欢乐和愉悦语义特征的词语而凸显出来。它在与饮食相关的隐喻如"饱享""品味"，与痛苦和受难相关的隐喻如"垂下头来""雾霭""哀愁"，

---

① 文德勒（Vendler，1983：158-161）强调两个诗节在趋向极端方面的相似性。她淡化了评价性聚焦的明显差异，淡化了建议与劝阻之间产生的对立，以突出第三个诗节的不同。她忽视明确的文本信号，以便重构一个不同的——本质上是隐藏的——真理与绝对运动的故事。

以及与丰裕相关的隐喻如"丛""饱含"中表现得尤为突出。这表明了一种愿望，要利用忧郁那种锐利的敏感性，去感知和感受包括痛苦在内的一般意义上的感觉的力量，并达到一个新的极端。最后的诗节则进一步追求这一目标，这里，在大量寓意性的形象中，可以品味美和昙花一现的短暂之间的密切关联，如"那难逃一劫的美"（第 21 行），"欢乐……请求告辞"（第 22～23 行），"让人痛苦的愉悦"（第 23 行），"蜜蜂……毒汁"（第 24 行），"快乐……忧郁"（第 25～26 行），"咀嚼欢乐酸果"（第 28～29 行）。第二诗节中的同位（强调欢乐的一面）在这里得到了表现，但是短暂的美的愉悦享受越来越与痛苦的音符交汇在一起。在这里，愉悦较少以一种涉及情感的肯定或否定的情调被关注，而是在其感性强度上被关注，这一对立双方的结合意在增加其强度（Sperry，1973：282-286）。就此而言，对忧郁可供替代的处理，意在强化"灵魂中被唤醒的创痛"（第 10 行），而不是像第一诗节中否定性序列所做的那样去减轻它，同时使灵魂得以品尝忧郁的哀伤（"品尝她威力无边的哀伤"，第 29 行）——放手去拥抱生命，处于痛苦中的人将拥有所有的感觉，永远不会远离快乐。其结果是更深入地了解忧郁究竟意味着什么。

　　在从开头向结尾进展时，这两个序列还以其他方式形成对比，第二序列的区别和优越性在每种情况下都被强调。它激活了一个更进一步（文本内）的脚本，一个虚构追求的目标所导向的结构（Waldoff，1980：150-155；Vendler，1983：162-163）。主人公描述了在进入一个充满超自然力量的神圣领域中，"蒙上面纱的忧郁"这一女性形象在"她至尊的圣坛"（第 26 行）上时，自己屈服于忧郁的体验（Alwes，1993：137-143）。两个序列在女性形象的地位上有所不同，这一女性形象出现在两个序列的每一个阶段。在诗歌的结尾，忧郁这一寓言性的形象具有一种独立力量的地位，但是在第一个故事中的女性形象（冥后与赛吉），和第二个故事开头的女性形象（你的情人），仅只是为了满足行动的需要，而并不是作为一个自身具有能力的积极角色而出现的。两个序列也在主人公对事情积极参与的程度上形成对比。两者开头都出现外界强加的、不可预测的意外的发生之事，从而引发忧郁，但第一序列的显现是隐含的，而第二序列则是明确地表现出来的（"当忧郁发作骤然而降/仿佛洒自天边悲泣的云雨"，第 11～12 行）。

第一序列在忧郁自愿结束之前（"一重又一重阴影……将淹没"，第 9～10 行），将主人公的反应主要表现为一种顺从的态度，从而减少了其作为一个积极参与者的作用。而第二序列则从另一方面，强烈要求主人公接受并渴望忧郁爆发，以强化其体验，从而高度参与其中（"饱享""轻抑""品味""只有劲头十足的舌头，味觉好/能咀嚼"，第 27～28 行）。就像第二序列的开头一样，它的结尾以一个外部遭遇作为标记。主人公努力接受他的忧郁，导致"忧郁"的力量接受他成为她心甘情愿的牺牲品和战利品，主人公的努力被改造、提升，为纪念她而受到保护。事件的进程从而具有宗教的维度：一种超人的力量得以见证并受到尊敬，她提升了尊敬她的人的地位。最后，空间形象凸显了两个序列之间的对立。第二序列的进展由最初的向下（"降"，11 行），到结尾时向上（"悬挂"，30 行），使第一序列的进展被反转，下降的含意附在淹没悲伤的欲望上。

三、事件性

两个序列之间的区别，和上面所描述的潜在故事意味着第二序列具有相当高的事件性（在偏离期望、突破显而易见的脚本的意义上）。它的事件性之所以高，是由主人公对忧郁发作所做反应的方式和他期望的结果所致。第一序列那种漠然以处的脚本，其目标是减少痛苦。减轻痛苦的期望起因于所建议的行为，但就消除痛苦的最终结果而言，它却被最后孤注一掷的绝望方式——自杀所打乱。① 可是，在第二序列中，完全未曾料到，主人公转而成为战利品，这一决定性的转变，对于在它之前的东西就失去了基础，这甚至不是主人公自己所想要的。此外，它与最接近的理解和分类不相一致，以至于第二序列结尾的事件性远远超过了第一序列的事件性。

---

① 如果我们假定在第一序列后面的主要脚本是文本内的脚本，按照这一脚本，如罗伯特·伯顿（Robert Burton）在他 1621 年《忧郁的解剖》（*Anatomy of Melancholy*）（Allott，1970：539）中所描述的：忧郁容易导致自杀，那么，这里就没有所谓突破期望，也就完全没有事件性。

虽然两个序列在如何处理忧郁的经历时存在着差异，但它们在一个方面可说是相似的，并且具有同样的结果。两个序列的中心目标都是对抒情人的意识造成影响，两者的意识最终都被克服。可是，即便在这里也存在着区别：否定的一面结束得太过简单，直接在死亡中寻求意识的彻底消除；而肯定的一面则将抒情人经历的无意识视为他试图强化自己忧郁的体验和对这些矛盾的肯定一种意想不到的结果（Dickstein，1971：228-231）。悖谬的是，短暂无常被有意识的观察和感知作为一种痛苦的体验（"看见"，第28行；"咀嚼"，第29行）而克服（"战利品"，第30行）。通过这种成功与失败、胜利与挫败不协调的连接方式（O'neill，1977：207-209），第二序列的结尾以其内部差异（与第一序列所要达到的统一性和同质性相比）来做解释。① 这样看，故事的动态母题包括了对人类存在服从时间力量的反应。在他转变成"云端的战利品"时，抒情人体验了短暂的痛苦，并意识到这是与他悖论式地逃脱它的影响联系在一起的。在这种状态下，难以言说的、无所不包的忧郁得到转化，被赋予记忆中持续的具体的符号形式，从而，两者既被消解又得以保存，通过"云端"和"战利品"这样的搭配而表达出来。最后的形象将短暂的东西变成某种具有永恒意味的东西，并使它悖论式地同时出现。②

---

① 参见燕卜荪（Empson，1961：214-217）关于差异的详细考察。

② 文德勒（Vendler，1983：160，164-166）将丧失对象的爱情的忧郁视为诗歌的动态要素。她视故事为在一系列替代者中（从冥后普罗瑟嫔、塞吉到诗歌第18行人世的情人、到最后的"忧郁"）寻找失去的爱人。这种看法缺乏有力的文本基础，其因有二：第一，将失去爱人视作忧郁的起因，是一种纯粹的实体化处理（文德勒运用这首颂诗所删去的第一节，建立起与彼特拉克爱情传统的关联）；第二，这一看法没有反映出这样一个事实，即不同的女性形象（她在每一诗节中的出现确实引人瞩目）在形态上是大相径庭的。普罗瑟嫔转喻为代表冥界（它的进一步转喻表达为"红葡萄的"），而真正的情人仅仅是美与昙花一现的短暂之间几个同样重要的关联之一；与之相反，"忧郁"则是诗中所处理的心理现象的一种寓意形式，它的主题是思考如何在现实生活中对之进行处理。我们不是要忽略这些有名有姓的形象的文本地位，而是在考察序列的内在结构时（在区分语境与行动方向的意义上）必须对这些形象做充分的考虑。不管怎样，文德勒后来放弃了爱情情结，转而支持诗歌中的经验主题，包括孤独的英雄与脆弱的感官世界对抗；悲伤与死亡的潜在来源（170ff.）；准宗教的包罗万象的真理探寻（186f.）；"经验的真谛"（183）。

四、转化为艺术品的媒介事件

我们刚刚探讨的诗歌结尾，也可从中发现它的叙述意义。在故事中，受述者被要求担任，或者更确切地说，抒情人要求自己担任故事的主人公，表现一种叙述自我界定的创造性行动（Lockridge，1990；cf. Eakin，1999）。这一行动可以与诗歌文本联系起来，与抒情人通过创造的手段，将自己作为诗人的身份联系起来。这一参照也返回文本本身，从"战利品"所暗示的积极价值中可得到支持；此外，这一参照还具有其他关涉，文类风格特征上互文性的脚本，揭示出《忧郁颂》的一个新的意义层面：这就是如在贺拉斯、奥维德、莎士比亚、雪莱、柯勒律治和叶芝等诗人的作品中①，以及济慈自己的某些其他诗歌中（《夜莺颂》，修改过的《希腊古瓮颂》）所存在的表现文学艺术作品中诗人自我不朽的母题。追寻这一母题，抒情人把自己和他对生活的基本态度，通过他以诗歌形式叙述的故事将自我勾画出来。在最初未曾实现的自身故事中，他将自己投射到另一个人，即受述者身上，同时他确实渴望成为自己的主人公，这在《忧郁颂》作为诗篇完成之时得以实现。②

在这一艺术作品中，抒情人所找到的成就感的标志，可在从第二诗节向第三诗节过渡的几处类似的转变中看到。最初的引导（"当……/再……饱享"，11～15 行），暗含着时间按先后推进，这为最后表达一种确定的状况开辟了道路（"她……共处"，21 行）。另外，伴随从单个的、个人的指涉（如"你的哀愁"，15 行），到一般的、集体的描述的变化，第二人称被第三人称所取代。拉开与自我的距离和将自我对象化，也产生了显著的效果。在这一语境下，诗歌的标题也应看作出自概括诗歌内容，并在诗歌完

---

① 奥维德的《变形记》，贺拉斯的《卡米拉》（Ⅲ.30），莎士比亚赋予自我不朽的十四行诗，如第 18 首和第 107 首，雪莱的《西风颂》，柯勒律治的《忽必烈汗》和叶芝的《驶向拜占庭》。

② 文德勒（Vendler，1983：168f.，185）注意到在战利品形象中所呈现的这一文学主题，但她仅停留在诗中，没有进一步将主题与颂诗本身的文本关联起来。

成之后将它归纳出来的抒情人。被讲述的故事的事件性，可以在抒情人想象自己转换到进入超越时间摧残的诗歌中，但仍然在讲述并保持强烈的短暂体验中看出来。这一事件性具有洛特曼所谓跨界的地位，它在语言和形式上的语义省略中反映出来（第 21 行，"她"的指称从情人到"忧郁"的形象发生转化），也在语气的变化和上面描述的第二诗节和第三诗节的态度中反映出来。在这里，事件性的主要来源不是诗人本身自我不朽的母题（这在某种程度上是约定俗成的），而是它本身打乱了预先准备好的遭受创痛的脚本的那种让人吃惊的方式。只要抒情人改变了跨界之后的状态，就可以直接联想到诗歌本身和它作为艺术品的地位，《忧郁颂》包含了一个媒介事件的例子。

五、抒情人的地位

诗歌的修辞和语言对抒情人所表达的态度构成了广泛的支持，他正是置身于诗歌中，并透过它来进行讲述的。这表明抒情人具有高度的自我意识，也意味着他所使用的语言和修辞技巧与对作为诗歌参照框架的问题意识的关注是联系在一起的。从贯穿整首诗歌潜在的生命力中，可以发现抒情人如何通过谋篇布局将确信织入他的词语中的例证。比如，第一诗节强烈地拒绝漠然不动，拒绝以遗忘回应忧郁（"不，不，不要去"，第 1 行），第二诗节和第三诗节为强化体验，也做出了同样激烈的呼吁。同样，抒情人对词语和形象的选择支持他在第一个故事中反对追求内在的统一，而在第二个故事中则接受内在张力的趋向。第一诗节的语言突出了（被拒绝的）对于团结、一致和相似的愿望（如"去忘川""亲吻""伴侣""一重又一重阴影"）。另外，第二诗节和第三诗节则采用主要基于对比和差异的词语搭配（如"饱享……哀愁""饱含怨怼""轻抑……柔手……发泄""愉悦就在近旁"）。这样的语言运用对将抒情人视为可靠的这一评价判断形成了支撑。

结果，在小说中往往是相互分离的不同媒介层次，在济慈的《忧郁颂》中是结合在一起的。不仅主人公与受述者相互认同，他们也与抒情人或叙述者相认同，而后者的意识是控制诗歌文本构成的主要因素。诗歌给人以它保持这些层次间区别的印象（主要凭借拉开距离的不同代词的使用），但现在很清楚的是，它最终成为隐蔽抒情人向自身讲述并促使自己在故事中采用主人公角色的一种意图——使某种生活方式成为现实，并通过生活于其中来界定自己。如果在这样做时，抒情人具有过于强烈的自我意识，直接意识到自己，那么这种自我激励的意图将会完全失败。然而，或许矛盾的是，随着它在诗中的发展，前瞻性的叙事创造出一种幻象：这一同样的故事在它被讲述时在想象中被制定出来。

分析的最后阶段包括考察文本层次（抒情人所说的内容），以发现它在多大程度上包含抒情人的立场、态度及其盲点的批判观点的迹象，从而揭示其背后特殊的主观立场。无论感到诗歌中语言和文本结构的这些迹象是源于抒情人，即抒情主体，还是超越它源自抽象作者的意识，诗歌的构成实体不可避免地是一个归属和解释的问题。上面已经表明，抒情人叙说的文本构成，本质上支持他的叙述方案，赋予他以可信性，从而反映了他自身的精神状态。然而，文本也包含了与抒情人意识取向相矛盾的因素，这可归因于抽象作者，这一抽象作者可以理解为抒情人背后矫正的视角的源头。在这样的情况下，它的显现特别隐蔽或受到抑制（这或许是作者在多大程度上将自己与抒情人的立场相认同的标记）。尤其是诗歌的最后一行，它以对抒情人自我界定的反讽性评论的方式表达出来。抒情人转化为排列在忧郁的圣坛上"云端的战利品"之一，这可以解读为对女神的勇敢追求反讽性的虎头蛇尾。这样来理解，这一寓意性的转换就不再标志着战胜时间，而标志着在文学和艺术作品中人的死亡的物化，尽管形容词"云端的"（cloudy）及其与自然过程的联系，被视为这一无生命物化含义的相对物。①

---

① 哈维卡普（Haverkamp, 1996：109-115）对诗歌的结尾提出了两个精神分析意义上的解释。这些解释都基于瓦尔特·本杰明（Walter Benjamin）关于阅读与忧郁的关联（被读的东西转换为对象），和利用互文性的关联（除其他著作外，如伯顿的《忧郁的解剖》，莎士比亚的第31首十四行诗）。抒情声音的分裂（以第三人称的自我呼语）使自我转化（战利品）进入诗歌的行动形成一种反讽性的距离。第一，主题阐释将这看作主体保护自己的一种技巧。第二，结构阐释，主要将它看作济慈对莎士比亚第31首十四行诗的回应，暴露了除反复的写作冲动（呈现在随后的诗歌中）以外，一切都毁灭无存，这一主体自救的策略是一个不成功的尝试。第二个阐释（这里以相当简短的形式描述），尤为危险地依赖被提及的参照（历史）的合理性，依赖于后结构主义者关于写作与忧郁间特定假设的关联。

抒情人所设计的故事被以这样一种方式相对化，其中诗歌创造使事件和附属于它的评价成为必须解决的问题，尽管事件性本身并不成问题。事实上，与上述不断增长的偏离相类似，事件性还在进一步增加。

六、叙述的特定抒情要素

《忧郁颂》叙事性的两个特征，可以看作典型的诗歌叙事现象的特征。第一个特征涉及主人公的地位和特殊性以及被叙述的故事，两者都受到个人与一般之间明显矛盾的关联的影响：文本暗示了抒情人的在场及其存在的特殊问题，但是，它也特别淡化其个人意义和抒情人的自我指涉，以表现出一种一般的关联。这无疑与抒情诗歌专注于内心视角和精神心理过程这一传统的一般倾向相关，它允许与范围广泛的接受者具有比小说中更直接的关系，在小说中，这种关联从一开始就受到依附于特定社会环境的场面、背景、个性特征等的限制。

此外，抒情诗歌所特有的叙事要素，牵涉叙述行为的地位和叙事功能。诗歌中出现的通常情况是，叙述者并不是回顾性地叙说一个已经结束的故事，而是从决定性的事件发生前所展开的过程中某一点上来叙说。在济慈的《忧郁颂》中，这一点甚至先于诗歌序列的真正开端。随之而来的叙事功能在于开启和引导故事——使故事的叙述成为可能，并使之到达愿望的终点。叙述与发展的推进广泛融合，在济慈的诗中，这一点尤为突出。诗歌的开头以命令式和前瞻性的形式出现，尽管有某种想象，但结尾是以预期的和有条件的方式叙述的。在这里，我们看到了抒情诗叙事的两个要素如何紧密地结合在一起：故事与抒情人的意识相关，因而抒情人自反性地讲述它，这意味着如上面所显示的，抒情人必须采用自我疏离的策略，以便不使自我意识受到约束。

参考文献：

Alwes, Karla (1993). *Imagination Transformed：The Evolution of the Female Character in Keats's Poetry* (Carbondale and Edwardsville).

Eakin, Paul John (1999). *How Our Lives Become Stories*: *Making Selves* (Ithaca, NY).

Empson, William (1961 [1930]). *Seven Types of Ambiguity* (Harmondsworth).

Haverkamp, Anselm (1996). "Mourning Becomes Melancholia: The Leaves of Books", in: *Leaves of Mourning*: *Hölderlin's Late Work – With an Essay on Keats and Melancholy*, tr. V. Chadwick (Albany), 101-115.

Keats, John (1970). *The Poems of John Keats*, ed. Miriam Allott (London), 538-541.

Lockridge, Laurence S. (1990). "Keats: The Ethics of Imagination", in: Robert Barth and John L. Maloney (eds), *Coleridge*, *Keats*, *and the Imagination*: *Romanticism and Adam's Dream*: *Essays in Honor of Walter Jackson Bate* (Columbia), 143-173.

Minahan, John A. (1992). *Word Like a Bell*: *John*, *Keats*, *Music*, *and the Romantic Poet* (Kennt, OH).

O'Neill, Michael (1997). *Romanticism and the Self-Conscious Poem* (Oxford).

Smith, Barbara, Herrnstein (1966). " 'Sorrow's Mysteries': Keats's 'Ode on Melancholy'", in: *Studies in English Literature 1500-1900*, 6: 4, 670-691.

Sperry, Stuart M. (1973). *Keats the Poet* (Princeton).

Vendler, Helen (1983). *The Odes of John Keats* (Cambridge, MA).

Waldoff, Leon (1980). *Keats and the Silent Work of Imagination* (Urbana).

Watts, Cedric (1985). *A Preface to John Keats* (Harlow).

第九章　罗伯特·布朗宁：
《圣普拉锡德教堂主教嘱咐后事》

罗马，15—

虚空啊，传道者说，虚空！

围到我床前来：安塞尔姆在后退？

外甥们——我的儿子们……上帝啊，我可不知道！

她呀，曾经是你们的母亲

5　老甘多尔夫嫉妒我，到现在她还是那样！

事已如此，她也死一边儿去了，

从我是主教时，就死去了。

像她一样，我们也终有一死，

汝辈该醒悟，世界就是一场梦啊。

10　人生若何？我躺在这儿，

这奢华的卧房，步步走向死亡，

在夜深人静的漫漫长夜，我问

"我活着，还是死了？"宁静，一片宁静。

圣普拉锡德教堂从来就求宁静啊；

15　好了，回到我这坟墓吧，为了这壁龛

汝辈知道，我拼尽了性命去争——

老甘多尔夫欺骗我，我如此关注，

那狡猾的家伙还是抢走了南面一角

让他的腐尸增光，上帝诅咒他！

20　不过我的壁龛也不算太窄，从那里

可以看到教堂的讲坛，

还有唱诗班那些安静的座位，

向上有天使居住的穹顶，

定有一束阳光在暗暗移动；

25　我将安卧在玄武岩厚石棺上，

在我的帐幕下静静歇息，

九根石柱环绕着我，两两成双，

单出一根在我脚头，安塞尔姆站的地方；

那全是桃花大理石，红润，稀罕，

30　就像新斟的红葡萄酒涌出的酒浆。

老甘多尔夫可是微不足道的洋葱石，

把我放在能看到他的地方！真桃花，

红润无瑕：我才配得上如此奖赏！

靠拢点儿：我的教堂的那次大火——

35　那怎么样？错过的不少救出的也多！

儿子们，汝辈不会让我伤心至死吧？

挖去吧，去挖一旁立着榨机的葡萄园，

轻轻浇水，直到它从表面慢慢淌下，

要是汝辈发现……啊上帝，我不知道，我！……

40　在松软腐烂的无花果叶堆里，

在绳子捆扎好的装橄榄的草篓里，

啊上帝，有一大块青金石呀，

大得像犹太人颈上割下的头，

青得像圣母玛利亚胸脯上的脉管……

45　儿子们，我所有的一切全遗赠给你们，

那华丽的带浴室的弗拉斯卡蒂①别墅，

好啦，把那块青金石稳稳放在我膝间，

就像上帝双手捧着的圆球

你们在华丽的耶稣教堂礼拜时看见的，

50　甘多尔夫看了除了气死别无选择！

---

　　① 弗拉斯卡蒂（Frascati），意大利拉齐奥大区城镇和主教区，西北距罗马 21 千米，文艺复兴以来是罗马贵族喜爱的避暑地，有诸多著名别墅。——译者

我们的日月就像织布工的梭子跑得飞快，

人走向坟墓，如今又在何处？

我说过我玄武岩的石棺了吗，儿子们？

我的意思是黑色的，古雅的黑色！

55　要不然怎么与下面的雕饰相配？

要用青铜浅浮雕，你们允诺过的，

雕上牧神潘和水仙宁芙，你们知道的，

加上些三角座、酒神仗、装饰瓶之类，

雕上救世主耶稣在山上布道，

60　圣普拉锡德荣光闪耀，牧神潘

正准备猛扯水仙宁芙最后的衣裳，

摩西与他的铭文①……但我知道

你们对我毫不在意！他们向你咕噜什么，

我的心肝宝贝安塞尔姆？哦，你们期望

65　在我的别墅里狂欢作乐，却让我

在与乞丐相邻发霉的破砖房里喘气

让甘多尔夫从他的墓顶咯咯发笑！

不，孩子们，汝辈爱我——那么，所有碧玉

汝辈发誓，全都用碧玉，

70　免得我为留下浴室而悲伤，唉！

整块的碧玉，如阿月浑子果一般纯绿，

这世界总有地方有的是碧玉——

难道圣普拉锡德不会听我吗，我祈求她

赐汝辈马匹，棕色的希腊手稿，

75　还有四肢如大理石般润滑的情妇？

那得看汝辈是否把我的墓志铭刻对，

用拉丁文，西塞罗文风，字斟句酌，

可别像甘多尔夫的第二行花哨俗气——

---

①　"铭文"（the tables），此处指摩西十诫。——译者

西塞罗，我的大师？乌尔比安①满足自己所需！

80　那时我必定已安卧了多少个世纪，

听遍了弥撒时无数祈福的喃喃低语，

看着上帝成天制造也被吃，

感觉着从不摇曳的融融烛光，

闻遍让人目眩的浓烈熏香。

85　如今我躺在这儿，度过死寂的时光，

庄重地一步一步迈向死亡，

我双臂交叠就如紧抱曲柄杖，

双脚伸直就像石头可以伸直一般。

让床上的被褥像棺布般垂下，

90　那巨大的下摆就成雕刻家作品的皱褶。

当你们逐渐变得模糊，奇怪的思想

开始滋生，我的耳里嗡嗡作响，

那是关于我此生以前的生活，

还有这一生，教皇、枢机主教和神父，

95　圣普拉锡德在山上布道，

你们那苗条而苍白的母亲，一双会说话的眼睛，

新发现的玛瑙古瓮清新如天，

大理石上纯粹谨严的拉丁文——

啊哈，我们那朋友用"声名显赫"②？

100　哪能比西塞罗，充其量不过乌尔比安！

我的朝圣之旅不幸而短暂，

全要青金石呀，全要，孩子们！不然
· · ·

---

　　①　乌尔比安（Ulpian,？—228），罗马法学家和帝国官员，以清晰优美的风格写了大量法律著作。——译者

　　②　"声名显赫"，拉丁原文为"Eluscebat"，意为"他是杰出的"（"he was illustri-ous"）。这并非古典的拉丁文；古典的（西塞罗风格）拉丁文的形式应是"eluce-bat"。——译者

我就把别墅送给教皇！你们会噬咬我的心吗？

你们的眼睛像蜥蜴一般敏锐，

105 闪烁着就像你们母亲那样直透我心，

或许汝辈会加固我消磨了的饰带，

拼凑出残缺不全的设计，在我的花瓶里

装满葡萄，再加上面罩和端饰，

你们在三角座上还要系一只猞猁，

110 它奋力挣扎将酒神杖摔下，

在我的雕带上给我些慰藉，

我将躺在那上面，直到我必须问：

"我活着呢，还是死了？"离开我，算了！

你们的忘恩负义刺痛了我，

115 死去吧，你们期望着——上帝啊，你们等着呢！

石头、砂岩在碎裂！潮冷的方格上冒着水，

仿佛石棺中的尸体渗出了汗，

再没有什么青金石在世上闪耀！

好了，走吧！我佑汝辈。少在那儿点几根蜡烛，

120 但要排成一行，走吧，转过身去，

对，就像祭祀的辅佐者离开祭坛，

把我留在我的教堂，这宁静的教堂，

闲暇时我好在这里察看老甘多尔夫——

是不是从他的洋葱石棺里投来恶意的一瞥，

125 因为他还在嫉妒我呢，她是那么美！①

罗伯特·布朗宁（1812—1889），该诗写于 1844 年，发表于 1845 年。

---

① Robert Browning. *The Poem*, vol. 1, ed. John Pettigrew, Harmondsworth, 1987, pp. 413-416.

一、诗歌戏剧独白的形式与交流状况

　　《圣普拉锡德教堂主教嘱咐后事》是一种戏剧性的独白，是罗伯特·布朗宁使用特定频率的一种诗歌形式。他与阿尔弗雷德·丁尼生同时创造了英语抒情诗歌的这一亚类型。诗歌的讲述者出现在近似戏剧性的，往往是决定性的场景中，明显地与作者相区别。他面对同时出现的一个或多个其他人物，以语言手段，向他们叙说一个他尝试面对自己的问题。与戏剧舞台上人物以无声的思考所表达的独白不同，这一独白是在有多个参与者参与的交流状况中，由单个人的讲述所构成的。因此，这一戏剧性独白文本再现了讲述者的叙说，但却不是对处于交流状况下的其他参与者的问题、回答和评论等。讲述的戏剧化，目的在于提请注意讲述者自己的表白，以及他凭借纯粹的语言手段与这一状况和所出现的危机相周旋。这类尝试往往采取一种微叙述序列的形式。这样，戏剧性独白就相对于讲述者的叙述状况和视点，建立起一个二阶视角（second-order perspective），引人瞩目地使用讲述主体与创作主体之间的差异。

　　诗歌的标题简要地指明了时间与地点："罗马，15—"，它确立了主教的话语，也就是独白的讲述者的话语在其中讲述的语境。讲述者与他的竞争对手甘多尔夫一样，是一个虚构的，在意大利文艺复兴历史上貌似真实的人物。这一时期，尤其在罗马，天主教神职人员展现出对世俗的荣华无与伦比的活力。标题和诗歌本身提到的罗马教堂——圣普拉锡德教堂（意大利语为 Santa Prassede），建于 882 年，与 2 世纪的一位圣徒和殉道者同名。诗歌中的人物和所发生的事情的历史地位，在作者和讲述者之间确立了清楚的区分（不像"经验诗"[①] 那样倾向于建立起两者之间相互接近的假象）。

---

　　① "经验诗"，原文为德文"Erlebnisgedichte"，其文字上的意思为"经验诗"（"experience poem"），这一概念意指那些对作者个人主观经验和感受坦率直接、不加掩饰地表达的诗歌。——译者

转向诗歌的交流状况和总体叙述结构时可以发现，我们涉及的是一个临终的场景，一个垂死的人试图控制他死后的未来。濒临死亡的主教躺在他的居所里（"这奢华的卧房"，第11行），围拢在他旁边的是他的私生子们，他通常隐藏这些私生子的真实身份，称他们为外甥。他把他们叫来，为的就是让他们确切地按他所说，在他死后在圣普拉锡德教堂为他建立起辉煌的纪念物。他要他的儿子们按他的计划行事。在他们当中，安塞尔姆尤为突出，因为主教特别提到了他的名字，很明显他是主教最宠爱的。他们的行为——可以推测是以面部表情、肢体语言和口头答复的形式表现出来的——显得十分矜持，如果不说带有某种敌意的话。面对这种反应，主教给予他们以他所承诺的好处，以换取他们按他计划行事作为回报。但在这一点上，他显然是不成功的，所以他不得不逐步缩小他的要求，以使他们更为适应这种状况。主教的位置确实十分吸引人。在他濒临死亡的情况下，他无可避免地缺乏现实手段以施加对未来走向的控制，在未来他也将不再是一个实际的存在。更进一步，他看来也不再有对自己的思想和言语施行完全控制的能力（参见 Phipps，1976：150ff.）。这一点在他贯穿始终的讲话中不时机械地自发冒出来的圣经语录中可以看到（下面可以看到详情），也可以从他讲话中至少有两处具有明显误解的事实中得到证明。这两处分别是：他提到"圣普拉锡德在山上布道"（第95行），他将圣普拉锡德置于在山上布道的环境中，显然将她与基督混淆了起来；再有，在诗歌的结尾处，他认为他是在教堂里（第122行），而十分清楚的是，他实际上是躺在他的居所中（第11行）。

二、形成对比的生活方式：精神与世俗的脚本

主教采用叙述作为一种主要方式，用以描述他现在和未来的状况，并稳定他受到威胁和遭遇挫折的自我。他的叙述在三个时间方向上延伸，分别涉及现在，即在会见他的儿子们时，交流与思考同步过程的演示性呈现；过去：他与甘多尔夫的竞争以及与一个女人的暧昧关系；尤为重要的是未来：他力图提前规划他自己的纪念物，以纪念碑的形式控制自己延续到未

来的存在。除了一处例外，在叙述这些他打算要做的事情上被证明是不成功的——在实现他所希望的稳定和克服他所面临的阻力方面，他几乎没有取得任何进展。

诗歌的框架是死亡的状况，一个人等待着他生命的终结。这与回首往年的生活，以及对当下基本的生存危机采取的态度这类主题结合在一起。死亡的一般状况在这里获得了更具体明确的含义，因为作为主教，主人公是基督教信仰的主要代表。基督教信仰的核心教诲是：死是一种救赎，是从痛苦与短暂的不完美存在向永恒的完美幸福状态的一个积极转换。基督教所提供的现实存在的脚本，规划了未来发展的如下方案：远离暂时的生活和徒劳无益的世俗目标，跨越这一界限进入实质与永恒的存在，进入接近上帝和使灵魂得到救赎的超然境界。确实，主教通过援引圣经中几处语录回归到这一脚本（如诗歌第 1 行引述《传道书》1，2；第 33 行引述《腓立比书》3，14；第 51 行引述《约伯记》7，6；第 52 行引述《约伯记》21，13；第 101 行引述《创世纪》49，9）。① 在这些意义上，他将现实世界的生活（包括他自己迄今为止的生活）描述为"虚空"（第 1 行）、"梦"（第 9 行）、"短暂"（第 101 行），或者预见死亡的无可避免（第 8 行），以及注定要走向一个超然的结局（"朝圣"，第 101 行）。但是，指涉基督教的脚本以两种方式使之变得不可置信。第一，它们被当作例行公事，就像陈词滥调一样，明显地毫无信念可言。第二，它们仅仅用以确立这个世界生活的浮华虚荣，没有任何对来世的未来存在、对基督教核心启示的思考，这样就显示出对超越的到来明显表现出缺乏信念。②

主教选择了一个不同脚本，作为他对未来叙述的基础。那是一个在艺

---

① 上述《圣经》的引述分别是："传道者说：虚空的虚空"，《传道书》1028；"要得神在基督耶稣里从上面招我来得的奖赏"，《腓立比书》309；"我的日子比梭更快"，《约伯记》787；"他们度日诸事亨通，转眼下入阴间"，《约伯记》805。（参见《圣经》，香港圣经公会"英皇钦定本"，引文后数字为该引文在该书中的页码）。——译者

② 参见菲普斯（Phipps，1976）的论述，他详细描述了精神事务和世俗事务之间的差异，他认为这是贯穿整首诗中存在于主教形象的内在矛盾，主教引用怪诞的概念来支持他的论点。他将主教解释为基督教宗教信仰堕落的重要代表。参见格林伯格（Greenberg，1969）对布朗宁时代英国关于这种堕落与神学争论之间关系的论述。

术和艺术品中保存和延续世俗存在的脚本，即个人在宏大华丽的形式中获得审美存在。在这里，这种存在就是在教堂中，更确切地说，是在一所教堂的内部。这一脚本的选择不同于基督教的脚本，这本身就是意味深长的。更重要的是，由于这一选择是由一个人的立场决定的，而这个人本来应该使用基督教的脚本，事实上，这个人应该将那一脚本视为他正当的、首要的职责。然而，他却以保存和延续世俗存在的脚本来构筑他的叙述序列。结果产生的便是关于主教如何在他死后，在圣普拉锡德教堂永生的这种前瞻性叙事。这一序列的基本组成出现在两个相续的阶段。第一阶段为第二阶段做好了准备，并在时间上先于第二阶段。它包括主教想象中的画面，他的纪念物（"我这坟墓"，第 15 行），将如何以珍贵的材料和精美的艺术富丽堂皇地装饰起来。第二阶段在时间上并不确定。它涉及主教的感觉，他认为在他死后教堂里将会发生些什么。

第二个脚本也发生在现时，这就是主教与甘多尔夫的竞争，是他们之间持续地争夺优势的竞争，是在竞争中胜利或失败的斗争。就像保持和延续世俗存在的脚本一样，这一竞争的脚本也完全是世俗的、非基督教的，因为它违反了基督教关于我们应该谦卑地爱我们的邻居的戒律。两个脚本都具有一个共同点，即它们都牵涉个人身份。两者都特别关注保持和稳定自我，以便能够将自己确认为强大的、非凡的个体。最后，运用不同的、实际上仅只是稍有变化的手段，两个脚本都将死后的存在视为先于它的此生生活的直接延续。在个人化、世俗化、审美存在、文明等所有这些方面，这一戏剧性独白中的故事具有历史的独特特征，它所表达的是文艺复兴的文化概念，是文艺复兴时期一个有代表性的个人理想生活的图画。

三、叙述序列的形成

有关主教与老甘多尔夫竞争这一叙述序列的动态结构，在诗歌文本一开始提到的主教曾经爱过的女人——他的儿子们的母亲——这个女人的美貌的背景下，作为一个主题而导入其中。主教为赢得她而感到骄傲，这倒不是因为他对她的爱，而首先是由于这样能使他胜过甘多尔夫，并使甘多尔夫嫉妒不已（第5行）。他将这一点看作是一个持久的胜利，在诗歌结尾，他通过再一次提到它而结束他的独白（第125行）。即便主教选择他在教堂中墓地的位置，也是在他们之间竞争的背景下描述出来的：甘多尔夫曾经击败讲述者，以狡猾的手段获得教堂中一个更好的位置（第17～19行）。而讲述者则试图通过采用珍贵的材料来建造他未来的纪念物，将难得一见的稀罕宝石置于他的雕塑中，并在上面铭刻上古典的拉丁语，从而胜过甘多尔夫以寻求报复。

关于在艺术中并通过艺术来保存他的自我和延续他的存在和身份，主教在对他的计划的前瞻叙述中主要集中在用以建造他的纪念物的物质材料和视觉装饰上，纪念物的位置并未提及，因为它已经确定下来。他想象着用玄武岩和桃花色大理石，以及环绕四周的圆柱而建造一座壮丽的建筑（第25～30行，第53～62行）。但是，他的儿子们不合作的态度使他不得不降低自己的期望，原先准备用碧玉（第68～69行），后来采用的是普通的砂岩（第115～118行）。主教所想象的他自己未来存在的世俗化导向，在他纪念物的视觉装饰中显得尤为明显。在讲述青金石的装饰效果时，他把自己与上帝做比较（第48～49行）。在上述叙述序列中，他将圣经母题与异教人物如牧神潘、宁芙和酒神巴克斯结合起来（第57～62行，第107～110行）。比如，他将圣普拉锡德与即将被牧神潘剥去衣裳的宁芙并列在一起时，他并没有表现出对基督教道德的蔑视（第60～61行）。美的形式本身，而不是宗教教义，才是最重要的。在他延续未来存在的计划中，主教甚至希望表现出他的艺术品位，表现出他对优雅的西塞罗风格的拉丁铭文的赏识，这与甘多尔夫墓志铭的后经典形式形成了明显对照（第76～79行，第99行）。

主教对未来存在的描绘，反映出拥抱官能享受，以及拥抱此生世界的同样倾向，他想象中的生命延续，将在纪念物中并作为纪念物而在这一世界留下痕迹。他从自己的纪念物所选定的位置上，描绘了教堂的讲坛、唱诗班和教堂穹顶的景观（第21～24行），描述了许多他持续的听觉、视觉和嗅觉感知，以及贯穿几个世纪的圣餐、蜡烛、浓浓的熏香（第80～84行），再次明显地强调了审美品位，而以牺牲精神内容作为代价（例如，对圣餐那种纯粹物质的描绘："看着上帝成天制造也被吃"，第 82 行）。主教想象着死后向生的转变，从躺在临终的床上向石棺上的雕塑逐渐转变（第 85～96 行）。他心想，这一进程已经在进行中了，因为他已经在教堂中，尽管眼下他明明白白地就在自己的住所里（"这奢华的卧房"，第 11 行）。最后的场景也是想象中对他此后在教堂里的期待（"把我留在我的教堂"，第 122 行）。他放走他的儿子们，"就像祭祀的辅佐者离开祭坛"，并在心里描绘了甘多尔夫因为自己所赢得的女人而再次嫉妒地打量他的情景（第 123～125行）。

这里，在主教最后的讲述中，他对未来的叙说显得特别清晰，这是从一开始就表现出来的。有关他死后的存在这一基本观念，说到底，就是他过去和现在生活的延续。即便他明显地提到甘多尔夫，提到儿子们的母亲早先的死，以及他自己濒临死亡，他也仍然相信，对他来说无比重要的世俗地位，在将来也不会发生变化：他的辉煌仍将得以炫耀，艺术与文雅仍会使他显得高贵，他的地位仍将高过他的竞争对手们。

四、事件性

主教在关于他未来的叙述中描绘了他死后的生活，这完全是由对此生的世界、对生活的愉悦、感官的享受、美和自我渴望的关注而激发的。上面所提到的简单事实表明，这一叙述与一位高阶层的教会高级职员有关，这足以使之具有重要的意义。这一事件性存在于整个叙述中，而不仅仅存在于某一关头，或某个不可预见的变化中。然而，它却通过一个额外的叙事因素，即展开主教讲述的交流过程，从而被更改并变得更为复杂。这一交流过程以不同寻常的大量详情细节演示性地加以表现，并在它发生的时候戏剧性地呈现出来，作为一个场景进程而进行"叙述"。在进展的过程中，主教对未来的前瞻叙述全由他的思想和想象构成，它们面临着经验的现实。如果他所叙述的未来看似可能实现，并以这种方式成为主教心目中貌似真实的现实的话，那么他的儿子们至少应该表明他们赞同他的教诲，并决心追随这些教诲。然而，十分清楚的是，他们没有。

这一毫无希望的反应意味着，甘多尔夫，这位在选择教堂最好的墓地时击败主教的人，在他们的斗争中居于上风，甚至还能让他洋洋得意地嘲笑主教。这样，在主教讲述的时候，便有迹象表明他对未来的期望将不会被满足。这就引出了一个严重的自我认同概念的问题，主教正是力图在这一认同中使他的前瞻叙事保持安全。它也使他的濒临死亡变成一种更为严重的崩裂，但是主教并没有考虑到这种可能性（更确切地说，应该是他不敢考虑到它），因此，在与他的儿子们的交谈中，他很明显地只承认部分失败。他意识到他们并不情愿追随他的教诲（第 62～67 行，尤其是"我知道/你们对我毫不在意"；第 69～70 行，第 103～105 行，第 113～115 行，尤其是"你们的忘恩负义刺痛了我"；第 119～120 行），但是，他仍旧徒然地试图以情感威压的手段，以允诺他们向圣普拉锡德说情（"难道圣普拉锡德不会听我吗，我祈求她/赐汝辈马匹"，第 73～75 行），恐吓他们（"不然/我就把别墅送给教皇"，第 102～103 行），或通过吁求他们的道德尊严（"好了，走吧！我佑汝辈"，第 119 行），从而使他们改变立场。

这样，主教就被视为一个不可靠的讲述者，这不是由于他的道德原因（诸如对别人撒谎），而是由于他个人完全卷入他自己的叙述中，也由于明显地因临近死亡而产生的他的现实感周期性的下降。① 在一定程度上，他的生活和他自己的理念，一如既往地围绕着此生而不是来世而定向，这可以解释他是何以在审美意义上，以艺术地精巧制作的纪念物的形式来设想他未来的存在，从而给他所面临的实际状况蒙上了一层假象。戏剧性独白的结构，导致讲述者强烈的个性化、主体化，这位讲述者明确地将自己与作者区分开来，在讲述主体与创作主体之间制造出明显的差异。这通常使读者能够拉开距离来考虑讲述者，能够比讲述者看得更多，尤其是能够识别出讲述者的盲点。在这里，读者的思考与讲述者的认知距离，通过标题《圣普拉锡德教堂主教嘱咐后事》，及其后诗歌的年份设定所产生的距离效果而得以强化。外视角使我们能够看到，讲述者是多么高估了自己能够影

---

① 叙述者在叙述中将自身卷入其中，始终是不可靠性的主要来源。参见里蒙-凯南（Rimmon-Kenan，2002：101f.）。

响他儿子们的能力，他是如何坚持他的幻想，尤其是死后继续延续他个人生命的念头，如何迷恋与甘多尔夫的竞争，或许还要加上主教对他的听众绕来绕去的讲话显得如何深奥、幼稚、老气横秋。这一由作者所安排的差异，通过主教本身没有察觉到的矛盾而变得更为突出，如前面所提到的他将圣普拉锡德与基督混淆起来一样，他记不起自己是在居所而不是在教堂里。

在这方面，我们可以从主教濒临死亡时，仍试图以前瞻叙述稳固他的身份而归于失败这一点上（他自己并未完全意识到）看到其中所表现出的事件性。这是对文本确立的期待在艺术中实现自我保存这一模式含蓄的突破。更为确切地说，主教通过基于此生世界而制造出一个关于未来的天真叙述，来对他在此生中的存在和身份处于迫在眉睫的毁灭做出反应。然而，这却以失败告终，在眼下身体和精神都十分虚弱的情况下，他还试图想去控制他死后人们未来的行为，即便他已经完全没有成功的机会。值得注意的是，这首诗歌的事件性是在两个层次上安排出来的。第一，通过唯一地专注于此生世界，主教突破了对教士规范的期望，这构成一个媒介事件，但它只有轻微的影响，因为在文艺复兴时期，世俗性在教士中是普遍存在的。这一新的世俗态度提供了第二个事件的语境，它创造了生命在此生中完全实现的希望，而它产生的失望则是意义重大的（它在发生之事中是一个未完成的事件）。主教试图在他死后保持他的身份，却以失败告终，这可以看作一个更广泛的问题的征兆：存在，这一文艺复兴中出现的新的、世俗的观念，尚显得不够。主人公的失败令人震惊，也意义重大，因为它的根源在于他自己的理性能力。他倾向于自欺欺人，倾向于对自己的问题采取虚幻的解决办法，这对人类的理性信仰、对现代人文主义者在现实生活中实现自己理想的信念，提出了一个令人不安的挑战。①

---

① 尽管出现了对主教漫画式的描绘，主教仍可以很合理地解释为人文主义以及在这一世界中实现人生的一个理想代表。艺术批评家和历史学家约翰·拉斯金在他 1856 年的论述中表明了这一看法（他的这一论述在对布朗宁的文学批评中常被引用），他说："在我所知道的现代英语散文或诗歌中，没有任何一篇像这首诗歌一样，表现出如此之多文艺复兴精神的内容——它的世俗性，不一致性，骄傲，虚伪，自己的无知，对艺术、奢华和文雅的拉丁文的喜好"（Ruskin，1904：449）。

五、抒情诗的特征

虽然作品以一种类似戏剧的演示形式出现,《圣普拉锡德教堂主教嘱咐后事》无疑应归类为抒情诗。它属于戏剧独白的亚类型,由布朗宁和丁尼生建立的一种抒情诗歌形式。这一形式具有与独白类似的自我表达,竭力避免浪漫主义的主观主义,以及随之而来的唯我主义的风险。在这样做时,它通过采用拉开与表达自我主观意识的距离这样的视点,使意识的二阶观察成为可能。戏剧性的独白通过采用不押韵的素体诗形式和口语化的讲述方式,有意淡化了抒情诗传统的艺术形式。尽管如此,它以鲜明的旋律、规整的节奏、长短相似可感的诗行,突出了它的诗歌特征。这一虽不明显、但却稳固的诗歌形式上的功能,对戏剧独白典型的双重视角提供了诗体支撑。它将易于引起联想的、可以移情分享抒情人的内视点,与对这一视点带有批评性的、有距离的外视角的微妙暗示结合起来。这一与众不同的双重视角意味着,在大多数情况下,事件主要并不位于发生之事的层次上,因为它没有在诗歌范围内,形成自我叙述结构要素的功能(通常在抒情人定义他或她个性的地方,主教则在这里通过成为他纪念物的艺术作品来确认他的特征)。因而,事件性仅仅在读者批评性的具有穿透力的二阶视角下,作为接受事件而产生。读者意识到,在抒情人的自我认定中(这一认定被他或她压制下去或隐藏起来,从而无法看到)存在着明显的矛盾。因而,读者可以领悟到叙述中的一个重要突破(在这里,是主教对于未来的失败的叙述,而他自己对此并不明了)。在这方面,戏剧性独白的亚类型具有一种接受事件的特征,这是一种创作与定位不同于其他抒情诗形式的事件。

参考文献

Browning,Robert (1981). *The Poems*, vol. 1, ed. John Pettigrew (Harmondsworth),413-416.

Greenberg,Robert A. (1969). "Ruskin, Pugin, and the Contemporary Context of 'The Bishop Orders His Tomb'", in: *PMLA* 84, 1588-1594.

Phipps, Charles Thomas, S. J. (1976). *Browning's Clerical Charac-ters*, Salzburg Studies in English Literature, 138-66.

Reallexikon der deutschen Literaturwissenschaft (2003), vol. 3, ed. Jan-Dirk Müller et al., Berlin.

Rimmon-Kenan, Shlomith (2002 [¹1983]). *Narrative Fiction: Con-temporary Poetics* (London).

Ruskin, John (1904). *Modern Painters*, *Vol.* Ⅳ, The Works of John Ruskin, vol. 6, ed. E. T. Cook and A. Wedderburn (London).

第十章　克里斯蒂娜·罗塞蒂：
《如馅饼皮般的承诺》

答应我不要对我承诺，
我也可以不对你承诺：
保持我们两人的自由，
永不犯错也永不失真：
5　我们将骰子持在手里，
自由地来如自由地去：
你的过去我无法了解，
我的过去你又知道啥？

你，如此温暖，可能曾经
10　对另一个更加温暖：
我，如此冰冷，可能曾看到
阳光，曾感受过太阳：
谁能给我们显示这真是
往日经历的时光？
15　影像在玻璃片中消退，
而命运却未曾告知。

你如承诺，可能伤心
因为再度失去自由：
我如承诺，我相信
20　我会厌烦地挣脱枷锁。
让我们如往日做朋友吧，
一分不多一分不少：

过多花费摊上省吃俭用

谁能消受过量的东西。①

克里斯蒂娜·罗塞蒂（1830—1894），该诗写于 1861 年，发表于
1896 年。

克里斯蒂娜·罗塞蒂这首诗歌的标题是经改动过的引语，来自斯威夫
特"承诺与馅饼皮是用来被打破的"，在斯威夫特创造出来之后，它已经获
得了俗语的地位。② 这一俗语提供了我们期待追随的脚本，即承诺往往是
会被打破的。它也可以理解为鼓励我们不要将自己的诚信放在承诺上，因
为做出承诺的人往往并不要求遵守承诺。然而，自身故事的抒情人一直未
解释承诺是否被打破，以及如何被打破，因为她的言语行为既劝阻她自己、
又劝阻她的受述者，不要作承诺从而进入未来的伴侣关系中。③ 她以这一
方式，希望避免随之而来的、由这一脚本给她带来的期待而产生的失望。
这样，对未实现的承诺行为的情境框架可以界定为一种关系。诗歌中这一
模式的两个变体，分别是友谊和与之相对的爱情。抒情人避免在自己和对
话者之间做出承诺的策略是明显反叙事的。她没有叙说一个他们将来在一
起将会如何的故事，也没有以叙述形式将他们的过去明显呈现出来。它没
有将发生的各种事情相互关联起来，我们所看到的是：问题居于主导地位，
有条件的陈述、推论、命令式的语句等，所有这些都表明，诗歌首要的构
建是为了让论争通行无阻，而不是提供一幅典型的、有意识的抒情画面，
或者成为发生或已发生事情的叙述中介。在这里，言语的命令功能居于主
导地位，从而代替了发生之事。虽然如此，在《如馅饼皮般的承诺》中，
仍然可以勾勒出潜在的、具有意义的各种发生之事的故事的初步系列。

---

① Christina Rossetti, *The Complete Poems of Christina Rossetti: A Variorum edi-tion: Vol. Ⅲ*. ed. R. W. Crump, Baton Rouge and London, 1990, p. 281.

② 这句话通常归之于斯威夫特，出自他 1738 年的《政治对话》。但需要注意的是，
类似的表达在沃德（Ward）、特罗洛普（Trollope），甚至在莎士比亚那里都可以找到。

③ 由于诗歌并不包括其叙述者的性别指向，我们将假设抒情人与作者一样是一位
女性。这样，我们就追随兰瑟的规则，按照这一规则，叙述者的性别可以按照作者的性别
来界定，除非特别指明相反的性别。参见兰瑟（Lanser，1981）。

一、交流状况与抒情人的策略

　　一直到第三诗节，抒情人才在回顾中叙说了仅只出现过一次的状态的变化："让我们如往日做朋友吧"（第 21 行）。过去时的运用显示出她所指的友谊已经结束。这一状态的变化也表明言语行为相对于故事的时间位置。她与受述者的友谊在过去曾经存在，现在她希望以同样的方式将它恢复。这首诗歌旨在将这一友谊带回：它讲述了在故事结束以前的某一时间点上，通过恢复曾经存在的友谊，从而结束友谊不存的状况。这意味着现在的时间点，也就是讲述的时间点，代表着一个过渡阶段，在这一阶段，抒情人与其受述者之间的关系未按友谊的模式发展。文本没有明确说明究竟是什么原因导致两者原先的友谊发生变化，但是，我们可以在文本和日常知识可辨识模式的同位基础上找到答案。在所有的可能性中，最可能相互影响的形式或许涉及对友谊产生敌意（简单地说就是中断接触），或者爱情。在这里，找不到公开表明曾宣告敌意，或曾打算中止关系的文本迹象，但有几处迹象显示出，浪漫关系是对被谈论的友谊的取代：温度的同位形式（"温暖""更加温暖""冰冷""阳光""太阳"），在温暖或冰冷感觉的意义上，投射到人际情感的状态中，在自由（"自由""自由地来如自由地去"）和它的丧失（"失去自由""束缚"）被主题化时，反过来期待一个承诺。

　　抒情人及其受述者在分别与冰冷和温暖相关联的温度中相互对立。在她试图既说服她自己，同时更明显地首先试图说服她的受述者不要走进一种浪漫关系中时，抒情人运用了描述假设的过去和未来的策略，以显示何以这种关系不起作用。未来的状态由失去自由的同位形式联系起来，过去被归结成晦暗不明，是一段难以确切说明发生了什么的时光。把过去描绘为无法重构的这一策略，由抒情人不能从中聚焦自我的表现而在技巧上得到强化。她肯定能够做出关于她的回忆和内心生活明确的个人陈述，但是在这里，她所叙说的可能的回忆却是假设的，是从外部聚焦的："我，如此冰冷，可能曾看到/阳光，曾感受过太阳"（第 11～12 行）。

二、序列性与诗节顺序

诗歌中所呈现的发生之事，是我们可以重构友谊和爱情的脚本不相兼容而产生的冲突，以及它所导致的、基于更为复杂的友谊受到爱情威胁的脚本的故事。按照这一故事，在抒情人与受述者友谊的发展中，双方在过去很可能都曾卷入与对方的浪漫关系。由于受述者渴望将这一友谊状态进一步发展为浪漫关系，从而使友谊处于危机之中。抒情人对所产生的纠纷的反应，表现在劝说她自己和受述者恢复他们之间原先的友谊状态。除了她的言语目的之外，抒情人防御心理的反应也可以包括在序列要素中。友谊是否可以成功地延续的问题被排除在序列之外，它在其中成了一个空白。

第一诗节出自一种对假设的未来的不满。抒情人转向她的受述者，要求他不要承诺她任何东西。承诺从两方面被否定性地编码。一方面，它们容易遭受被那些不忠实的人违背的风险；另一方面，承诺也制造出对未来的期待，那些做出承诺的人可能随后会觉得，要求践行这些期待，可能会剥夺他们的自由。她命令式的要求创造了一幅五光十色的否定性画面，这一画面是她由分享伙伴关系的想法而产生的。抒情人将对建立在她与受述者之间共享未来的伙伴关系的承诺，看作是对她个人自由的侵犯，而不是安全之源。这一伙伴关系的概念正是她要求保持自身的独立，并且是不在未来受到束缚的根源。不将骰子掷出去和渴望自由行动的形象，也同样表达了需要使未来保持开放："我们将骰子持在手里，/自由地来如自由地去"（第5~6行）。然而，担心失去自由，并不是抒情人拒绝进入以承诺为基础共享未来的原因；相反，她列出了她和受述者过去曾经或可能体验过的某种不透明状况："你的过去我无法了解，/我的过去你又知道啥？"（第7~8行）。

第二诗节包括一些倒叙的假设的例子，这些是先前的关系中双方都可能经历过的。这一回顾的视点，在第一诗节中，当抒情人为希望自己不要在对受述者的过去缺乏了解的情况下进入一种伙伴关系进行辩解时，已经出现。为什么因缺乏对过去的了解，而对未来可能产生影响，这是一个悬而未决的问题。让人吃惊的是，抒情人在回顾性地叙说她的过去时用了"可能"（"may"，第 11 行），尽管她应该有能力对此做出更明确的陈述。结果是抒情人表现的过去未被叙述。无论是她还是她的受述者，都无法进入另一方的过去；她不能可靠地描述她自己的过去，即便另一个人也无法显示他们的过去究竟是什么样的："谁能给我们显示这真是/往日经历的时光?"（第 13～14 行）。未来的不确定性（由过去模糊的故事所造成），在诗节末尾的形象中再度表达出来，现在，无论是对于抒情人还是第三方，过去都不是可以接近的："影像在玻璃片中消退，/而命运却未曾告知"（第15～16行）。玻璃片（也可能是水晶球）中形象的消失，与假设的抒情人与受述者之间日渐冷漠的关系一起，延续了衰退、变弱这一同位形式。不仅他们两方都减少了对他们自己过去历史的了解，而且也从温暖和冰冷的隐喻中，看出他们向另一方公开自己情感的能力也减少了。各自都将自己看作与另一方并行发展。双方可能早先都有强烈的情感，但是现在这种能力变得越来越弱："你，如此温暖，可能曾经/对另一个更加温暖：/我，如此冰冷，可能曾看到/阳光，曾感受过太阳"（第 9～12 行）。尽管在这一并行中，他们已经发生了某些变化，但是在抒情人与她的受述者之间仍然不相搭配。她将自己描述为在情感上是冰冷的，至于她的受述者，由于按照推测他过去具有更为强烈的情感（第 9 行），因而现在仍然具有温暖的秉性。在温度和感觉能力之间的逻辑关系中，温暖和冰冷的状态表明，由于他的温暖，受述者依然能够融化冰冷，与另一个合而为一；然而，鉴于她的冰冷，抒情人却做不到这一点，因而必须继续以分开的实体存在。

丧失自由与承诺相互关联，再度成为第三诗节的主题。抒情人假设，如果他们相互做出承诺，那么她和受述者双方都会以不愉快告终。受述者会后悔失去他的自由，抒情人则会力图切断他们之间的联系。他感觉这是一副脚镣："我会厌烦地挣脱枷锁"（第 20 行）。她由此得出的结论和忠告是，她和她的受述者应该将他们未来的关系建立在友谊的脚本上："让我们如往日做朋友吧"（第 21 行）。作为支持友谊的进一步论证，抒情人转换了从爱情的语境到友谊的语境旺盛生长的隐喻："过多花费摊上省吃俭用/谁能消受过量的东西"（第 23～24 行）。传统地说来，爱情是一种共享成长的体验，但抒情人却将这一潜在的成长与友谊联系起来。她相信，单个的个体可以在友谊中成长。除了旺盛生长的隐喻而外，还用到了营养的隐喻，以解释爱情与友谊之间的差别：友谊按抒情人所说，提供的是适当的营养，但对于情人来说，他们会相互吞咽直到死。传统的爱的饥渴的概念在这里被颠倒了。倒数第二行冷淡的"过多"强调，从抒情人的角度出发对爱情性质的这一评论，意味着它是带有普遍性的，并不只是针对她个人的特殊状况而言。

三、盲点？

抒情人言说的策略显示出微妙的矛盾。这些矛盾表明她可能是不可靠的，或者说她可以用她随手发明的这些带有矛盾的论点，来解释她自己的立场，以轻描淡写她反对爱情脚本的真实原因。[①]

诗歌中的矛盾，牵涉抒情人拒绝进入与她的受述者的浪漫关系的动机。只有在表明她的立场，即双方都无法了解另一方的过去时，她才提及自身："你的过去我无法了解，/我的过去你又知道啥？"（第 7～8 行）。然而，即便在这里，抒情人的解释仍然是值得怀疑的，因为当单个人，尤其是朋友相互之间缺乏了解时，可以运用叙述提供此类了解。但是在叙述、在创造一个共享的故事时，抒情人恰好没有这样做。她将过去表现为某种可以重构的东西，运用的是一种暗指方式的策略，因而，如果有的话，它看来很像是试图转移人们对她谢绝进入浪漫关系真正原因的注意力。这一真正原因是畏惧——畏惧将她的未来限定在一种伙伴关系的形式中，同时也畏惧一个可以辨识的过去。当抒情人承认她害怕承诺被打破时，她部分地承认了自身的这一状况："我如承诺，我相信/我会厌烦地挣脱枷锁"（第 19～20 行）。对保持自身承诺的不安全感，在这里得到了反映，但是她害怕被受述者的诺言所辜负——这可能才是她拒绝的真正理由，而这一点并没有被提及。

---

① 关于不可靠性，参见马丁内斯与舍费尔（Martinez and Scheffel，2000：95-107）。

如果我们也考虑诗歌标题的话，进一步的矛盾就变得十分清楚。如果承诺就是为了被打破的，那么它们不会限制个人的自由，因为承诺将被打破这一固有的期待，意味着它们一开始就不受束缚。由此看来，害怕失去自由可以看作一个虚构的论点，意在转移人们对她在相互关系中不遵守承诺的畏惧。另外，诗歌的标题可以与抒情人联系起来，而不是与承诺和失去自由的问题联系起来，这样，它就清晰地表达了她未说出口的担心。考虑到怀疑抒情人试图躲避显示她对失望感到恐惧这一背景，她言说的功能发生了变化：尝试要说服的主要不再是受述者，而恰恰是抒情人自己。她试图说服自己不要做出任何承诺，因为她害怕一旦她的受述者食言，她将受到伤害。

四、事件性

抒情人明显拒绝开始一个浪漫关系的可能性，被作为一个具有肯定含义的事件。从外在观察者的角度看，这一拒绝事关重大。拒绝爱情的主张，和做出这一选择的原因，从两方面打破了人们的期望。首先，抒情人不愿意在叙述中将过去或未来联系起来，这与基本的心理假设——人们往往运用叙述构建一个冲突情境下的稳定身份，从而能够弄清冲突情境的意思并能够对付它——相矛盾。抒情人没有寻求以叙述来确定她自身的身份：她拒绝叙说她自己。其次，在分配给抒情人和受述者的性别中，可以看到角色不同寻常的变化。如果考虑到彼特拉克爱情传统的背景，这一点更为明显。在诗歌的情境中，抒情人与其受述者发现，他们各自都同样具有彼特拉克传统的基本状况：情人被他所爱慕的女子拒绝。在彼特拉克的诗歌中，爱情的实现受到阶级差异和道德准则的阻挠，但是，在这一情况下，这两者都不会对抒情人自我和另一方产生影响。而在这里，抒情人隐藏在靠不住的论辩背后的畏惧，是爱情的障碍物。此外，在彼特拉克的诗歌中，男子是抒情人，是视角的出发点，而在这里，这一角色由女子扮演。

以上这些发现涉及抒情人的盲点，在发生事情的层次上，拒绝的事件性明显是与呈现层次上事关重大的变化联系在一起的。发生之事的层次与标题的矛盾意味着，读者可以看到抒情人讲述功能的变化，这一功能从劝说受述者变为说服抒情人自己。很明显，她隐藏的动机在于她对建立恋爱关系存在一种未被承认的恐惧。

在许多诗歌中，叙述以及将故事归因于自我，对抒情人自我身份的构建是极为重要的，他们本身就是这种身份的一部分。而在《如馅饼皮般的承诺》中，抒情人叙述的职能却出现了缺位。对过去的非叙述被用作反对未来可能叙说爱情故事的论证。即便如此，从这一有意的反叙事的言语行为中，仍然可能导出一个叙述结构，而正是这一点赋予这首诗歌以特别的趣味。

参考文献

Harrison，Antony H. (1988). *Christina Rossetti in Context* (Chapel Hill，NC).

Mayberry，Katherine J. (1989). *Christina Rossetti and the Poetry of Discovery* (Baton Rouge，LA).

Rosenblum，Dolores (1986). *Christina Rossetti：The Poetry of Endurance* (Carbondale，IL).

Rossetti，Christina (1990). *The Complete Poems of Christina Rossetti：A Variorum edition：Vol.* Ⅲ, ed. R. W. Crump (Baton Rouge and London)，281.

第十一章　托马斯·哈代:《声音》

我日夜思念的女人,你那样呼唤着我,呼唤着我,
说你现在已经不再是曾经的那样
你改变了,不再是我所曾拥有的一切,
却依然如我们最初的日子般美好明媚。

5　我听到的真的是你吗?那就让我看看你,
就像当年我走近小镇,你站在那儿
等待着我:是啊,正如那时我熟知的你,
甚至连你那身雅致的天蓝色裙装!

或许那只是一阵慵懒的清风
10　穿过湿润的草地来到我这儿,
你已化作无知无觉的苍白暗影,
或远或近,再也听不到?

这样啊,我蹒跚向前,
我的身边落叶飘摇,
15　北方的风穿过荒芜的荆棘缓缓涌出,
那女人还在呼唤。

1912 年 12 月 ①

托马斯·哈代(1840—1928),《声音》写于 1912 年,发表于 1914 年。

---

① *The Complete Poetical Works of Thomas Hardy*, vol. 2, ed. Samuel Hynes, Oxford,1987 [¹1984], pp. 56-57.

一、交流状况：力图使过去再次重现

这首诗的抒情人，故事外的叙述者（extradiegetic narrator），是一位上了年纪的老人。由于他是诗中的主人公，他也是自身故事的叙述者。他唤起自己人生不同阶段的记忆，那都与一位他所曾爱过的女人联系在一起——最初的和谐，后来的某些失和，以后由于她的死而完全失去她①——这是在最终反思他目前的孤独状态以前的种种回忆。② 在他内心生活从过去到当下连续的四个点上的心理画面中，展现了各种事情，借助于相应的框架和脚本（下面将述及），可以在故事外层次上（即在思考出现时将它讲述出来），将这些事构建出一个心理过程——序列 A。这一叙述序列覆盖了诗歌全部四个诗节，并同时地、持续地以现在时态来表现，也在这个意义上加以演示。与此同时，第二叙述序列——序列 B，在故事层次上形成。它创造出回忆的内容，这些回忆展现在眼前，并唤起男子与这位女人先前关系的三个阶段。序列 B 是回顾性的叙说，在头两个诗节回到了过去的不同情景：第一，和谐（"依然如我们最初的日子般美好明媚"，第 4行；"当年我走近小镇，你站在那儿/等待着我：是啊，正如那时我熟知的你，/甚至连你那身雅致的天蓝色裙装"，第 6～8 行）；第二，疏远（"你现在已经不再是曾经的那样/你改变了，不再是我所曾拥有的一切"，第 2～3行）；第三，死亡（"日夜思念"，第 1 行）。对过去发生的这一系列发生之事的叙述（B），和眼下一系列回忆的演示性呈现（A），相互结合在一

---

① 诗歌第 11～12 行清楚地说明，我们可以设想那女人已经死了（而不是简单的缺席）。

② 哈代的第一位妻子埃玛·吉福德（Emma Gifford）于 1912 年去世，他曾与她一度疏远，对这一体验的情感反应提供了一个自传性的语境，可以在这首诗歌以及其他一些诗歌中重现，这些诗歌包括 1914 年的选集《境遇的嘲讽》（*Satires of Circumstance*）中"1912—1913 年诗歌"的部分。参见海因斯和格万特（Hynes, 1987：490-491；Gewanter, 1991）。即便抒情人在诗歌中叙说的对这女子的回忆与现实世界中作者的态度相符，在分析诗歌时也不需要必须对此进行了解。

起。在序列 A，抒情人试图使序列 B 再次出现，因为他力图回到过去的时光，并在女人目前已经死亡的情况下，通过他们早先的疏远及其最初爱情的和谐一步一步回复到过去。然而，序列 B 实际的时间先后状况（以女人事实上的死告终），意味着这一意图最终归于失败："你已化作无知无觉的苍白暗影"。①

就像在许多爱情诗歌中一样，诗中的抒情人与女子变动着的关系存在于这样的事实中，即抒情人试图以爱情的和谐与满足来定义和稳定其个体存在和身份，这也是后来当他失去这一切时何以变得如此痛苦，而当力图重新获得它时又会带来如此强烈影响的原因。

二、回忆的内容：过去变成现在

序列 B 在诗歌的叙述结构中为回忆的心理过程和嵌入叙事的功能提供了一个参照层。这一序列的框架，在主题和情境意义上可以界定为男女之间的爱情，这一爱情形成生活取向的中心框架。脚本则可界定为展现爱情在长时期的伙伴关系（诸如婚姻）中的幸福、和谐与满足，这可以作为对未来的希望和期待的根源，并作为从此刻开始（见诗歌第 6～7 行）指导他们未来关系的准则。如上所述，这些过去的事情的时间先后顺序在它们表现在诗歌中时，意味深长地被反转了。回忆始于女人死后男人的失落感（"日夜思念"，第 1 行）。然后，这些回忆移至他生活中两人有所疏远时（"已经不再是曾经的那样/你改变了"，第 2～3 行），这是一种消极的、让人烦扰的失和。最后，他们又回到原先的和谐（"依然如我们最初的日子般美好明媚""就像当年……，你站在那儿……"，第 4～8 行）。② 但是，在序

---

① 参见贝利（Bailey，1970：298）和约翰逊（Johnson，1991：225-227）的有关解释。

② 格万特（Gewanter，1991：201f.）强调了诗歌对哈代妻子埃玛（Emma）的自传性指涉，并将未能赢回年轻时的埃玛的失败尝试（由于老年埃玛心理支配所致）视为诗歌一个突出的特点。参见塞克斯顿（Sexton，1991：216f.）和拉马扎尼（Ramazani，1991：966f.）与之基本类似的论述。

列 B，女子的死实际上已成为事实（第 11 行）；在诗歌叙说了种种回忆并再次将她的死作为主题时，诗歌又回到这里，回到一个真实的时间先后顺序状态。采用这种特殊的方式，将这一叙述作为一系列回忆而镶嵌于其中，这意味着不仅是时间先后顺序，而且也包括它的事件性都被颠倒了。抒情人与女子过去爱情的结局，和附着于它的满怀期待形成了对比，从而变得事关重大（在失望的消极的意义上）。然而，在呈现顺序中，取消了这一消极的事件，或者说目的就是将它取消，以便有可能再次体验最初的爱情。从男子生活的实际过程来看，负面事件压倒一切的是它本身就是一个事件，但它最终因第 11～12 行女子的死这一新的、更明显的表白而证明是一种幻觉。在序列 B，实际的时间顺序被重写并恢复，事件性也分别在满足和失望的意义上相应地创造出来。这一双重反转使序列 B 成为序列 A 的一个整体功能元素。

三、回忆的历程：使回忆在场的过程

序列 A 的框架可以确定为因暮年和日益衰老的生活而产生的受折磨状况，在这里，它影响到一位老年人，他意识到他曾有一个更幸福的过去。与之直接相关的脚本可以相应地定义为回忆的一个补偿过程，其目的在于使过去、也就是使自己感觉是一个幸福的人的过去，能够在想象中在当下再次重现，至少可以在已经失去的心灵的短暂画面中重温。使过去在当下重现及其失败这一过程牵涉序列 B，涉及抒情人对死去的女子最初的爱，它出现在由于她后来的行为发生变化而出现疏远以前。

抒情人在想象中的感知所产生的回忆过程，始于想象中女人的呼唤（"声音""你那样呼唤着我""说"，第 1～2 行），并由它而指引。抒情人想象中所听到的这一听觉信号，可以明确地看作他失落的主观感情，以及把失去的东西带回生活中的感情的外部投射。[①] 对于想象中女人声音的听觉感知，明显地表明，受存在的不安全感和情感需求影响的抒情人，其回忆

① 在这首诗后面的诗行中，抒情人自己也意识到女人的呼唤是一种情感的投射（第 9～10 行）。

过程是何等强烈。发生在抒情人当下的这一想象和感知过程，在两个逆向的次序列中展开。第一次序列，过去的和谐越来越强地在当下复现；第二次序列，当重温过去的美景烟消云散、再度回到当下时备感凄凉。在第一诗节和第二诗节中，可以看到序列 A 与序列 B 逆序回归的相互关联。从女子的死而失去她（"日夜思念"）开始，抒情人与女子关系的这一阶段，便移向随着女子的变化（"你改变了……"）而出现的疏远，再到抒情人对他们最初爱情的和谐美满（"如我们最初的日子……"，和整个第二诗节）。第三诗节和第四诗节，从另一方面呈现出按时间顺序的进展，它所导向的不仅是女人永不会复生的幻灭感（第 11～12 行），以及抒情人自身新的、强烈的备感虚弱的体验（第 13～16 行），而且还有深秋环境下抒情人在大自然中所体验到的变化：吹动的风（第 9 行）、落叶（第 14 行）、荒芜的荆棘（第 15 行）。抒情人的缓步前行主要应该在空间感知上来理解，但是，衰老和自身已接近死亡的明显隐喻含义也不应错过（"蹒跚向前"，第 13 行）。从第一次序列到第二次序列的剧烈变化，受到重新解读最初的听觉感知符号的影响。抒情人将女人想象中的呼唤，解释为自然现象的暗示效应，而风声则是一种投射："或许那〔声音〕只是……清风……?"（第 9～12 行)①。

猛然意识到早先听到的呼唤是一个凭空的想象，以及抒情人重新意识到回忆中包含着幻想，意味着在第二诗节之后，序列 A 打破了脚本最初规定的模型。将过去变为现在的反向时间顺序和想象过程（第一次序列），被自由幻想的感知过程所取代。结尾的诗行，又突然回到女人的呼唤声，它与这一进程并不能融为一体（见下面论述）。

语义的等义（同位）强调了两个叙述的次序列向相反的方向运行。词语的同位展现出抒情人与女子关系中亲近（close）与疏远（distanced）两者之间相对的特征，采用的形式是一起（together）、和谐（in harmony）相对于分开（parted）、不和（in discord）。在第一诗节和第二诗节中，我们发现，分开、不和（由"思念"暗示：渴望亲密无间却未曾发现；以及由"改变了"出现的暗示：抒情人和女子的疏远），在向一起、和谐转变（如第 1 行以"你"作为对另一个人的直接呼语，以及在一系列动词如"呼

---

① 这里的问号表明，抒情人在情感上不愿接受这一投射。

唤""听到""看""走近""等着""熟知"等通过运用"你"和"我"联系起来）。第三诗节和第四诗节又转向分开、不和（"慵懒的""你已化作无知无觉的……""再也听不到；女人已被用第三人称来指涉，代词"我"在语法上是孤立的）。诗歌的最后一行是矛盾的。在这里，抒情人听到女人的呼唤指向一个新的、部分的还原，这一还原存在于他们之间一种决然分离的状态中（与"或远或近，再也听不到"形成鲜明的对照）。与他们先前的状况相比，在他们之间明显地存在着一个更大的距离：这里已不再直接向女人叙说，定冠词（"the woman"）的运用使对她的指涉变得更为疏远，也不再提到作为这一呼唤声的接受者的抒情人，而在诗歌的第 1 行曾明确地提到了他。

四、事件性与叙述功能

在此基础上，我们现在可以描述诗歌的事件性和整体结构。在人生的暮年，一位老人尝试暂停时间的流逝，在想象中将时钟倒拨回去，以便在他生活变得更糟以前，再次体验过去他所曾经历的幸福时光。叙述功能包含了这一尝试，通过回忆以赢回过去。从社会心理学的意义来说，抒情人与女子关系所存在的关联提供了这一尝试的背景：它影响着他如何定义自己，并赋予了叙述序列以特殊的意义。一系列呈现的发生之事包含一个具有两方面的事件，两方面都牵涉对相关脚本的偏离所产生的恶化、失望和挫折（在序列 B，爱情向和谐与满足的进一步进展；在序列 A，在当下再次复得的记忆中对幸福过去的体验）。在过去（序列 B），事件——各种发生之事中的事件，存在于女人的变化和他们关系的中断中；在当下（序列 A），事件——一个呈现事件，存在于抒情人越来越清楚地意识到她已死去，自己则越来越衰老，使幸福再开始已不再可能。[①] 确实，对这些方面的期望感到失望并不少见——衰

---

① 转变到幻灭以及觉察这一幻灭清楚地表明，过去的亲密无间不可能重温，这对诗歌一个可能的虚构理解提出了挑战。按这一理解，女人是在另一世界中呼唤男子和她一起进入死亡王国的，在那里，她允诺他回到他们先前的团圆中。类似的不同看法也可对此进行解释，如勒纳（Lerner, 1996：31-33）将其中的女子当作鬼魂来对待。

落和人生短暂是典型的现代悲观感受。然而，作为抒情诗的明显特征，诗歌中由失望产生的影响显得尤为突出。这是因为对脚本提出的期望具有高度的情感负荷，从而影响了抒情人对自己的界定。

有许多理由可以说，对当下的抒情人产生影响的第二个事件，具有更高的事件性。主人公体验到由期待产生的失望的痛苦，这种痛苦以两种方式不断增强。第一，他（在他看来）被女人本身、被她的呼唤、她的声音拉回到快乐的起点（期望抹去先前不愉快的结局）。第二，他现在的失望，又将他早先丧失的一切带回给他，而此刻重温这些令他更加痛彻骨髓。而且，当下的这一变化具有更深的穿透力，因为尽管在过去女子出现了变化，但她现在已经永远地离开了，不会再有任何变化。与主人公自身日益接近死亡的清醒意识结合在一起，这就意味着他眼下对衰落的体验更为强烈。再者，我们还应该注意到事情的突然性，抒情人由从内心呼唤他过去的幸福，到感知自己目前处于孤独状况，发生得十分突然，这与女子在过去的逐渐变化形成了对照。①

在这一背景下，诗歌的最后一行（"那女人还在呼唤"，第16行），可以解释为进一步强化了事件性。尽管他感到幻灭和衰落，抒情人依然渴望重温自己幸福的过去，并且对理性的洞察力持一种抵制态度，从而使失望的痛苦变得更加尖锐。如果抒情人的反应显得冷淡而无情的话，那么痛苦会少得多。从这一意义上说，诗歌的尾句增加了此刻抒情人失望的事件性。

五、形式特征的功能

这首诗的语义结构得到了强化，所发生的重大变化在文本形式层面上、

---

① 这首诗中事件的结构，如果不是读作回忆中的抒情人开始重建他与他提到的那个女子的关系（那是一种完美的和谐），所强调的就会不一样，我们可以将直观的场景（等待和到达），解释为团圆缺失的隐喻符号。这意味着抒情人是不可靠的，并将会影响诗歌的事件性——不仅是将过去变为现在的行为，而且过去本身就是一种幻觉。但是，这一解释在文本中得不到进一步的支持，也违背了在文本的发生之事中欲望作为中心母题的一般性质。

也即能指层面上以直接可察觉的方式而加剧，在这里我们所指的是诗歌的诗法、听觉、语法和句法结构。比如，抒情人与女子最初的感情上的亲近，以及随后他们之间距离的增加，在文本中涉及他们的词语（主要是代词）的空间安排上反映了出来。在第一诗节和第二诗节的诗行中，对抒情人和他的接受者的词语彼此紧紧相连（"女人……你……我……我"，第 1 行；"你……我……"，第 3 行；"我……你……我……你"，第 5 行；"我……我……你"，第 7 行）。第一诗节出现了整首诗歌中唯一的同时指涉抒情人和女子同在的代名词（"我们"，第 4 行），它标志着走向团圆与和谐的高潮。在第三诗节和第四诗节中，对应的词语十分罕见，或者是出现在不同的诗行中（"我"，第 10 行；"你"，第 11 行），或者在诗节相反的两端（"我……"，第 13 行；"女人"，第 16 行）。

在诗节的进展中，句子的类型与结构不断发生变化。第一诗节包含一个长的单个述愿句；第二诗节的两个句子，一个怀疑的问题紧接着一个强烈的肯定；第三诗节，以从句的形式出现疑问句，第四诗节的句法结构则完全是碎片式的，甚至连一个限定动词都没有。这样，句法层面的进展，就与和谐在语义上的瓦解，以及这一瓦解确实在创建和重建中出现而平行发生。

诗歌节奏与诗节形式的显著变化，反映了诗歌发展过程中的变化。在头三诗节中，除第三诗节的最后一句外，都是带四重音的长短格诗行，运用 abab 的节奏形式（a＝三音节的、近乎相同的韵，b＝单音节的末尾重音节节奏）。另外，第四诗节除第 15 行外，以带三个重音的扬抑格和双音节节奏诗行构成。在节奏对情绪的影响中，存在着一个相对应的变化。在第一诗节中，它显得活泼明快，但是，从第三诗节的最后一行开始，就变得沉重而阻滞。这样，节奏和诗节的形式便标志着从第一次序列到第二次序列的转变。从这一角度来看，第三节具有一种过渡性的地位，它扩展了第一序列之后的力量要素，表明了它的情感力量，同时也预示着即将到来的变化。诗歌的最后一诗节也同样表明，与立刻反映出重大的变化相比，诗歌的韵律结构多少有些落后于它。在诗歌的第三诗节中，有三行保持着前两诗节的韵律节奏，只有一行例外。第四节的情况恰恰相反，它有三个短的（三重音）诗行和一个长的诗行（第 15 行），在这一诗行中，最后一次出现了头两个诗节中典型的四重音诗行。这一踌躇，与认知层面上相当突然的变化相比，或许可以解释为反映出迅速获得的理性洞察力与需要较长时间才能改变的情感态度之间的失配。

诗歌的形式要素主要通过在能指层次提供对应词，强调其叙述发展和决定性的事件（幻灭）。在这里，一如既往地，能指本身并没有意义：只有相对于诗歌的语义结构时才能赋予其意义。

参考文献

Bailey，J. O. (1970). *The Poetry of Thomas Hardy：A Handbook and Commentary* (Chapel Hill).

Gewanter，David (1991). "'Undervoicings of Loss' in Hardy's Elegies to His Wife"，in：*Victorian Poetry* 29，193-207.

Hynes，Samuel (ed.) (1987). *The Complete Poetical Works of Thomas Hardy*，vol. 2 (Oxford).

Johnson，Trevor (1991). *A Critical Introduction to the Poems of Thomas Hardy* (London).

Lerner，Laurence (1996). "Moments of Vision - and After"，in：Charles P. C. Pettit (ed.) *Celebrating Thomas Hardy - Insights and Appreciations* (London)，39-53.

Ramazani，Jahan (1991). "Hardy and the Poetics of Melancholia：Poems of 1912-1913 and Other Elegies for Emma"，in：*ELH* 58，957-977.

Sexton，Melanie (1991). "Phantoms of His Own Figuring：The Movement Toward Recovery in Hardy's 'Poems of 1012-1013'"，in：*Victorian Poetry* 29，209-226.

第十二章　T. S. 艾略特：
《一位女士的画像》

你曾犯——
私通：但那是在另一个国家，
而且，那娼妇已经死了。

　　　　　　　——《马耳他岛的犹太人》

I
十二月一个雾气腾腾的下午
你把场面安排妥当——就像看起来那样——
"我把这个下午留给了你"；
黑暗的房间燃着四支蜡烛，
5　天花板上映现出四个光圈，
一种朱丽叶墓穴的氛围，
准备好所有要说或不说的事情。
我们说，我们已经听到波尔
透过他的毛发和指尖传送出序曲。
10　"这个肖邦，那么亲近，我想他的灵魂
只有在朋友中，在三两个朋友中
才能复活，这些朋友不会触摸
音乐室中被搓揉和质疑的花朵。"
　　　　　——谈话就这样无意之间
15　在微弱的欲望和引起的遗憾中
在呜咽的小提琴声中
混合着遥远的短号声

开始溜走。

　　"我的朋友，你们不知那对我意味着什么，
20　在这样的生活中发现那么多鸡零狗碎

　　多么罕见多么奇怪，
　　（因为我确实不喜欢它……你知道？你不是盲人！
　　你眼睛多锋利啊！）
　　找一个有这些品质的朋友，
25　一个有这些品质，并因而
　　使友谊长存的朋友。
　　我把这告诉你——那意味着
　　没有这些友谊——生活就是一场噩梦！"

　　在回旋的小提琴声中
30　在刺耳短号的
　　短曲中
　　我脑子里沉闷的手鼓
　　开始荒谬地敲出自己的序曲，
　　变化无常的单音调
35　至少是一个明显的"假调子"。
　　让我们在烟草的恍惚中呼吸空气，
　　欣赏不朽的作品，
　　谈论最近发生的事情，
　　用公共钟点对我们的表。
40　然后坐下半小时喝我们的啤酒。

　　Ⅱ
　　眼下紫丁香盛开
　　她房里插着一束紫丁香

她说话时他手捻一朵丁香花。
　　"啊，我的朋友，你不知道，你不知道
45　生活是什么，你是把它掌握在手中的人"；
　　（慢慢地揉着丁香花茎）
　　"你让它从你身边流过，让它流过，
青春无情，无怨无悔
笑对不能再见到的一切。"
50　我当然笑对，
继续喝茶。
　　"四月的落日余晖让我想起
我消逝的生命，春天的巴黎，
我感到无比平静，发现世界
55　竟如此美好，充满活力。"

声音回到八月的下午，就像
明显走调断续的小提琴声：
　　"我总是很肯定你理解
我的感情，很肯定你的感觉，
60　肯定你会越过海湾伸出你的手。

你是无敌的，没有阿喀琉斯之踵。
你会继续，当你占上风时
你可以说：此时许多人都失败了。

但是我呢，但是我呢，我的朋友，
65　给你，从我这儿你能得到什么？
只有抵达她旅程终点的
友谊和意气相投。

我将坐在这儿，为朋友们备茶……"

我拿起帽子：面对她说的话

70 我怎样才能做出懦弱的补偿呢？
你每天早上在公园都会看到我
阅读漫画和体育版。
我特别说道
一位英国女伯爵走上舞台。

75 一个希腊人在波兰舞会上被谋杀，
另一个银行违约者已经承认。
我保持神色不变，
我让自己泰然自若，
只是当街上的钢琴机械而厌倦地

80 重复着过时的流行曲，
风信子的花香越过花园，
才想起别人渴望的东西。
这些想法是对还是错？

Ⅲ
十月的夜晚降临了，和以前一样

85 除了有点不自在的感觉，
我登上楼梯，转动门把手，
感觉就像登上我的手和膝盖一样。
"你打算到国外去，何时回来呢？
但那是个没用的问题。

90 你几乎不知道你何时回来，
你会发现有那么多东西要学。"
我的微笑跌落在那些小摆设里。

"或许你可以写信给我。"
我的自控又一阵发作；

95　这正是我指望的。
　　　·
　　　"我近来一直在想
　　　（但我们的开端永不会知道我们的结局！）
　　　为什么我们没能发展为朋友。"
　　　我感觉像一个微笑的人
100　突然在镜子里变换他的表情。
　　　我的沉着消失了；我们真的是在黑暗中。

　　　"我们所有的朋友都这样说，
　　　他们都肯定我们的感情紧密地
　　　连在一起！我自己几乎不能理解。
105　我们必须把它交给命运。
　　　至少，你会写信。
　　　也许那不会太晚。
　　　我将坐在这儿，为朋友们备茶。"

　　　我必须借用每个变化的形态
110　去表达……跳舞，跳舞
　　　像一只跳舞的熊，
　　　像鹦鹉一样叫着，像傻瓜般喋喋不休。
　　　让我们在烟草的恍惚中呼吸空气——

　　　唉！如果她某天下午死了怎么办，
115　灰白烟雾的下午，粉红泛黄的傍晚；
　　　死了，把我的笔放在手里
　　　屋顶上飘着烟雾；
　　　难以预料，一会儿
　　　不知什么感觉，或者我是否明白
120　是明智还是愚蠢，迟缓还是过早……
　　　她终究不会有优势吗？

这是成功的"渐渐消沉"的音乐

我们在谈论死亡——

我应该有微笑的权利吗？①

托马斯·艾略特（1888—1965），该诗写于1910年到1911年，发表于1917年。

在这首诗歌中，各种发生之事可以在涉及两个人物的基础上重构，这两个人物分别是一个相对年轻的男人和一个相对年长的女人。事情发生在一种有教养的、优雅的城市社交氛围中，这位女士在下午茶中会见了这位男士和其他客人。发生的事情中包括这位男子与这位女士在不到一年的时间里（从十二月延续到十月），在类似这样的下午的个人谈话。男子的上一次拜访也是一次告别：他将在近期到国外去。

一、整体叙述结构

我们可以对诗歌复杂的形式提供一个初步的概括，上述各种发生之事都在"一位女士的画像"中表现出来。②在诗歌文本中，发生之事的序列要素是从年轻男子的视角来进行选择，从他的视角展现、编序并使之语义化的；女士则从另一个视角来进行。这样，他们关系中的两个不同故事就得以呈现出来，也就是被叙述出来。③ 两个故事及其叙述者没有在同一层次上相互形成对立；相反，两个故事之间的差异就是一种分层——故事与从属故事层次之间的分层。作为诗歌中的抒情人，年轻男子起到了故事外叙

---

① T. S. Eliot, *Collected Poems 1909-1962*, London，1974，pp. 18-22.

② 参见有关对这一母题、主题和结构要素的处理，如帕尔默（Palmer, 1996：52-75）、贾因（Jain, 1991：54-63），以及斯科菲尔德（Scofield, 1988：63-66）。

③ 参见，如伯尔贡齐（Bergonzi, 1972：13）、帕尔默（Palmer, 1996：54）、贾因（Jain, 1991：55）、考尔德（Calder, 1987：32f.），他们简要提到这首诗的叙事要素（对于它们的含义未展开充分的讨论）。

述者的作用，这样他自己和女士就成为他故事叙述中的人物。在那一故事叙述中，女士也是抒情人和故事内叙述者（intradiegetic narrator），因为呈现她与那一男子关系的从属故事叙述通过她引述出来。两个故事都属于自身故事（即叙述者在每种情况下都讲述他或她自己的故事）。这一不对称的安排意味着，从视角的意义上说，年轻男子的故事看起来是主要的，而女士的故事则是次要的。然而，从主题意义上来说，情况恰恰相反，因为男子是在回应女子在她的叙述中界定自己与男子的关系而展开他的故事的。值得注意的是，这两个角色都将实践与叙述行为结合在一起。作为主人公，他们的行为使他们的故事得以展开，与此同时，他们作为叙述者同步叙述这些故事。他们同时写作和叙述，但却面对不同的受述者：女士直接向年轻男子叙说，而他的叙述则针对与他自己的独自交流。在这两种情况下，叙述本身都影响着故事的发展，但却是以明显不同的方式出现的，因为它们涉及不同的受述者，以及与之对应的不同的聚焦。大体情况是这样的：女士向年轻男子直接显露了她对他的特殊情感，而他显然并未分享她的情感，并决定抵制这种情感，但又不能对她公开谈及自己的态度。从叙事学的角度看，两个故事以不同的方式展开，它们之间的紧张感在如下意义上出现：当女士试图将她故事的眼光（我们可以将它描述为表现一个亲密的故事）强加在年轻男子身上时，她遇到了心理上的阻力，这促使他以"写作"他自己的故事（我们可以将它描述为表现自我辩护的故事）做出回应。虽然男子只将他的故事对自己交流，并在外在行为上寻求正式礼貌的庇护，但女子还是能够在面对他的矜持时逐步讲出，不过她的希望没能得到满足，她的故事没能产生预期的效果。故事之间的差异对于两个人物并不是同样明显的，运用聚焦这一概念，可以将这一意识上的差异描绘出来。男子在自己感受的情况下运用了内聚焦，由于她将这些联系起来，对女子讲述的这些部分也运用了内聚焦。此外，她被认为并不洞悉男子的意识。

两个故事都包含同样的两个人物，虽然他们在行动上不同，归因于彼此的表现和经历的感受也不同。相对于顺序性与选择的事件，两个故事在呈现中以对应的方式平行结构起来，使两个故事的展开更为明显：这两个故事共同具有在一年的时间里，他们分别在十二月、四月、八月和十月四次按时间顺序开展的会面。这一安排构成并明确了他们关系的开端和结局，两者各构成诗歌的一部分（分别是诗歌的第一和第三部分），介于这两个时间点所发生的事情，在诗歌的第二部分被结合起来。依照顺序展开的下午茶中的会面，通过两个作为各自故事主人公的人物将其展开而成为故事。由于女士的故事镶嵌在男子的故事中，因此首先分析她讲述的有关这一关系过程的故事是合情合理的。

二、女士的叙述

有关下午茶这一精致的社会生活，通常具有由这一社交世界所形成的一种轻松随意的公共氛围，这可以界定为发生之事的情境框架。在这一总的框架背景下，女士的话语（在第一部分）以亲密（"亲近""灵魂"，第10行）和专一性（"'我把这个下午留给了你'"，第3行；"我把这告诉你"，第27行）的同位形式，以及牵涉亲近的情感但并非性爱关系（"朋友"；"找一个……朋友"，第24行）和对志趣相投的人的清晰理解（"你知道？你不是盲人！你眼睛多锋利啊！"，第22～23行）的同位形式，模塑了她与年轻男子的会面。借助于这些同位形式以及这一框架，女士时而间接地、时而十分直接地试图界定自己与男子在现在、也在将来关系的状况和品质，并试图通过对他的叙说加强与他的这一关系。她也指明了自己渴望在朋友之间建立这种关系的动机：面对现代存在的碎片化和无意义的本质（"在这样的生活中发现那么多鸡零狗碎"，第20行；"没有这些友谊——生活就是一场噩梦！"，第28行），寻求人生的意义、一致性和成就感。

女士的叙述其潜在脚本可以描述为一种柏拉图式友谊的发展，一种具有排他性的亲密关系，字里行间排除了传统爱情故事的情色化，其功能在于提供意义的核心来源，人的生活正是建基于这一意义之上的。[①] 女士以一个基本上前后相续的叙述，满怀期待地概述（叙说）了她所渴望的关系的发展：渴望与寻求，找到一个朋友，建立起相互之间的关系（"找一个有

---

① 帕尔默（Palmer，1996：55）在这里正确地将之指为"寻求友谊（或爱情）"。

这些品质的朋友，/一个有这些品质，并因而/使友谊长存的朋友"，第24～26行）。如显示的那样，伴随要找到一个意义点，并由此期待指引她的生活，女士叙说了这一友谊故事，试图明确她的存在和身份，并将年轻男子用作她特定的参照点。通过以这一方式摹写和表现这些事，叙述者不仅建立起一个有意义的开端和一致的序列，而且也将她自身的个体存在界定为是具有意义的、一致的。如果将第一部分的头一个场景看作开端的话，那么第二部分的两个场景就表现出稍有不同的、关系有所改变的发展阶段。通过返回亲密和专一性的同位形式（"你占上风时/你可以说"，第62～63行）和友谊的框架（"我的朋友"，第44行），连同其直接的认识（第58～63行）和存在的关联性（"生活是什么，你是把它掌握在手中的人"，第45行；"我消逝的生命……"，第53～55行），可以建立起与第一部分的连贯性。

同样，女士反复地叙说她如何渴望发展她柏拉图式的友谊。在一种亲密交流的过程中，她带着吁求说道："我总是很肯定你理解/我的感情，很肯定你的感觉，/肯定你会越过海湾伸出你的手"（第58～60行）。然而，与此同时，她指出存在着危及他们关系发展的各种因素，因为他们怀疑所暗示的作为其意义来源的能力。在这里，最突出的是她带着责备的对男子能力的疑问，对他在与她休戚相关的生活本身的问题上，显出对她表示理解的疑问（"你不知道/生活是什么，你是把它掌握在手中的人"，第44～45行；"你让它从你身边流过，让它流过，/青春无情……/笑对不能再见到的一切"，第47～49行）。这些疑问和责备通过多种方式率直地表现出来，这些方式包括重复（第44、47、64行），讽刺，双重含义的反讽（"你是无敌的……/你可以说：此时许多人都失败了"，第61～63行）；以及谦卑的责备和自我贬低（"但是我呢……/从我这儿你能得到什么"，第64～65行）。通过强调只有"友谊"和"意气相投"是她所能够给予他的唯一礼物（第66～67行），她巧妙地表明，她发现这些品质他是缺乏的，并且为此而责备他。她最后的评述指向了她对死亡的让人遗憾的追寻（第67行），这也涉及她未能在她的故事中寻求到稳定性和目标，并具有一种明显责备的调子，这是对他们之间关系问题一个十分痛苦的反应。

诗歌第三部分的告别场景，标志着这一关系在现实中的终结。它不再能够延续下去，因为男子故事的进展现在与女士的故事在空间上叉开了（"'你打算到国外去……/你几乎不知道你何时回来，/你会发现有那么多东西要学'"，第88～91行）。① 这一告别场景也表明，女士意识到共享友谊的故事从未成为事实（"我近来一直在想……/为什么我们没能发展为朋友"，第96～98行）。这一失败的事实，相对于这两个人物先前似有承诺的可能的成功（"所有的朋友都这样说……"，第102～104行），再次以责备的口吻凸显出来（"我自己几乎不能理解"，第104行）。她最后的话："我将坐在这儿，为朋友们备茶"（第108行，也出现在第68行），潜在地表现出她的被动状态，作为一个需要救赎的人，她在等待着，却尚未发现谁可以救赎她。这是对她隐藏在她所渴望的故事背后的动机的进一步说明。

这一柏拉图式的友谊故事开始于一种热切的希望，但由于男子的缘故，它最终证明是不成功的。故事的呈现出自女士的视角，是由女士讲述的从属故事叙述，从叙事学的角度看，这一故事是透过两个叙述层次日益紧张的并置方式加以叙述的。由于理想模式和实际发展之间、渴望相互友谊关系的成功发展与现实中这一发展失败之间的对立，使这一紧张感不断增长。女士在她对年轻男子的叙说中，反复地预期友谊的发展，试图让他也这样做；期待友谊发展在实际上的失败，成为一个演示性的叙述序列，由女士陈述她与男子的四次会面，以及他们关系日渐明显的瓦解而构成。故事的事件性存在于两个方面，一方面，是最初的貌似亲密和对它发展的理解，另一方面，是年轻男子的行为打破了这一期待。悖谬的是，故事的事件性由于女士试图增加它反而减少了。她声称友谊发展的失败是未曾料到的："我们的开端永不会知道我们的结局"（第97行）。这些话在两个方面减少了事件性的程度。第一，在处理不可预测的问题时，它根据的是一般的原则，认为它应该是在现实中可以期待的。但更值得注意的是，事件性程度

---

① 女士转而求助于书信往来，希望尽管在空间上分离，依然能够保持友谊（第93、106行），但这显然是一个绝望的幻觉，甚至更加重了她的失败。

的降低是由于它是对约翰·德纳姆（John Denham）① 的诗歌修改之后的引证。德纳姆的原诗是这样的："青春，人的年龄会是什么样子；/从我们的开端就可以知道我们的结局"（《小心》，第 224～225 行）。它假设个人生活的过程是有连贯性的，可以预测的（这样事件性就低了）。与女士所主张的相反，这里的情况就确实如此。第一部分的最初的状况，由男子和女士间反讽性的距离，以及与莎士比亚《罗密欧与朱丽叶》中朱丽叶的死的讽刺性比较而标示出来。这清楚地指明了故事的结局，显然，女士不可能知道这一点：因为这明显地是从男子的外视角展现的。

所以，只有追溯性地从外部视角来看，这个故事的逻辑特征才是显而易见的。这一逻辑模式可以做这样的解释：年轻男子对女士的反应受到她行为方式的影响，这意味着从一开始她就宣告了自己的故事是失败的。这样就不可能期待出现更高的事件性。故事的开端对于其结局的意义也明显是从其共同推进（又一次超越了女士的意识）的路径，即在一年中从十二月到四月到八月再到十月而展现的，它的开端是在一年的末尾也表明了这一点，由此可以推断另一个将要来临的结局。

三、抒情人的叙述

当故事内叙述者（女士）将她从属的自身故事与故事外叙述者（抒情人）关联起来时，就为他提供了一个结构，依据这一结构，他可以构筑他自己的自身故事。这就是说，他可以在反向叙述中对女士的讲述和试图加诸其身的有关他们关系的叙述做出回应，他在心里偷偷地做出了安排，并只向他自己进行交流。② 他故事背后的动机在于，扭转女士试图鼓励和加

---

① 约翰·德纳姆（1615—1669），17 世纪末到 18 世纪初英国最受欢迎的诗人之一，其诗歌基本上是说教式的。——译者

② 抒情人将他的内心独白想象为对其他个人（女士和参加下午茶的其他人）的讲述，这应该看作一种策略，他以此抵消女士试图加诸其身的关于她的友谊故事的主张。

在他身上的情感；这一故事帮助他与这种亲密情感和她主动给予他的柏拉图式的关系拉开距离，而这一关系是她所需要的。① 从叙述者链接事件的方式来看，他故事中人物的完全对立是很明显的。他通过框架和同位形式提到这些事件，并将它们结合进序列中，而这些框架与同位形式与女士所提出的直接对立。这种情况的头一个例子表现在隐含框架的背景下自我意识发挥的作用，这一背景就是为这一目的精心创造的（"你把场面安排妥当……黑暗的房间燃着四支蜡烛……准备好所有要说……"，第2～7行；"引起的遗憾中"，第15行）。它贬低了女士所表达的情感和道德主张。由于他所强调的主导的语义因素（同位）的缘故，男子的叙述也与女士的相反。他强调的是垂死和死亡（"一种朱丽叶墓穴的氛围"，第6行），以及缺乏生命力（"在微弱的欲望……/在呜咽的小提琴声中"，第15～16行），两者都与女士所指的"生命"形成了对比。对女士产生的这些消极反应，在对她的行为的描述中间接地显现出来。我们还可以加上男子对它们的反应，这些反应随后以结论的形式讲述出来，因为他反对这种亲密关系和她所渴望的文雅的排他性，因此既在心理上（"我脑子里"，第32行）以一种不和谐的音乐形象的形式（"沉闷的手鼓"，第32行；"一个明显的'假调子'"，第35行）对此表示反对，同时也采取置身户外的躲避（"在烟草的恍惚中呼吸空气"，第36行），在公共领域（"用公共钟点对我们的表"，第39行），以及粗俗行为（"喝我们的啤酒"，第40行）等形式表示反对。概言之，这是在另一群人群里寻求庇护。这一群人没有明确指明，但在抒情人心里是有构想的，明显地将女士排除在他的思考之外（"让我们……呼吸空气"，第36行；见第39～40行"我们的"）。

　　这一序列（男子在这一关系开始时对它展开叙述）和女士故事之间的关系，其特征可以概括为依赖和反应（它讲的是另一个故事中如何躲避的

---

　　① 在以前对这首诗歌的阐释中，对这一对立状况有多种解释，如舒斯特曼（Schusterman，1989）将它看作艺术中的对立概念（形式驱动与内容驱动）之间的冲突；多尔斯基（Doreski，1993）认为是争夺话语主导权，年轻男子意图引起读者对他的同情和支持；巴多梯（Bardotti，1989）将它看作不同类型的行为习惯导致的交流的失败；穆迪（Moody，1979）认为是"生长不足的敏感性与衰退的敏感性"之间的冲突；梅斯（Mays，1994）则将它看作两种声音和心理立场的并列。

故事），它以掩饰作为防御策略（叙述被隐藏在故事的主角之外，由于是公开地向他叙说的，男子在受到它的影响之后开始做出反应）。这表明男子没有以他自己特定的脚本开始，没有意图以这样一个脚本赋予叙述序列以意义；相反，他仅仅以自己的故事开始，力图扭转女士故事的脚本。这可能表现出他自己空虚和软弱的痕迹，这种空虚和软弱在他无法告诉她、他不想接受她给予他的机会中反映了出来。

第二部分可以看到继续展开的心理防御和疏远（"就像/明显走调断续的小提琴声"，第56～57行），以及男子的抽身而退（"你每天早上在公园都会看到我……"，第71～78行）。这等于是在抵挡女士希望加诸男子的文雅的亲密关系。他通过掩饰自己做出反应（"我当然笑对，/继续喝茶"，第49～50行；"我保持神色不变，/我让自己泰然自若"，第77～78行），这些细节基本上延续了第一部分开始的序列。然而，与此同时，序列在语义上重新定位。当第一部分故事开始时，它具有一个否定的结构，仅仅是尝试要扭转另一个故事，而现在有两个迹象表明，它有一个关系到叙述主体的特定的角色。我们可以发现两种涉及个人行为方式的迹象，可以分别归为约定俗成的行为模式和具有创造功能的文化行为模式（见 Lotman，1977）。两种行为模式相互对立。一方面，年轻男子追求独立，追求控制他自己的命运和稳定的自我认同（"我保持神色不变，/我让自己泰然自若"，第77～78行），这是基于个人自我主张和自主的行为模式；另一方面，也有迹象表明他在情感上卷入了与女士的故事中。这意味着一种习惯性的行为模式，在涉及同情与渴望亲近这方面，与她的相类似。这可以解释渴望向另一个人敞开心扉。对他来说，这种渴望尚不足以强烈到准备接受她所给予他的东西，但却在道德上削弱了他断然拒绝她的力量，在他自问他可能会以什么作为回报，或者表示欣赏她的观点时，他说道："面对她说的话/我怎样才能做出懦弱的补偿呢？"（第69～70行）。注意这里的软弱的性格特征——"懦弱"——这是男子自己加在他身上的，这与第61～63行她归之于他的无敌的力量形成了对照。男子对爱情和人的亲近的渴望，由感官印象（音乐和花的香味，第79～82行）所唤醒，它也指向某种心理上与女士的契合，因为她此前经历着类似的关联（肖邦和丁香）的同样渴望。但是，这一契合没有向更深处发展，而是作为生活中软弱的征兆（像承认懦弱一样）和极端的退出，表现为一种补偿性的、回顾性的同情（"想起别人渴望的东西"，第 82 行）。总而言之，这两种具有意义的指导行为模式，在明确地坚持抵制女士的故事、渴望自主的行为中展现出其间的相互冲突；与此同时，情感契合的迹象又有力地削弱了这种防御的姿态。结果便是男子在他的立场上表现出一种总体上的不确定性（"这些想法是对还是错？"，第 83 行）。

在第三部分，女士的故事继续在拉开距离地进行，她现在已经醒悟。这加剧了第二部分提出的两种新的、相互冲突的倾向：一方面，男子渴望自主，渴望控制自己的命运（"我的自控又一阵发作；/这正是我指望的"，第 94～95 行）；另一方面，这又被他缺乏内在稳定性、他的方向感不强、他的人格力量，以及他不断增长的道德和情感上的良心遣责所颠覆。抒情人不能依靠内心力量来寻求独立，而只能在绝望中转而依外在形式的机械的例行公事行事（"我必须借用每个变化的形态/去表达……/像……熊，/像鹦鹉……像傻瓜……"，第 109～112 行）。他对这样的例行公事和他在社会诚信中所扮演的角色失去了信心（"我的微笑跌落在那些小摆设里"，第 92 行）。由于他日益增加的自我意识而使这一危机更为加重（"我感觉像一个微笑的人/突然在镜子里变换他的表情"，第 99～100 行），这导致了一种自我瘫痪（"我的沉着消失了"，第 101 行），并且由于个性的崩溃、方向感的被剥夺而使之进一步加剧（"我们真的是在黑暗中"，第 101 行，复数的"我们"指涉抒情人）。主人公缺乏内在的决心（参见 Smithson，1982：45-47），与逐渐增加的情感投入和道德上的自我怀疑有关（"如果她某天下午死了怎么办"，第 114 行；"难以预料……/不知什么感觉，或者我是否明白"，第 118～119 行；"我应该有微笑的权利吗？"，第 124 行）。① 在所有这些沉思中，抒情人转向对女士早先所说的东西的自我批评（第 67 行她关于死亡的思想，第 58～60 行，她渴求理解，第 49 行，她对他礼貌的微笑的批评）。最后，抒情人日益增加的不安全感在他的故事和她的故事的关系间产生了明显的变化，并倾向于将他的故事重新定义为一个竞争的故事，一

---

① 舒斯特曼（Shusterman，1989：109ff.）稍有些片面地解释了诗歌的结尾，将它看作年轻男子唯美主义的道德批评。

个自决与依赖之间冲突的故事："她终究不会有优势吗?"(第121行)。

这是女士故事变化的过程，而不是它的本质，因为它未能实现预期的结果，偏离了脚本。另一方面，抒情人的故事经历了观念上的变化。开始时（第一部分）它不过是个反向故事，用来抵挡女士试图强加给他的东西。然后，在第二部分，他将它转换成一个充满矛盾的追寻，在独立和同情的行为模式二者中的追寻。最后，在第三部分，它发展成为他自己和女士之间，以及他们的故事之间的竞争。也就是说，他以对他故事的两个矛盾的立场或模式进行解释，对在自主和放任之间的冲突进行解释而结束这一故事：他将冲突视为他对自主性的脆弱追寻，这一自主性面临威胁，不仅因为它在道德上被认为是错误的，也由于女子的死亡迫使他进入一个持久的情感依赖和顺从之境（"如果她……死了怎么办，/死了，把我的笔放在手里……"，第114~116行；"她终究不会有优势吗?"，第121行）。一般说来，一个故事明确的意义只有在故事实际上已经结束时才能确定（Brooks，1984：22），这首诗歌的结尾表明，抒情人将他的故事和回顾性地嵌入其中的女士的故事之间的关系，解释为旨在将它们加诸其身的两个故事的冲突——自我封闭与自我开放之间的冲突。这样，事件性就通过脚本或模式的变化而产生，尤其是通过这样一种悖论性的方式而产生：当抒情人离开女子时，他发现自己处于一种持久的道德和情感自卑的状态，但正是此时此刻，他似乎拥有了他逐渐增加的独立的理想机会。

在这里，我们可以谈到接受事件，在这一事件中，读者可以看到主人公明显看不到的东西，这就是他对自主追求的悖论性失败，这一失败就出现在他最后终于摆脱那位女士时。

四、抒情人视角下的文本结构

女士讲述的故事从她的内视角呈现（聚焦）出来；与此同时，它是从一个特定立场出发的，这一事实从外部看起来很清楚。这一点对抒情人、那位男子也是一样的。下一个更高的层次，构成文本结构的创作实体居于一个显著的位置，在抒情人背后，叙述通过他特定的内视角（他的意识）

呈现出来。抒情人立场的前景以两种方式表现得十分明显，其中一个比另一个更为明确。第一，诗歌的标题和警句构成为一个具有反讽意味的、带有距离的视角框架结构。由于它不属于抒情人以第一人称陈述的部分，这一视角的来源无疑居于他（目前的）意识之外，应该归之为隐含作者，即创作实体（或可能在稍后的时间点上的抒情人）。第二，文本结构（抒情人话语的安排和选择）为他的立场，以及在此之后的认知、心理和社会因素创建了一个独立的间接视角。需要强调的是，这是一个阐释问题，也就是我们如何解释抒情人性格的问题，无论我们是把文本形式的特定含义归因于抒情人的意识，或是归因于隐含作者更高的视角，抒情人的盲点在其中都变得十分明显。①

　　警句引自克里斯托弗·马洛的《马耳他岛的犹太人》（1592），它原先出现在原告弗里亚尔·巴纳丁的指控与不诚实的马耳他岛犹太人巴拉巴斯规避指控的对话中。② 在弗里亚尔·巴纳丁提出指控时（"你曾犯——"），巴拉巴斯以一个随意编造的罪状"私通"打断了他，并且提出了捏造的理由以不受惩罚："但那是在另一个国家，/而且，那娼妇已经死了"。这是一个为报复不公正、事实上毒害了修女而犯罪的人，他力图通过改变他被指控的罪行的事实，编造虚构的理由，使自己从这件事中迂回地脱身，从而免除这一罪责。这一引语将它们结合在一个单个的句子里，在形式上表现出将指控指向抒情人，在这里，它与抒情人的行为之间有一种反讽的（如果不说是怪诞的）不一致（参见 Palmer，1996：55f.）。从它的字面意义来看，这种指责显然是不公正的，因为抒情人否定他自己与女士有亲密关系。打个比喻，虽然他可能虐待她，以至于诗歌后来提出（他动身去另一个国家后，在文字上或心理上预期她的死亡），这说到底可以看作是与警句相应的。亨利·詹姆斯的小说《一位女士的画像》（1881）的标题也暗指对男子行为的批评，因为它关联了女士与讲述者之间的关系，关联

---

　　① 参见伯尔贡齐（Bergonzi，1972：13）和帕尔默（Palmer，1996：54）对叙述者不可靠性的论述。

　　② Christopher Marlowe，*The Complete Works of Christopher Marlowe*，vol. 1，ed. Fredson Bowers (Cambridge，1973)，309（Ⅳ.i.40-42）。

了由于其忠诚和强烈的感情而受骗的伊莎贝尔·阿彻与有教养但肤浅、冷漠、有心计的吉尔伯特·奥斯蒙德之间的关系。警句中的"娼妇"（"wench"）和标题中的"女士"（"lady"）之间，通俗与具有声望之间，在文体和社会对比中也具有反讽的意味，对于女士文雅的要求提出了轻微的批评。这样，这一框架（标题与警句）产生了主要指向抒情人的一种具有讽刺意味的批评观点，但同时也指向那位女士，它有助于强化各自的故事所产生的问题：他在卷入感情时缺乏足够的能力，她在精神上具有一种传统的程式化倾向。

在确定包含在文本结构中许多听觉和结构上的等同（尤其是韵律和重复）所具有的批评含义出自谁的背后时，这一归属问题更具争议性。一系列形式上的倾向直接支持抒情人向女子和他自己展现的态度，并达到了它们预期的效果，如果不是以诗的形式，它们会被看作他自己意识的产物。这一形式特征的一个例子是运用韵律构建女子在第一部分和第二部分说的话。① 另一个例子可以在第二部分和第三部分看到，这就是抒情人话语的韵律复现了女士话语的韵律（第50和第51行、第69和第79行、第116和第119行分别复制了她在第48和第49行、第65和第68行、第90行和第104行中的话语的韵律）。当然，就韵律本身而言，诗歌的韵律类型并不是抒情人有意识地说出来的，尽管语言结构及其语义倾向可以貌似有理地作为抒情人有意避开女子的友好表示的策略。例如，在运用反讽的框架和对比时，可以看到这样的例子：在女子说"你几乎不知道你何时回来"（第90行）之后，男子接下来是"我的微笑跌落在那些小摆设里"（第92行）。将两个人物之间这些不相连贯的讲述连接在一起，也透露出抒情人处于守势时的道德或情感问题。在女子说"我将坐在这儿，为朋友们备茶"（第68行），他的回应是："我拿起帽子：面对她说的话/我怎样才能做出懦弱的补偿呢？"（第69～70行）。这一自问也应看作源自他的意识，这些意识清楚地表现在对他镇定斗争后的思考（第77～78行）和在镜子里看到自己（第100行），表现在他对女子可能会死亡的反应和对他所产生的影响（第114～123行），以及诗歌第二和第三部分以未回答的问题作为结束（这样诗

---

① 此处略去涉及原文韵律例子的部分。——译者

歌就形成了一个整体）——所有这些都显示出抒情人高度的有意识的自我感知的痕迹。

在第 122 行“这是成功的‘渐渐消沉’的音乐”，可以看到抒情人高度自我意识的另一个迹象。这一诗行涉及莎士比亚《第十二夜》中奥西诺公爵在剧中开头的话：“如果音乐是爱情的食粮，/那就多给我些，再多些，/直到胃口生厌撑到死。/那支曲子又奏起来了，它有一种渐渐消沉的音调……”①与奥西诺的类比在于后者在心理上对自己的禁锢。奥西诺这个不幸的情人反复地在音乐中体味自己的不幸，通过将音乐与自己联系起来以稳定自己的身份。同样，抒情人也通过在女士死亡这一黑暗的想法中放纵自己，试图与因个人的内疚感和存在的空虚而引起的危机达成妥协。在相关的片段中（第 114～123 行），他运用忧郁的音乐语言，描绘了他在看到她死亡时自己如何反应。这一富于美感的心理机能指向，延伸到抒情人的整个叙述中，因为从一开始，他在呈现这一关系的故事时便不断运用与听觉相关的词汇要素所构成的形象。所有这些都是使自己远离生活和情感不宁的手段，它反讽性地帮助他抵制女士试图加诸其身的故事。但是，必须再次强调的是，从狭义（诸如韵律）来说，诗歌的这种形式不能视为他的创新。富于美感的策略贯彻始终，诗歌自始至终在文字上，或更为常见地，在隐喻上指涉音乐（第 14～18 行、第 29～35 行、第 56～57 行、第 79～80 行），尤其表现在抒情人运用“音乐”（第 122 行）作为他最后风格的隐喻上。对《第十二夜》场景的暗指和抒情人证明自我成功的策略，也明显富于美感，但是，它的心理效用对诗歌最后一行提出的问题是相对的。加上引号的“渐渐消沉”与“音乐”的自我参照隐喻是有意识的引用，它表明富有美感的策略及其功用具有的倾向应该归功于抒情人。

总之，这些不同迹象表明，在这里，作为整体功能的文本的趋向，就是抒情人运用艺术和富于美感的形式以稳定他的身份。他这样做是为了回应他普遍的弱点，他无法与另一个人实际上的相处，以及他根本上的不稳

---

① William Shakespeare，*Twelfth Night*，ed. J. M. Lothian and T. W. Craik，The Arden Edition (London，1975)，5（Ⅰ. i. 1-4).

定感。① 当然，他没有明确地作为自身经历的诗人而出现，但他诗句中那些与音乐相关的部分也不仅仅是中性的、本质上毫无意义的形式特征：那可以视为他生命的一种富有美感的征兆。在这一点上，他的地位与女士的地位最终是相当的，后者运用富于美感的形式，从一开始便塑造并控制了她所遇到的一切以及她所面对的关系。所以，回过头去看诗歌的结尾，对女士与年轻男子之间基本的本质倾向便看得十分清楚。

抒情诗的文本形式被功能化，以在人物及其故事的呈现中支持一种富于美感的策略，这是艾略特《一个女士的画像》叙述结构中特定诗学层面的一个明显特征。第二个此类特征，存在于叙述与推动故事向前的行为间密切的功能联系或相互作用。叙述，尤其是女士的叙述，支撑着预期中被叙说的故事。与这一点密切相关的第三个特征，是叙述在故事不同阶段的进程中同时进行，热奈特（1980：217）称之为插入（interpolated），里蒙-凯南（2002：91）称之为插叙（intercalated narration）。这些单个的、不连贯的叙述状况被结合进叙述序列中，在故事的实际进程中关联为整体。女士与年轻男子不仅在叙说有关他们关系的故事，而且在他们的叙述行为中，每一个都体现出在各种情况下互不相同的特殊故事。就女士而言，我们可以看到一个由她的叙述行为而产生的沮丧的故事（亲近和柏拉图式友谊的故事）；就年轻男子而言，这一亲近的故事出现在远处，他的抵御最终被自己的成功所削弱，告别时的失败，恰恰是最终的成功之时。她用叙述来阻止她的故事，他则用不叙述来阻止他的故事。最后，抒情诗的第四个特征，在于它具有压缩和碎片化叙事的倾向，以及对人物和围绕他们的社会仅仅提供间接的暗示性的陈述。

参考文献

Bardotti, Marta (1989). "Portrait of a Lady di T. S. Eliot: La persua-

---

① 参见斯科菲尔德（Scofield 1988：63-66）与舒斯特曼（Shusterman 1989）。舒斯特曼和斯彭德（Spender 1972：46）认为，第116行的"把我的笔放在手里"显示抒情人是回顾性地写作诗歌的作者。这不足信，因为诗歌作为整体是与所发生的事情同时叙述出来的，虽然所提到的片段是一个有条件的前瞻叙述。似乎更有可能的是，上述这一行诗指的是女士所希望的一种进行书面接触的意图（第93、106行）。

sione mancata", in: *Textus: English Studies in Italy* 2, 237-258.

Bergonzi, Bernard (1972). *T. S. Eliot* (London).

Brooks, Peter (1984). *Reading for the Plot: Design and Intention in Narrative* (Cambridge, MA).

Calder, Angus (1987). *T. S. Eliot: New Readings* (Brighton).

Doreski, William (1993). "Politics of Discourse in Eliot's 'Portrait of a Lady'", in: *Yeats Eliot Review* 12, 9-15.

Drexler, Peter (1980). *Escape from Personality: Eine Studie zum Problem der Identität bei T. S. Eliot* (Frankfurt am Main).

Eliot, T. S. (1974). *Collected Poems 1909-1962* (London).

Genette, Gérald (1980). *Narrative Discourse: An Essay in Method*, tr. J. E. Lewin (Ithaca).

Jain, Manju (1991). *A Critical Reading of "The Selected Poem" by T. S. Eliot* (Delhi).

Lotman, Jurij M. (1977). *The Structure of the Artistic Text*, tr. G. Len-hoff & R. Vroon (Ann Arbor).

Mays, J. C. C. (1994). "Early Poems: from 'Prufrock' to 'Geron-tion'", in: David Moody (ed.), *The Cambridge Companion to T. S. Eliot* (Cambridge), 108-120.

Moody, A. D. (1979). *Thomas Stearns Eliot: Poet* (Cambridge).

Palmer, Marja (1996). *Men and Women in T. S. Eliot's Early Poetry* (Lund).

Rimmon-Kenan, Shlomith (2002). *Narrative Fiction: Contemporary Poetics* (London).

Schneider, Elizabeth (1975). *T. S. Eliot: The Pattern in the Carpet* (Berkley).

Scofield, Martin (1988). *T. S. Eliot: The Poems* (Cambridge).

Shusterman, Richard. (1989). "Aesthetic Education as Aesthetic Ideology: T. S. Eliot on Art's Moral Critique", in: *Philosophy and Literature* 13, 98-114.

Smithson，Isaiah (1982). "Time and Irony in T. S. Eliot's Early Poetry"，in: *Massachusetts Studies in English: Graduate English Program* 2，39-52.

Spender，Stephen (1972). *Eliot* (London).

第十三章　W. B. 叶芝:《第二次降临》

　　　　在越旋越远的涡旋中旋转啊旋转，
　　　　猎鹰已听不到驯鹰人的声音。
　　　　万物都已碎裂，中心不存；
　　　　世界被一片混乱无序弥散。
5　　　血色模糊的潮流四处奔涌，
　　　　纯真的礼仪被淹没无存；
　　　　美好的信念丧失殆尽，
　　　　最坏的却充满炽热的迷狂。

　　　　无疑某种启示即将到来，
10　　无疑第二次降临即将出现。
　　　　第二次降临！这话尚未出口，
　　　　却出现一个大记忆的巨大影像，
　　　　扰乱我的视线：在荒漠中
　　　　一个人首狮身的幻象，
15　　如太阳般漠然冷酷地凝视，
　　　　慢慢挪动它的腿，在它四周
　　　　愤怒的沙漠鸟群阴影铺天盖地。
　　　　黑暗再次降临；但此刻我知道
　　　　二十个世纪的昏昏沉睡
20　　被摇篮摇动扰起恼人噩梦，
　　　　狂暴的野兽，它的时辰终于到了，

懒洋洋地前往伯利恒投生？①

W．B．叶芝（1865—1939），该诗首次发表于 1920 年。

一、整体叙述结构

这首诗的整体叙述结构包括与诗歌两个部分对应的两个组合段。第一段，抒情人，一个故事外的叙述者列举了当今世界所发生的种种变化；第二段，抒情人将这些变化作为覆盖千年的历史进程而对之进行阐释。这两个组合段的顺序构成为两个层次的进展。第一个层次，从特定时间点的当前政治状况转向长时期历史进程的结构。② 第二个层次，抒情人对所观察到的事实保持距离，并加以描述，从一个特定的个体视角对这些事实进行阐释，通过联想、想象、预见和解释而赋予其意义。从而，诗歌在不同层次上，通过不同的主人公表现了两个叙述序列：第一，在故事层次上，我们获得了一个史学叙事，一个关于世界历史进程的叙事，其集体的主人公是文化与社会（主要是欧洲的）；第二，在故事外层次上，可以发现叙述行为的呈现，即作为主人公的抒情人史学叙事的演示性叙述呈现。当然，就其性质而言，叙述行为本身只是隐含地、而不是直接地在诗中表现出来。不过，它还是清晰地在文本的形式和发展中得以展现，并可以从它的风格、人物和思想链中加以重构，从而，以这一方式形成叙述者的故事（下面将详细论及）。这两条叙述链相互之间紧密地连接在一起。史学叙事直到通过叙述者的故事作为说明才存在，而叙述者的故事的精神进程除了在史学叙

---

① W. B. Yeats. *The Poems*：*A New Edition*，ed. Richard J. Finneran，New York，1983，p. 187.

② 对这首诗各种研究的概述可见蒂姆（Timm，1987：111-114）。尤其是在早期的评论中，关于《第二次降临》的阐释可以在多大程度上从叶芝的历史宏观周期模型中得到了解，成为争论所关注的核心，这一理论是在评论叶芝的一首诗歌（Yeats，1983：646-648）和他 1925 年的《幻景》（*Vision*）中形成的，同时参见艾伦（Allen，1985）。克兰斯杜科（Kleinstück，1963）和戴维（Davie，1965）反对这一看法，并提出了很好的理由。

事中形成外也不可能形成。在讨论这一联系以前，首先我们将分别独立地分析这两个叙述序列。

二、故事层次的史学叙事

抒情人所表现的各种发生之事可以作为紧随第一次世界大战（如该诗发表时间所示）而来的旧欧洲的崩溃，以及伴随自基督教兴起以来的文化与历史发展的重构。在呈现层次上，第一部分（第1～8行）伴随一个结构上类似的图式，并象征性地与秩序的崩溃相关联。它运用鹰猎这一母题，以及更为抽象的暗示物理和空间（"万物""中心"）、政治（"混乱无序"）、文化（"血色模糊""纯真的礼仪"）与道德（"美好的""最坏的"）指涉的种种表达。即便更为抽象的表述在这里也包含具有隐喻性的动词（"无存""弥散""淹没"）。由开端所启动的总的框架构成为一种混乱无序的状态，它可以与作者写作这首诗歌时欧洲的政治状况联系在一起。此时，在众多国家，传统结构在革命、战争和新的民族国家建立的过程中正陷于崩塌之中。①

这给我们带来的不仅仅是陈述显而易见的事实，而且是将这一脚本看成一个普遍衰落的过程。抒情人还没有一个更为精确的脚本，可以帮助他更好地理解所发生的种种变化。他并未提供一个明确的序列模式并界定其事件性，而是将自己限制在表现主题不同、但结构类似的描述中，并通过特殊的同位方式赋予其语义。在这一系列同位中最为突出的是失去控制和秩序（"听不到""碎裂""不存""弥散""淹没""丧失殆尽"），以及否定性的、坏的一面（"中心不存""混乱无序""血色模糊的潮流""纯真……

---

① 托特（Thaut，2001：17-18）关于诗歌的框架构成去殖民化过程的看法，尤其是对英格兰和爱尔兰关系的看法（从中他得出了难以置信的解释），并没有提供他对有关看法的足够理由。惠勒（Wheeler，1974）从个体心理学的语境解释了文本；他武断地将之视为一个幼儿时期无助感的体验，这种无助感在一种全能力量的幻想中被克服，而文本中并没有提供任何貌似有理的基础。

被淹没"，"美好"相对"最坏"）。由于无法找出积极活动的理由，因而持续运用无施动者的被动结构显得引人注目（"被……弥散""被淹没"）。美好止于衰弱，邪恶处于强势（第7～8行有明显的表达），是对源自这些状况的秩序崩塌一个合理的道德解释。①

这首诗的第二部分（第9～22行）转而以一个明显可辨识的脚本作为开始，这一脚本使第一部分所记载的种种变化可被应用到一个富有意义的大范围的叙述序列中，这是一个主要情节。这一脚本的启动与"启示"和"第二次降临"这样的概念自然而然地联系在一起。它涉及读者所熟知的有关基督教的传统，因而无须在诗中进行详细的描述。"启示"（来自希腊语 *apokalypse*）作为前文本指向《圣经》，在这一前文本中，世界的整个历史作为宏大叙事（grand récit）而叙说。它特别涉及《启示录》第13节和《马太福音》第24节，这两个前瞻性的叙事预言了世界末日以及秩序的全然崩溃，邪恶横行（在新约的使徒约翰书中称为反基督），以此作为基督重临（第二次降临）的预兆。

在此之后，这一关联立即启动。然而，"第二次降临"的用语出乎意外地与抒情人所想的完全不同，而代之以一幅令人恐怖的景象，呈现出截然相反的脚本。它的来源不是《圣经》和圣经传统，而是一种集体无意识（"Spiritus Mundi"）②。这一新脚本的确切结构被编码为一个具有人首狮身，慢慢地挪动着身躯，穿过由愤怒的沙漠鸟群包围着的荒漠的怪兽形象。这一形象仅可通过阐释的方式来界定。这一阐释过程的几个重要方面被预先结构出来，它是透过语境，尤其是这一影像与第二次降临这一正统圣经观念之间隐含的对立关系而结构出来的。这一对立关系不仅通过将伯利恒指涉为诞生地（对第一次降临的转喻指涉）而表明，也通过温顺的孩子（别的不说，诞生在伯利恒也可暗示）与"狂暴的野兽"这一形象间的天差地

---

① 参见迪恩（Deane，1995）运用拉可夫-约翰逊-特纳理论（The Lakoff-Johnson-Turner Theory）和隐喻概念（迪恩关注中心与外围隐喻），对诗歌的同位结构的精确描述。

② 叶芝在一处注解中解释了"Spiritus Mundi"这一用语的意义，称其为"一个容纳各种各样形象的总库，这些形象已经不再是任何个性与精神的财产"（1983：644，648），强调了这种记忆存在于无意识中的共同本质。

别而表明。这也是神与人透过基督的结合，以及人与兽在"野兽"中的融合之间的天壤之别，是爱、同情与冷漠的铁石心肠（"漠然""冷酷"）之间的天壤之别。抒情人自己并未明确提出这一对未来的解释，但它还是能够从最初的关联所暗示的脚本的隐含变形中归结出来。而且，相应的同位表现，如非人（狮身，其人的特征仅是表面的；"狂暴的野兽"），与毫无爱心、毫无同情心（"漠然冷酷地凝视""愤怒的沙漠鸟群"）也清楚地表明了它的性质。①

这样，各种发生之事就变形为一个序列，一个关于某种令人恐惧的不可阻挡的基本叙述的序列。基督重临的观念激发起这一幻景，正是在这一观念的背景下，才能看到这一叙事。在它的叙说中，所带来的是与基督主张的信条截然相对的，它讲述的不是基督的胜利，而是对基督的更替。在临近诗歌结尾时，圣经脚本的这一隐含变形得以阐明，它的本质浓缩为带有几分神秘意味的诗行，形成关于历史进程的叙述（第19～20行）。隐藏在这些进程之下的模式，包含着历史进程中的因果关系以及从一个时代到下一个时代进展的关系。一个时代以其压制或排除而预先决定并预示着下一个时代，因为正是由于这些东西先前被排挤在外，而后它们将会再度来临。"摇篮"这一用语可看作出自基督在伯利恒的诞生，它指向作为神的人类化身的基督，指向仁爱和同情作为基本价值观的建立。这意味着信仰基督教的人们已经从他们的行为中驱逐了暴力和残忍，或者至少他们在很长时间里让暴力和残忍处于静息状态（"昏昏沉睡"），仅只在两千年以后让它们以噩梦再次浮现，这就是被压抑的东西的回归。② 毫无怜悯之心的掠夺和人类本性中的暴力成分，在它们肆虐的时代被基督教引导的价值观所抑

---

① 有充分的证据表明，"狂暴的野兽"不应被看作（或者说不被抒情人理解为）圣经启示录中的反基督。对伯利恒的指涉表明，与圣经中的状况不同，野兽不是基督最后降临的前兆，而实际上是对他的取代。这一点也由一个完全不同的来源取代了圣经的作用，取代了它作为权威的基础脚本与解释的作用这一事实而得以凸显。此外，抒情人熟悉这样一个情景，在其中，邪恶的可怕胜利标志着基督的重临——这是潜存于诗歌第一部分（1～10行）之下的期望。但是，抒情人却震惊地发现，与这一期望相反，毁灭与崩溃伴随着某种不可知或甚至比之更为可怕的东西相随而来。

② 此处所描述的这一机制无意与弗洛伊德的被压抑者的回归相提并论。

制，现在它以一种更暴烈的形式，作为新时代的准则再度回归。叙述者关于历史性质的抽象陈述（第 19～20 行），在隐喻的幻景与过去之间建立起了因果连接。接着，在诗歌结尾的最后两行，他回到了对前者的具体处理，这样便呈现了一个连贯的叙述序列，其中当下的种种变化与过去联系在一起，与此同时，也展现了指向未来之路。①

这些历史发展背后的动因何在，它们的驱动力量何在？最后发现，恰恰它们自己就是矛盾的主体，或甚至就是一种相互矛盾的陈述。一方面，这一幻景的具体视觉内容表明，这些变化是外在地引发的，是从人类领域之外的某个地方，即来自沙漠的侵入；另一方面，抒情人从这一幻景中获得的进程结构是抽象地形成的（第 19～20 行），这表明了一种内在的、自治的机制。也许这种矛盾状况可以理解为从文化上排除某些类型的人类行为（如侵略）意味着，曾经被驱逐的东西，仍可能从外部闯入或返回。

与世界末日的基督教叙事相反，如启示录脚本最初所暗示的那样，未来，只要它是这个序列的延续，在这一叙述的最后版本中就明显是开放的。这样，在诗歌的结尾，不是作为回答，而是作为一个问题（"狂暴的野兽……?"），未来将要带来的新的东西，只能在依据对旧的东西（即传统的脚本）的反转和否定的基础上十分宽泛地加以描述。发展的确切进程既不明了，又不能前瞻性地叙述出来。诗歌的第一个脚本所提出的可以概括为一个故事，或者传统意义上的历史，带着类似于目的论的对理想的、令人信服的结局的关注，这一序列开放的、非封闭的叙述结构在这里可以视为隐含着现代。

这一叙述结构的特殊性由叙述者相对于发生的事情的位置和叙述行为的时间而突出地体现出来。我们所面对的是一个同故事叙述者（homodiegetic narrator），一个自身便是被叙述世界的一部分，从而自身也受其约束的叙述者。叙述者在受制于这些限制的情况下讲述故事，他不是从它的结局，而是从它慢慢展开的进程中来叙说的。因而，叙述行为便处于一个历史阶段让位于下一个历史阶段这一节点上，处于故事的延续可被看到并被

——————
① 参见克兰斯杜科（Kleinstück，1963：179-191），关于这一序列的重构，尤见埃尔曼（Ellmann，1954：257-260）。

叙述，既具有过去的条件，又具有与过去根本性的不同。

这首诗歌的事件性在于它对传统脚本的偏离，在于诗歌标题的含义使我们产生的预期遽然中断。预期的突破有三种形式：第一，基督不是成为其所出现的世界上公正秩序、仁爱和善良的到来者或恢复者，而是与他决然相反的另一面：反一基督（并非在《圣经》的意义上）。① 第二，基督教原则的颠倒遵循之前那一原则本身的至高无上性，因而我们不希望这一原则被替换。第三，世界末日绝不会来临，因为要到来的实际上是无尽的时代链条中一个新的时代。这就打破了预期，尤其是打破了那些带着传统人生观的人们的预期，它来得令人震惊，从而被赋予了很高的事件性。尽管诗歌的事件性牵涉发生的事情（世界历史）的层次，它给我们主要描述的是一个呈现事件，因为它将这一阐释过程置于最显著的位置上。

三、故事外层次的叙述者的故事

我们已经看到，这首诗歌主要聚焦的是被叙述的故事和它的事件性。但与此同时，虽并不突出，但从文本的人物和风格中仍然透露出叙述行为是以特定目的而展开的。它创造了一个历史叙事，在这一叙事中，叙述者所讲述的故事作为一种连续的思想活动表现出来。抒情人以这一思想活动对当下的混乱局面做出反应——他试图通过叙述来解释、整理、掌控这一局面。抒情人用现在时态报道他的感受、思想过程和解释，从而，诗歌以演示的模式展开。对于读者来说，抒情人是作为一个目击者或旁观者（有点像戏剧中的观众）而行动的，这一目击者或旁观者在所有一切产生时历经种种印象。为此，读者就有可能检验和分析所受到的影响以及叙述进程的动因。

叙述者的故事分四个阶段进行。首先（第1～8行），抒情人对当下的种种政治事件做了概括性的描述。其次，在这部分的开头（第9～11行），

① 虽然圣经的反一基督先于基督的第二次降临，并最终被基督决然取代，这里的人物替代了一个仅被视为现在即将走向终结的某一特定历史时期的象征的基督。

他所报道的重现的毁灭性事件与《圣经启示录》关联了起来。接着，这一关联激发起一个出自集体无意识的对立的幻景（第11～17行）。最后，抒情人对这一幻景构想出一个推论性的阐释，并将它转入未来的形象中（第18～22行）。

故事进程的这一发展可以概括为这样几个特点。第一，引人瞩目的是，抒情人的精神活动在主题上的重要性变得越来越明确。诗歌的开头（第1～8行）缺乏抒情人的直接代词或对他的直接指涉，显现出某种中性和客观性，虽然词语的选择并不意味着对所描述的东西的否定评价（"混乱无序""血色模糊""纯真……被淹没"），但它泄露了抒情人忧虑不安的潜在意识。由于运用了加强语气的语助词、重复、感叹号和"即将到来""即将出现"（"at hand"）这样具有指示作用的词语，抒情人的表现和情感投入在第二阶段（第9～11行）变得更为明显。在第三阶段（第11～17行），当抒情人体验这一幻景并直接指涉其情感效果时——"扰乱我的视线"，他在精神思想上投入的痕迹进一步增加。这里，我们也发现抒情人第一次明确地指称他自己（"我的视线"），这一进程在第四阶段（第18～22行）依然在继续，出现了"此刻我知道"以及结尾的问题。而且，抒情人的日益凸显和思想精神上的投入与他活动的质的变化结合在一起。在头两个阶段，他按照传统的范畴（好与坏）来进行判断，并提供一个传统的解释（圣经的《启示录》）；而在后两个阶段，他自发地创造了这一幻景，并同样自发地解释了发展和意义的对立图景。

这一故事外序列的框架被描述为一个历史的危机状况，而回应则是一个与这种文化危机经验相适的脚本。诗歌的进程出现了一个转移，从传统的权威（圣经以及历史和世界的基督教观念）出发，到自发地提出有远见的见解，到以集体无意识作为替代的来源。这一自发的远见，使抒情人将自己确定为一个富有远见卓识的人，并断言他在这一角色中天生拥有超个人的权威（"黑暗再次降临；但此刻我知道"，第18行）。脚本中出现的这一变化在故事外层次上构成为一个事件（以呈现事件的形式出现）。然而，抒情人求知的欲望，他对精神上的秩序的渴求，以及理解万物的方式，却没有受到这一变化的影响，因为在第一部分，他缺乏这种有序的知识，在第二部分，传统秩序被一个新的、迄今未知的、其功能保持不变的模式所取代。然而，抒情人确实认识到，他的了解尚未完成，因为他不能回答关于"狂暴的野兽"的特殊性质的问题。在这方面，对心理秩序的渴望在逐渐发展。最后，抒情人处在面对未知的位置上，仍然提出了他的问题，因为他依然希望了解，依然在争取获得一个确定的认知。①

抒情人叙述的呈现与故事中叙述者的阐释活动都是作者的工作。它在读者中引发了针对抒情人声称其拥有洞察力的一种批评态度，并自然而然地引出关于抒情人可靠性的问题。从那一幻景中引出的抽象的历史概念（第19～20行），既无论据，又无解释，仅仅是对远见卓识的自信的自我断言。② 这一概念在逻辑上难以验证，它只是假定为一种理解事物的方法，抒情人的结论也可以怀疑。很难说究竟是理论上的作者提供了抒情人不可靠性的迹象，还是从更一般的意义来说，他的限制是由于个人的参与而引起的。可能最好还是对这一问题持一种开放的态度。③

史学叙事与叙述者的故事在从旧观念到新思想的转变中具有富有意义的特征。叙述者的故事展示出新思想如何从超越个体和理性把握的另一个世界，即一个"无意识"的世界，闯入有序的人们的心灵。同样，在被叙述的故事中，某种历史上的新东西从一个远离人类居住之所，即荒漠中进入到人类文化中。④ 在详细研究历史和文化作用的背景下来界定事件性，这一要素似乎可以解释为在现代主义中带有某些古老的神话倾向的特征。

参考文献

Allen，James Lovic（1985）．"What Rough Beast？：'The Second Coming' and 'A Vision'"，in：*REAL - The Yearbook of Research in English and American Literature* 3，223-263.

---

① 参见惠特克（Whitaker，1964：73-75），他特别突出了抒情人问询关于新的东西形成的能力。

② 约翰逊（Johnson，1991：86-87）注意到其中运用的隐喻所隐含的自信。

③ 叶芝本人在别处支持这样一种观点（如在1925年的《幻影》），尽管这并不意味着我们可以（更不用说必须）在我们对诗歌的分析中利用这一事实。

④ 参见戴维（Davie，1965：79）和霍尔德里奇（Holdridge，2000：122-124），后者运用崇高这一范畴来描述这一进入。

Davie, Donald (1965). "Michael Roberts and the Dancer", in: Denis Donoghue and J. R. Mulryne (eds), *An Honoured Guest: New Essays on W. B. Yeats* (London), 73-87.

Deane, Paul D. (1995). "Metaphors of center and periphery in Yeats' 'The Second Coming'", in: *Journal of Pragmatics* 24, 627-642.

Ellmann, Richard (1954). *The Identity of Yeats* (London: Faber).

Harrison, John R. (1995). "What Rough Beast? Yeats, Nietzsche and Historical Rhetoric in 'The Second Coming'", in: *Papers on Language and Literature* 31: 4, 362-388.

Henn, T. R. (1965). *The Lonely Tower: Studies in the Poetry of W. B. Yeats* (London).

Holdridge, Jefferson (2000). *Those Mingled Seas: The Poetry of W. B. Yeats, The Beautiful and the Sublime* (Dublin).

Johnson, William (1991). "Textual/Sexual Politics in Yeats's 'Leda and the Swan'", in: Leonard Orr (ed.), *Yeats and Postmodernism* (Syracuse, NY), 80-89.

Kleinstück, Johannes (1963). *W. B. Yeats oder Der Dichter in der modernen Welt* (Hamburg).

Thaut, Cristina J. (2001). "The 'Rough Beast': A Postcolonial and Postmodern Yeats", in: Deborah Fleming (ed.), *W. B. Yeats and Postcolonialism* (West Cornwall, CT). 3-25.

Timm, Eitel (1987). *W. B. Yeats* (Darmstadt).

Wheeler, Richard P. (1974). "Yeats' 'Second Coming': What Rough Beast?", in: *American Imago* 31, 233-251.

Whitaker, Thomas R. (1964). *Swan and Shadow: Yeats's Dialogue with History* (Chapel Hill).

Yeats, W. B. (1983). *The Poems: A New Edition*, ed. Richard J. Finneran (New York).

第十四章　D.H. 劳伦斯:《人与蝙蝠》

上午走进我房里，
说是 10 点钟吧……
我的房间，巴迪街上
马车碾过石头路上发出喧闹的房间……

5　上午走进我房里，
怎么?……一只鸟!

一只鸟
在房子里狂乱地转圈飞着。

狂乱地转圈
10　一只鸟

一只让人厌恶的蝙蝠
在上午……

出去! 滚出去!

转啊转啊转着圈
15　焦躁不安、紧张、难以忍受地飞着，
神神经经地往前扑，
混合着不洁的狂热;
一只蝙蝠，燕子般大小的蝙蝠。

出去，从我房里出去！

20　我推开威尼斯百叶窗
　　自由、平静的空气；
　　荡起了窗帘……

　　现在出去，从我房里出去！

　　赶他出去，挥动我的白手帕赶他出去：走！
25　但是他不。

　　转啊转啊转着圈
　　一种不洁的急促，
　　一只笨拙的野物在空中，
　　跌跌撞撞扑向墙上，铃线上
30　绕着我的房子！

　　总是拒绝飞向窗外的空中
　　巴迪街外那喧闹的海湾，
　　还是狂乱盲目恐惧地乱转。

　　最后他突然转向窗台，
35　但又吹回来了，好像风把他吹回来似的，
　　一股闯入的强风。

　　转啊转啊转着圈
　　更狂躁地跳动，紧抓在角落上，
　　在电线上，铃绳上：
40　不断盯着我，在我房里转啊转，
　　转啊转，疲倦而急促地抖动着，越加发狂

绕着我的房子闪烁不定地飞着。

我不会让他歇息的；
他片刻不离，像一团污渍将胸紧贴在墙上
45　一个阴暗的角落。
不是瞬间！

我瞥了他一眼，
想把他从窗户赶出去。
他又一次转向窗台
50　我跑向前，吓唬他。
但他跳起来，以比我还可怕的恐怖从我身边飞过
回到房里，转啊转啊在我房里转
紧抓，穿越，摇晃，
从空中降下来
55　疲顿不堪。

好像有什么把他从窗户吹回来，
每次他都突然转向一边；
以奇怪的抛物线回来，转啊转啊天昏地黑地在我房里转。

他不会出去的，
60　我也明白了……
他进不了白天的光亮中，
如我进不了高炉白热的门。

他不会跃入窗外的阳光中，
那是对他本性的过分要求。
65　甚至比我用手帕驱赶
说出去，滚出去！还可怕……

窗外白色的日光是恐怖的吗！

我打开电灯，心想：现在
外面看起来是褐色的……

70　但是不。
外面看起来不是褐色的。
他不在乎黄色的电灯光。

寂静！
他正在静静地休息。
75　但绝不要，
不要在我房里。

转啊转啊转着圈
靠近天花板似乎在一张网里，
摇摇晃晃
80　暴跌，从网上掉下来，
重重跌落，
一味猛冲，
如此剧烈；
抓紧，抓紧一秒钟的停顿，
85　老是像要歇一会儿，
片刻瞬间。

而我！
绝不要，我说……
滚出去！

90　慢慢飞起来，

似乎要绊倒，从空中坠落，
精疲力竭。

还是不能穿过白光进入自由……
一只鸟会冲出去，无论遇到什么。

95　跌落，下沉，摇晃，转啊转啊
忽隐忽现，忽隐忽现；
即便翅膀越来越沉：
紧贴在高处角落一会儿，像模糊的一团，也像个祈望者。

但是不。
100　出去，畜生！
直到他掉在角落里，颤抖着，精疲力竭。
那模糊的一团，他蜷伏着看着我，
黏糊糊浆果般的黑眼睛，
不合适的可笑的耳朵，

105　合上翅膀，
褐色的毛茸茸的身体。

褐色，深褐色，细细的毛！
就像蜘蛛身上的毛，
带着长长的黑纸般的耳朵。

110　所以，进退两难！
他像个不洁之物蜷伏在那儿。

不，他不能蜷伏，也不能可憎地挂在我房里！

然而，世上没有什么能给他勇气进入白天甜蜜的火光中。

那怎么办？

115 揍他杀他赶他走？

不然，
我没有创造他。
让创造他的上帝为他的死负责……
只不过在明媚的日子里，不要让这东西在我房里。

120 让蝙蝠的创造者上帝在不洁的角落里和他们在一起……
我承认在每一个缝隙中都有上帝，
但我的房里没有蝙蝠；
也没有蝙蝠的上帝，太阳照耀着。

所以，出去，你这个畜生！……
125 他猛冲，沉重地飞离我，斜着飞向一旁！
在我房里转啊转啊转着圈，一个带翅膀的东西，
疲倦中也是肮脏的。

皮包骨的黑翅膀在空中上下摆动，
不再闪闪烁烁。
130 消耗殆尽。

他又一次砰的一声跌在
地板上靠近窗帘的地方。
躺在那儿。

啊，死了，死了
135 你不是解决的办法！
蝙蝠一定是蝙蝠。

只要生命都有出路。
人的灵魂注定要睁大眼睛去承担
人生的责任。

140 我把他拾在一件法兰绒夹克里，
盖好他，唯恐他咬我。
因为他咬我的话我会杀了他，这不洁的东西……
他被包裹着，在我手里一动不动。

我匆匆地把他抖出窗外。

145 他走了！
尾巴上留着恐惧懦弱。
匆匆地，直冲，鸟儿直冲巴迪街，
在充满车夫爆裂的鞭子声的狭窄街道上，
朝向圣·雅各布镇。

150 现在，夜里，他在河上忽隐忽现
在小小得意的飞行中，对着离去的太阳窃笑，
我相信他在唧唧叫着，看着我在这阳台上写：
他停落在那儿，不停地叫着！
但是我胜过他……
155 我逃离了他……

佛罗伦萨。①

---

① *The Complete Poems of D. H. Lawrence*，ed. Vivian de sola Pinto and Warren Roberts，Harmondsworth，1977［1964］，pp. 342-347.

D. T. 劳伦斯（1885—1930），《人与蝙蝠》发表于 1923 年。

一、人与蝙蝠相遇的故事

《人与蝙蝠》的抒情人讲述了他曾经待在意大利时发生的一则传闻经历：白天他在房里与蝙蝠出人意料的遭遇。抒情人是一位自身故事的叙述者，回顾性地（主要用过去时）按时间顺序讲述他自己的经历，并引述了（以斜体字表示）① 在他叙说期间他所说和所想的，这样，这段经历就变成了一个有序的叙事。人和动物，这两个主角都经历着叙述的发展。就人而言，特别采用了决定性的心理和精神变化的形式。由于在诗歌中这些变化的态度居于核心位置，下面的分析将集中在分别通过同位和聚焦方式展现的语义化和视角的技巧，以及借助这些方式，探讨如何使这些事转换成为可以有意义地解释并构成其事件性的序列。②

诗歌总的阐释框架可以视为一种状况，在这一状况中，一位南部城市的游客在进入他的房间时，意外地发现有一只蝙蝠在那儿。包含在各种发生之事中的存在物是人，以及早上在佛罗伦萨一条繁忙街道上一间房子里的蝙蝠。事件的组成包括抒情人最终努力成功地将蝙蝠从他房里赶出去，蝙蝠所唤起的他歇斯底里的厌恶，③ 那家伙疯狂地企图夺路而逃，以及人对蝙蝠的行为方式的逐渐理解。伴随时间上的一段省略，事情以夜晚在屋外阳台上的室外场景作为结束。抒情人在远处观察蝙蝠，并在他观察时清楚地写出他的经历，那可能就是现在诗歌的形式。

在这里，诗歌最初激发的主题框架牵涉现代城市文明生活的卫生条件，

---

① 译文中以着重号标示。——译者

② 对劳伦斯抒情诗的一般概述，参见如吉尔伯特（Gilbert，1972）、莱尔德（Laird，1988）和洛克伍德（Lockwood，1987）。

③ 在 1923 年的《鸟，兽和花》一书中（《人与蝙蝠》首次发表在其中），劳伦斯在《蝙蝠》一诗中表达了对蝙蝠的一种普遍不快的态度，这首诗紧接着出现在《人与蝙蝠》之先，《蝙蝠》一诗的结尾是："在中国，蝙蝠是幸福的象征。/但对我不是!"（Lawrence，1923：340-342）。

尤其与清洁和抵制害虫的观念相关联（冷淡地排除外来的低等生物的代表）。① 从人类居住的地方驱逐所出现的害虫和侵入者的过程被认为是危险的，这可以视为它的脚本。至于这些图式的激活，我们可以从对诗歌最初的主导序列的界定开始，这就是抒情人从居住的地方成功地驱逐蝙蝠（可以将它理解为丑恶的侵入者）。序列开始于抒情人发现蝙蝠，最初将它赶走的努力未获成功；然后，蝙蝠变得精疲力竭，最后，抒情人将它卷在他的夹克里把它扔出窗外，从而如诗歌结尾夜晚的场景所显示的那样，让它最终回归露天中它的自然栖息之所。

二、第一序列的语义化：去除陌生与差异

诗歌的第一序列，从房里驱走蝙蝠，通过运用一系列同位形式或义素组合（seme complexes），丰富并按照其脚本界定了它的意义。

诗歌中运用了野性的、无法控制的、无理性的、漫无目标的、爆发的等同位组合，突出了抒情人感受蝙蝠行动的特定方式和特定含义：他将它们视为一种机械的本能反应，视为人类理性、文明和规程的对立面。这类语义成分既包含在形容词中，又包含在名词中，它们表现出蝙蝠或多或少抽象的特性，如"狂乱地""焦躁不安""紧张""难以忍受地""狂热""急促""发狂"，以及对蝙蝠行动具体的描绘，如"转啊转啊转着圈""笨拙的""跳动""闪烁不定地""摇摇晃晃""暴跌""猛冲""上下摆动"。

进一步的同位组合提供了动物在房里歇息的独特表征方式：依附，不愿离开。这样的特征既出现在具体的描绘中，又出现在抽象的概括中，可以在如下一些词语中看到："歇息""不离""紧贴""紧抓""穿越""抓紧""蜷伏""挂"。这些含义与陌生的、非人类的侵入者在人的居所——房子里安身并成为栖息地所产生的本能的恐惧相悖。

抒情人对蝙蝠本能的厌恶，在一系列具有不洁、可憎语义的词语中凸

---

① 乔杜里（Chauduri，2003：205-206）参考约翰·拉斯金（John Ruskin），将人与蝙蝠对立的主题框架界定为启蒙的自我与哥特式的不纯之间的对立，似不可信。

显出来，如"让人厌恶""不洁""污渍""模糊的一团""可憎"。

陌生、他者这一普遍的语义成分出现在一系列表达中，强调了蝙蝠属于人类以外的领域，更确切地说，属于低等动物的领域，如"黏糊糊浆果般的黑眼睛""不合适的可笑的耳朵""合上翅膀""毛茸茸的身体"（第103～106行）、"蜘蛛身上的毛"（第108行）、"长长的黑纸般的耳朵"（第109行）、"皮包骨的黑翅膀在空中上下摆动"（第128行）。这些含义由入侵者与夜晚和黑暗相关联而进一步彰显，因为人类发现夜晚和黑暗是一个令人不安、陌生和恐惧的世界，如"阴暗"相对于"白"和"白光"；"盲目"相对于"白天甜蜜的火光"（第113行）。

与蝙蝠不同，抒情人和房里与他联系在一起的对象以及房子本身，都由人、人造的、技术的、喧闹的这些同位组合标示出其特征，如"白手帕""窗户""窗台""电灯光""夹克"，"我的房间，巴迪街上／马车碾过石头路上发出喧闹的房间"（第3～4行）；"喧闹的海湾"相对于"寂静"。最终，孤立、隔绝的义素组合，与"我的房间"结合在一起，使从外部侵入的蝙蝠与抒情人所控制的由墙壁、窗帘和百叶窗环绕的世界之间的对比变得十分清楚。

通过上面所描述的语义化方式，这一叙述，将一个全然不同的侵入者从由人类构成、确定和主宰的都市文明中清除出去的叙述，形成了文本首要的、主导的序列。以这一方式对这一序列进行阐释，表明抒情人所叙说的基本的、原初意指的内容在于：他把与蝙蝠的不期而遇重新加工为一个特殊的故事，并以叙述的形式将它表现出来。在这一叙述成品中，他采用回顾性的（用过去时）报道，交替运用引述性的陈述（用斜体字），某些地方用自由间接话语或内心独白（如第114～115行，第116～123行）来表达自己的思想。

三、视角转换与逆向潮流的发展

除上面所描述的序列而外，在诗歌中还形成了逆向的第二序列。它由逐渐增长的对蝙蝠观点和行为的理解而组成，并与文本的第一序列环环相扣。第二序列所构成的调节，主要依赖于特殊的聚焦技巧，具体说来，就是依赖在诗歌进程中对蝙蝠聚焦（感知和评价视角）的转换。在里蒙-凯南看来，这种转换既牵涉聚焦的心理层面（认知与情感），又牵涉聚焦的意识层面（规范与评价），① 其文本表现贯穿在整个诗歌中（下面将详述）。我们可以用与第一序列相比不那么明显的方式，将第二序列的主题框架界定为所有生物的平等地位和人类与动物的平等。② 可以将这一脚本视为态度发生变化的过程，它逐渐导致需要接受另一种生物，并且逐渐理解应该如何看待事物。开始时，讲述的我仅仅从外在的、强调人类的视角来看待动物，怀着一种敌对的厌恶态度对待它。但随后他开始更为接近地观看蝙蝠的表现与行为；接着，他甚至开始展示对它何以如此行动的原因产生兴趣并表示理解。相应地，在诗歌展开时，视角便集中在动物身上，既采取蝙蝠的视点，又提供了对它的状况的一种洞见，反映出逐渐开始乐于接受动物，甚至创造了它与人的某种平等。抒情人不仅反复地聚焦蝙蝠，而且还显示出想象和接受它的视点的迹象，以至于从蝙蝠的立场（内聚焦）来看待周围的环境和他自己。在诗歌的结尾（第 153～155 行），他甚至走得更远，赋予蝙蝠以它自己的声音（见下面论述）。

这一聚焦转换的整个结构，以及由此而创造的第二序列，其发展经历了几个阶段。开始，抒情人意识到蝙蝠行动的原因，并明确地将它与自己相比较："他不会出去的，/我也明白了……/他进不了白天的光亮中，/如我进不了高炉白热的门"（第 59～62 行）。他甚至提到了蝙蝠的本性，作为它不愿被迫离开房间的理由："那是对他本性的过分要求"（第 64 行）。这样，以蝙蝠的视点开始的内聚焦，显现出抒情人能够从一个反讽性地拉开距离的外在位置看他自己："甚至比我用手帕驱赶/说出去，滚出去！还可怕……/窗外白色的日光是恐怖的吗！"（第 65～67 行）。邻近夜晚的场景，表现出第二序列的高潮和它的结论，蝙蝠再次获得自由，抒情人将蝙蝠描绘为它在观察他："我相信他在唧唧叫着，看着我在这阳台上写"（第 152 行），并通过赋予蝙蝠以它自己的声音，完成了视角的转换，从而，把他特有的人类意识到自己的重要性与之关联起来："他停落在那儿，不停地叫着！/但是我胜过他……/我逃离了他……"（第 153～155 行）。诗歌以抒情

---

① 参见里蒙-凯南（Rimmon-Kenan，2002：80-84）。
② 参见吉尔伯特（Gilbert，1972：168-169）。

人在他的想象中采用蝙蝠的位置和视角而宣告结束。

与这一转换相平行，并以之作为条件，抒情人对蝙蝠的意识态度也经历着变化。他将自己置于蝙蝠的位置，开始对人类与动物的关系进行带有自我批判的道德反思，并且能够重新建构和理解它的动机（第59～69行）。他没有利用自己的权力去杀了它，不再将自己看作神（第116～118行），不再通过杀了创造物来解决问题（第134～139行）。他对蝙蝠厌恶的本能情感不断地浮出水面（第119～124行），但这并没有改变他接受蝙蝠是具有固有价值的生命，它的价值不受人类评价标准的约束这一基本事实。这种接受是潜在的、可见的，这一点从诗歌开始抒情人便持续地运用代词"他"来指涉蝙蝠可见一斑，可以不无争论地说，它意味着抒情人将蝙蝠视为准人类的个体。这一对动物的重新评价和采用它的视角到了这样一种程度，以至于在诗歌的结尾抒情人甚至带着某种自我批评允许由蝙蝠来评价自己。两者的平等也将人与蝙蝠的行为以一种明显的（虽然不是立刻就显而易见的）、无意之中的幽默类比而反映出来。两者都表现出一种极度兴奋、歇斯底里的活动水平，蝙蝠更多地表现出盘旋和摆动的身体运动，人则表现出他心理上的激奋和试图将蝙蝠赶出去的行动。就如第一序列那样，第二序列及其意义大多是抒情人意识感受和反映的对象。很明显，第一序列的价值包括了对蝙蝠的厌恶，这种厌恶支配着抒情人的行为。它强烈地抵制接受和理解这一逆向潮流的发展。换句话说，第二序列的展开是在与第一序列存在着紧张的状态下进行的，在第一序列中，同样也显示出两个序列环环相扣而贯穿在整个诗歌中的要素成分。这种矛盾情绪象征性地表现在具体的姿态上，以这一姿态抒情人最终将蝙蝠从他的房间驱走：他将它扔出去，但这样做时，是将它裹在他的夹克里，可以说，预先给它覆盖着衣服。

四、叙述功能与事件性

两个序列环环相扣的结合，意味着我们现在可以定义《人与蝙蝠》所叙说的整个故事。将怪异而显得完全不同的蝙蝠移除出去，仅仅是诗歌叙事进程中的一个方面。另外，还有作为对照的另一个方面，即抒情人克服他天生的内在阻力，对蝙蝠作为独立的生物个体和一般生命的价值越来越欣赏，同时也对文明的人类价值和行为模式逐渐增长了一种批判的观点。在这方面，自我批判分析的立场在故事最后得到了充分发展，叙述者能够从更远处来观察和思考自己。故事的功能在于使这类自我认识能够最终得以实现，从而将文明的人类行为模式看作能够适用于另一方的立场。这一叙述的中心目的具有两个相互冲突的方面，它能够使抒情人澄清他的自我界定。开始时，他还不能进行批判性的思考：他将自己表现为文明的产物，自发地采取相应的行为。后来，他把自己最初的防御反应视为应该解决的问题，突然发现他具有一种不为人知的亲和力，并且乐于同情超越文明界限之外的生命。他更新了自己对包括这些新的特征的理解，在他经历过的具有复杂体验的叙述中，重新定义自己的身份。在诗歌结尾，抒情人的叙述包括微妙地指出他正在写作一个关于他自己的故事，以帮助他界定自己的身份。在第150行到第155行自我指涉的初步尝试中，他将叙述的书面表述主题化，从而得出了第二序列的有力结论。对"看着我在这阳台上写"（第152行）的参照可以在这一意义上来理解。

我们可以在作为诗歌事件的第二序列中界定视角（聚焦）的基本变化及其延伸。这一变化不仅是未曾料到的，而且还以与第一序列所倚重的脚本相违背的方式发生。这样，就出现了高水平的事件性。通过第二序列的逐步建构，为事件（回顾性的相对于各种发生之事的层次）准备了场地。在实践中，事件本身的出现——在呈现事件的意义上——是在诗歌的结尾，在这里，通过在精神心理上采用蝙蝠的声音和视点，抒情人实际上跨越了边界，将人类文明狭隘的常规置于脑后，在人与动物共享的生命和脚本的认知中变得十分自由。① 我们知道，这一界限的跨越和与之相关的对期望的突破，在抒情人想象蝙蝠言说时就已经出现，这表明他既能够对自己的局限性开玩笑，又能对显然自鸣得意的蝙蝠开玩笑。这样，我们最终所涉及的不仅仅是导致逐渐采用蝙蝠视点的视角转换。更一般地说，它表明抒

---

① 劳伦斯在他的抒情诗中，包括1923年的诗集《鸟，兽和花》中的其他诗篇中反复地处理了这一主题。

情人发展出一种更强的能力，可以批判性地看待他自己的位置以及他者的位置。这种批判的能力通过对蝙蝠和抒情人自己的处理，以反讽的形式表达出来。抒情人应该被视为这一自我反讽的源头，它开启了广阔的相对化之路，并表明他的眼睛在诗歌结尾已经睁大到何等程度。当诗歌结束时，他能够反讽性地感知人与蝙蝠平行的精神心理上的限制。这标志着相比他们相遇的第一个阶段，他已经获得了新的见解。在第一个阶段，他明显没有注意到，他们相互所作反应的那种歇斯底里的疯狂方式，是完全可以互相比较的。① 暴露出这种可比性是抽象作者的工作，而不是抒情人的工作。

叙述行为的时间位置明确地是在故事结尾（"现在"，第 150 行）——恰恰在跨越界限和事件发生的时刻。叙述行为出现在诗歌写作之时，并且如上面所提到的，它很可能包含在叙述本身当中（参见第 151 行）。在抒情人的叙说中，他的位置发生了变化：贯穿诗歌的大部分回顾性叙述在它的结尾让位于同时叙述，叙述他们相互斗争的过去时态被现在时态所取代，后者表现出认识和变更的决定性突破。这一变化的发生如其所示，演示性地呈现出来。

参考文献

Chaudhuri, Amit (2003). *D. H. Lawrence and "Difference"* (Oxford).

Gilbert, Sandra M. (1972). *Acts of Attention: The Poems of D. H. Lawrence* (Ithaca).

Laird, Holly A. (1988). *Self and Sequence: The Poetry of D. H. Lawrence* (Charlottesville).

Lawrence, D. H. (1977 [1964]). *The Complete Poems*, ed. Vivian de Sola Pinto and Warren Roberts (Harmondsworth).

Lockwood, M. J. (1987). *A Study of the Poems of D. H. Law-*

---

① 文学批评界有一些对《人与蝙蝠》的评论，如洛克伍德（Lockwood，1987：124-135）有代表性地提到了人类自我批判的成分，但不是在人与蝙蝠的行为之间（人类）的类似上。

rence：*Thingking in Poetry*（Basingstoke）.

Rimmon-Kenan，Shlomith（2002［1983］）. *Narrative Fiction*：*Contemporary Poetics*（London）.

Sword，Helen（2001）. "Lawrence's Poetry"，in：Anne Fernihough（ed.），*The Combridge Companion to D. H. Lawrence*（Cambridge），119-135.

第十五章　菲利普·拉金：《我记得，我记得》与托马斯·胡德：《我记得，我记得》

菲利普·拉金《我记得，我记得》的标题，是对托马斯·胡德所作的同一题名的通俗浪漫儿童诗歌的明显袭用。拉金并没有采用胡德诗歌中任何特别的成分，他在诗歌中引人注目地避免使用"记得"一词，而这是胡德作为叠句反复运用在他诗歌中的。尽管如此，如果深入理解拉金的诗歌并对它展开分析的话，胡德的《我记得，我记得》作为互文本（intertext）是不可忽视的。详细的比较将显示出这两首诗包含着对童年（和成为一个成年人）的对立观念，相应地，对于童年和成长也表现出完全不同的叙述。在其中一首诗中，人的个体的开头和随后的发展充满着典型的浪漫情怀，而在另一首中，则是一种现代的幻灭。

托马斯·胡德：《我记得，我记得》

> I
>
> 我记得，我记得
>
> 我出生的房子，
>
> 太阳从小小的窗子，
>
> 一早就开始偷偷看；
>
> 5　他从不早到一刻
>
> 也不给白天太长：
>
> 但现在，我常常希望夜晚
>
> 能让我的呼吸消失！

Ⅱ

　　我记得，我记得

10　红玫瑰，白玫瑰，
　　紫罗兰，百合花，
　　光彩照人的花朵！
　　知更鸟筑巢的紫丁香，
　　还有我哥哥在生日

15　栽下的金链花——
　　这树还活着！

Ⅲ

　　我记得，我记得
　　我经常荡秋千的地方，
　　想着新鲜的空气

20　飞一样的流过；
　　那时我的心像羽毛般翻飞，
　　现在却那么沉重，
　　夏天的池水很难凉爽
　　发烧的是我的额头！

Ⅳ

25　我记得，我记得
　　冷杉树茂密高耸
　　我常想它们细长的树梢
　　紧贴着天空；
　　那是一种幼稚的无知，

30　但现在这小小的欢乐
　　比起我是个孩子时

知道我离天堂更远。①

托马斯·胡德（1799—1845），诗歌《我记得，我记得》发表于1827年。

一、一个童年的浪漫叙事

胡德诗歌的抒情人，也是诗歌的主人公，他回首自己的生活，并将两个时期相互进行对比。他以一系列单个的回忆叙事，重建他的童年，其中的每一个都短暂地面对他现在的成年时期。对童年的叙述表征在两个不同层次上采用两个序列的形式。第一，四个在连续的时间点上出现的儿童过去的经历，每一个都在单个诗节中以较小的序列进行叙说，并且与成年的体验形成对照。第二，诗歌的整体形式具有包含回忆的整个过程（"我记得，我记得"）的总的序列，并且运用四个单个的独立印象，追逐从儿童到成长过程的逐渐发展。两个序列一起构成诗歌所叙说的童年故事，而且，与浪漫主义思想相应，回顾性的叙述将童年之后的成长过程视为产生决定性变化的根源。

启动这两个序列的框架并在呈现层次上对它们语义化的，是一个对他或她的童年怀着特别兴趣、并回忆自己成长过程的成年人，从成年人的视角回望他或她过去的生活。这些主题的相关性，以及这一框架的状态，有赖于浪漫主义时期那种对儿童和童年所展现的新的浓厚兴趣。胡德诗歌中被叙说的脚本同样展现出这一时期的兴趣：成长过程和成年的图式，这是一种典型的浪漫回归、衰退和失落的状况。

---

① *Selected Poems of Thomas Hood*, ed. *John Clubbe*, *Cambridge*, *MA*, 1970, pp. 35-36.

二、两个序列讲述童年体验

　　四个诗节中的不同序列，组成了有代表性的对个体的童年经历的回忆，这些经历发生在流逝的过去不同的时间点上，并且与现在形成对照。第一诗节，抒情人描述了儿童对从清早到一天结束的时间感到快乐满足，而现在，一种持续的自发的快乐已让位于让人感到厌倦和渴望死亡。当时和现在的对照表明，在成长和生活的过程中，衰落和退化是普遍起作用的力量。第二诗节，抒情人提到了对孩子具有特殊意义的两个对象：各种花（"光彩照人"，第 12 行），以及他哥哥栽的金链树，并明确地表明这棵树抵御了时间的摧残（"还活着"，第 16 行）。它意味着过去和现在的延续只有在那些不属于人类的环境中才能发现，而不是在他自身的环境中（这也暗含着他的哥哥已经死去）。接下来的诗节，将充满活力、富于朝气的身体感觉（"那时我的心像羽毛般翻飞"，第 21 行）与现在的沉重（"那么沉重"，第 22 行）做对比，由此提供了一幅身体日渐衰落的画面。最后一诗节，将儿童在直觉上与天堂的亲密关系（暗含在他指树梢紧贴着天空），与成年人的理性知识进行对比，后者看到了孩子对幻觉和无知的感受（"那是一种幼稚的无知"，第 29 行）。在这方面，成长采取了幻灭（从知识中产生）与精神丧失（"知道我离天堂更远"，第 32 行）的形式。现在可以看出，每一诗节都组成简要而生动的序列，这些序列构成画面，指涉抽象认可的表白，展现抒情人如何历经以丧失和衰落为一般特征的生活变化过程。这在第三诗节中也同样不例外，因为它意味着人消极的退化，可以说，它强调的是一种非人类生命的连续性。最终，所有四个序列都免不了类似的衰落退化的图式。

　　就诗歌的整体结构而言，四个序列都代表着一个整体序列，这一整体序列的安排表明，从结构上来说，这些变化对每一单个的诗节都是类似的。对于过去童年经历的回忆，诗节的顺序体现出一种从内到外，从家里的房屋（第一诗节）到花园（第二、第三诗节）到森林（第四诗节）的空间运动。这一进展隐喻性地（以画面/认可的关系形式）意味着走向世界是成长的产物。如果我们转向回忆行为发生的当下，这一潜在肯定的向前发展，与日益严重的心理和精神崩塌形成了对照。它导致从失去生活的意志（第一诗节）和隐含的中断（第二诗节），到一种沉重压抑的感觉（第三诗节）和失望与幻灭的意识（第四诗节）。在这一故事中，知识在增长，随着它的增长，幻灭伴随着精神的不断衰退而出现，甚至随着诗歌的进展而变得更为剧烈，成年人所生存的艰难的当下，被记忆中逝去的童年推到了更远的背景中。这一点在各诗节的结尾反映出来：头两个诗节与当下紧密相关，后两个诗节则突出了对过去的回忆。

三、作为衰退与失落过程的生命历程

在童年经历的语言表达中所共同具有的语义特征，进一步支持了对丧失这一原初意义的确立，以及将活力看作四个诗节中各个序列相互类比的根源。我们在这里涉及的主要是充满活力的与轻松的（不沉重）义素组合，以之将童年与完全自由自在的生活关联起来。例如，"偷偷看"（第 4 行，太阳作为生物），"也不给白天太长"（第 6 行，白天作为礼物），"光彩照人"（第 12 行，植物特殊的意义），"飞一样"和"像羽毛"（第 20、第 21 行，强调轻快），"紧贴着天空"（第 28 行，邻近天堂）。作为对比，诸如"让我的呼吸消失"（第 8 行）、"现在却那么沉重"（第 22 行）和"离天堂更远"（第 32 行）这样的表达，意味着不再有这些禀性。这一额外的语义化表明，不同序列具有一个共同的、基本的抽象发展结构：儿童在他们的经历中所发现的那种自发的丰富意义持续下降，直到最终由后来的知识而使这种能力消失殆尽。

抒情人与主人公相认同，从而成为自身故事的叙述者，这一叙述者复制了他自己生活的故事，并运用它将自己定义为一个个体。叙事进程是回顾性的，不仅以一种不动声色的时间顺序的意义（回顾过去）表现出来，也在它的语态上（一种怀旧的乡愁）表现出来。叙述行为的基本特征在于，进行回忆的个人的态度是绝对的、占主导地位的，它与纯然对过去的关注相结合，尤其表现在"我记得"的反复重复中。相应地，由后悔和渴望过去的怀旧情绪所激发的叙述，展现了一个典型的浪漫故事。在这个故事中，成长为一个成年人是一个衰落的过程，这一过程伴随着越来越强烈的想要找回失去的童年天堂的欲望。通过将自己的故事重构为一个失去和衰落的故事，抒情人相应地定义了他身份的缺失和不完整性。

最后，我们注意到，事件性的程度有赖于看待诗歌的历史语境。在前浪漫主义背景下，传统的成长概念被看作人的存在臻于完美的过程。由于诗歌的序列从根本上偏离了诸如此类的期待，也就标志着会出现很高的事件性。在对童年浪漫赞颂的语境下，在像华兹华斯《我心雀跃》和《不朽的暗示》这些作为典范的诗歌形式中，诗歌的事件性要低得多，因为抒情人生活的反向过程和他对它的评价超不过我们的期待。然而，即便在这样的情况下，一如在充满强烈情感的典型的抒情诗歌中一样，这首诗歌的事件性的程度还是会增加：由于在标题和四个诗节中每一个的开头反复地涉及怀念的行为，这使得抒情人对失去的根的怀旧渴望变得更加强烈。

菲利普·拉金：《我记得，我记得》

> 有一次，从不同路线到英国
> 在一个寒冷的新年初，
> 我们停下来，看有车牌的男人
> 冲向熟悉的道的站台，
> 5　"怎么？考文垂！"我叫道。"我生在这儿。"
>
> 我倾身向前，斜眼看了一下标志
> 那仍然是很久以前"我的"城镇
> 但发现我甚至弄不清楚
> 哪边是哪边。从那些环型柳条箱
> 10　�矗立的地方，我们每年离开
>
> 都是为了所有的家庭假期吗？……哨声响起：
> 车窗动了。我靠后坐着，盯着我的靴子。

我朋友笑着说，"那是你'生根'的地方吗？"
不，只是我尚未度完童年的地方，
15 我想回嘴说，只是我开始的地方：

但现在我把整个地方都弄清楚了。
首先，我们的花园：那里我没有创造
鲜花和水果的炫目神学，
没有听到陈腐的说话。
20 这里我们有一个极好的家

我沮丧的时候从没有跑开，
男孩全都身体健壮，女孩全都挺着胸，
他们的漫画福特，他们的农场，那里我可以成为
"真正的我自己"。我会带你去的，
25 我从不担心坐在蕨丛上，

大着胆子穿过它；她躺在那儿，
"一切都变成一阵燃烧的雾"。
在办公室，我的打油诗
迟钝得动不了手，也不曾
30 被市长高贵的堂兄阅读，

他也没打电话告诉我父亲在那儿
在我们前面，有没有看到未来的礼物——
"你看起来好像在地狱里祈祷，"
我朋友说，"从你脸上看出来的。""哦，好的，
35 我想这不是那个地方的错，"我说。

"没什么，就像到处发生的事情一样。"①

菲利普·拉金（1922—1985），《我记得，我记得》发表于1955年。

四、童年回忆的框架：火车旅行

拉金《我记得，我记得》的抒情人，如在胡德的诗歌中一样，也是诗歌的主人公，他连接起两个相互的叙述序列。一个序列是记述贯穿英国的火车旅行，在考文垂意外的停留，考文垂是抒情人诞生的城市，导致他与他朋友交谈关于成长的主题（第1～13行、第33～36行）。另一个是他童年和青年时期内化的精神心理叙事（第14～32行）。两个序列虽然置于不同的叙述层次上，但都回顾性地以过去时叙说。火车旅行的叙述为抒情人的童年和青年提供了一个故事框架。诗歌的标题明显地指涉托马斯·胡德的同名诗歌，从而表明对拉金诗歌《我记得，我记得》的这一陪衬应该考虑在内，并且可以从对它的偏离中看出拉金诗歌的意义。下面就对此进行论述。

火车旅行的第一序列由在考文垂的短暂停留组成，抒情人猛然记起这座发生了很大变化、他几近遗忘的城市是自己的诞生地，并记起他后来的离开（第11～12行）。在这里，抒情人惊讶的叫声和他朋友的询问，激起了他对童年和他的根的故事（呈现在第二序列中）在精神上的重述。第一序列的框架是火车旅行和具有当代文化意蕴的描述：无所事事的旅行者向窗外张望，盯着路上看到的东西，被动地提不起兴趣；然后是短暂的、偶然的、不连贯的、表面的印象。乘火车旅行包括从出发到目的地（作为脚本）的运动，与旅途中的路线和可能的停留相比，目的地和到达更为重要。诗歌开头首先就强调了这些特征。例如，"有一次，从不同路线……"（第1行），"我们停下来，看有车牌的男人"（第3行）。在这一序列中没有什么事件发生。确实，在抒情人出生地未曾预料的停留打破了预期，但它却并

---

① Philip Larkin, *Collected Poems*, ed. Anthony Thwaite, London, 1988, pp. 81-82.

不意味着一个根本的变化。甚至可以用它来解释诗歌的最后一行："'没什么，就像到处发生的事情一样'"（第 36 行），这一停留无关紧要，成为对一个十分一般的地方的简明扼要的陈述，并进一步指出这样一个事实：这一乘火车旅行的空间运动序列并不包含一个事件。

五、抒情人对童年的回忆

在第二序列（第 14～32 行），抒情人作为自身故事的叙述者，以从属故事叙述的形式叙说了他童年和青春期的生活故事。他用语言完成这一叙述，但这些话没有大声向他朋友讲出来，而只是对自己叙说，纯粹只是他意识中的精神表现。从时间顺序来说，这是回顾性的叙述。抒情人运用过去时，从一个成年人的位置上回顾他的童年和青年。但叙述行为本身是同时即刻表现出来的："现在我把整个地方都弄清楚了"（第 16 行）。这样，第二序列的呈现，从它在时间上嵌入回顾性的第一序列的位置来说，本身是完全自由的，而且以特别亲密的附加的暗示，向读者展示了一个目前正在展开的过程。抒情人决定只把这段叙述讲给自己（和读者）听，而不讲给他朋友听，这可能是出于羞耻感，因为它与一般的看法背道而驰，或者就是一个孤独的个人的沉默寡言。

抒情人由意识到自己的出生地而开始的对话，尤其是他朋友"那是你'生根'的地方吗？"（第 13 行）这一问题，在我们离开第一序列以前，第二序列的框架和脚本便展开了。将"生根"标明为引语，产生了一种反讽的意味。这一框架所激发的是回首一个人自己过去的生活，其中对童年和根特别感兴趣，而抒情人在诞生地的停留恰恰提供了一种刺激。在这一语境中，抒情人的同伴所提出的问题也指向一个特殊的脚本。植物（"根"）的隐喻意味着一种有机成长和持续发展，这一隐喻建立在生活故事开始的地方的根本意义上。从提到后来的文学活动（"我的打油诗"，第 28 行）并结合对胡德诗歌标题的影射，尤其是将童年看作一种蓬勃发展的时期这一浪漫主义观念，都使这些意指的特定指向变得十分清楚。看来，我们看到的似乎是期待一个传统的、最终是浪漫的故事，一个艺术家由儿童自然想象的创造力开始的、在值得注意的文学开端之后、走向认可和名望的故事。

但是，抒情人实际叙说的童年回忆，从根本上偏离了这一脚本。我们所发现的是一个纯粹否定的叙述，通过叙述在抒情人身上没有发生的事，否定了所提出的期望。[①] 他没有被满是花朵和果实的花园产生的灵感束缚（第17～18行），没有在看事物的生活中创造一个私人的想象世界（第19行），在父母不赏识他时，他也没有找到和周围有同情心的家庭相处的机会（第20～24行），没有第一次感受的性爱的体验（第24～27行），没有在办公室工作时写作诗歌（第28～29行），最终他的文学天分也没有让一位重要的人物发现并向他父亲提到（第29～32行）。关于抒情人实际上的经历什么也没有说，但这恰恰暗示着否定的方式本来就不重要。花园、邻居的房子、办公室，这些被命名的地方很显然都是真实的，但在这些地方却没有相关的或积极的事情发生。不仅诗人成长的典型故事表现为没发生什么（看看那些经常出现的否定性的事情），而且它也完全是反讽性的，通过大量的夸张、陈词滥调、不相适宜的搭配，让它看起来显得可笑，如"鲜花和水果的炫目神学"（第18行），"没有听到陈腐的说话"（第19行），"'真正的我自己'"（第24行）等。这样，浪漫故事被这两种方式拒绝了。

六、胡德与拉金：浪漫与现代精神

童年回忆这一序列的独特性，可以通过与胡德《我记得，我记得》——标题中直接提到的陪衬——一诗的互文性比较进一步揭示出来（参见Rossen，1989：39-40）。两首诗歌在归属于童年经历的形式意义上是相似的，但拉金的叙述以其表面上相似的对童年时期的关注，通过否定性和反讽性，强调了它们之间的基本区别。首先引起我们注意的一点是，拉金提到他的文学活动，并用他否定的叙述把它后来的发展放在这个前景的终点，而胡德的兴趣仅限于自己的童年，而不是任何此类发展之前的东西。

---

① 参见普林斯（Prince，1988）叙述并未发生的事情的技巧，他把这称为"否定叙述"（the disnarrated）。

核心的区别在于，从胡德把成长看作从一个理想的、完美的状态逐渐成长为一个衰落的过程来看，拉金还有很长的路要走。相反，拉金通过显示对那段生活明显的厌恶，反转了胡德对童年天堂般的向往，甚至将它与地狱联系起来："'你看起来好像在地狱里祈祷'"（第 33 行）。相应地，他对传统模式表现出总的拒斥态度，展现出与胡德怀旧的落后观念相对的一种变形的过去。胡德诗歌的叙述姿态是由回忆行为塑造的，而对拉金的诗歌来说，则是由遗忘，或毋宁说希望忘却和抑制所塑造的。然而，我们也可以将这种意图和伴随它的强烈的反讽，看作是表现一种令人遗憾的感觉，或甚至是对不足道的、可能是不幸的童年一种痛苦失望的表现。这可以从"我尚未度完童年的地方"（第 14 行）这一悖论性的表达中见出端倪。① 互文性关系强化了胡德与拉金诗歌中童年观念的差异。这一差异最终可以归之为浪漫主义与现代主义的差异，充满怀旧的对过去的想象与根本上充满痛苦的幻灭的差异，一个关于衰落作为生活过程图式的故事与一个根本没有人生连续故事的差异。

七、否定与缺失作为事件

否定和反讽的成分现在可以让我们界定诗歌叙事进程中的事件。对于所采用的脚本的彻底拒绝，即对一位艺术家从目的论上确定的经历的拒绝，尤其是抛弃作为根和最初发展的想法，产生了很高的事件性。反讽的成分增强了对这种观念的拒斥。抒情人没有给我们讲特别的故事，而是坚持不讲故事，就像他在结尾简洁地表达的那样："没什么，就像到处发生的事情一样"。从这一视角看，与众不同的故事缺失是事关重大的。我们在这里涉及的是一种特别彻底的媒介事件，因为否定与反讽性的序列最终是由呈现层次上的修辞操作组成的。

期待的中断和逐渐走向结尾诗行中像格言一样的抽象表达，或许显示出诗歌事件的另一层面。它牵涉一种认知行为，一种领悟抒情人（否定地

---

① 参见斯沃布里克（Swarbrick，1995：61-62）与罗森（Rossen，1989：40）。

构想出来的）生活方向的性质的行为；在这方面，它构成一个关于抒情人的呈现事件。换句话说，抒情人通过他叙说的关于自己的故事和精辟的结论来界定自己。而这悖论性地是，这是一个否定的故事——"没有发生的事情"的故事。抒情人反讽性的自我界定，在这里将自己的故事展示为一个缺失或不足的故事，这可以看作拉金抒情诗中抒情人的典型特征。在他承认和接受他不足的存在中，反讽的作用也是很典型的。在拉金《我记得，我记得》一诗中，童年叙事纯粹的精神性质表明，抒情人呈现自我界定的行为不是为了别人，甚至不是为他的朋友，而仅仅就是为他自己（当然，也为读者）。它采取的是一种孤独行为的形式，是对自己的领悟和接受。而且，第二序列的这一事件性回复并加强了第一序列（火车旅行）的特征：追问场所具有的意义。从某种意义上说，诗歌将根和场所的缺失主题化，它在现代体验和现代存在中是有代表性的。拉金诗歌的叙述功能，可以在自我界定的这一复杂形式中看到。叙述行为的时间位置支持对事件的回顾性认知。总而言之，两个序列的叙述都采用过去时形式回首过去，但叙事进程本身（叙述没有发生过的童年经历）和结尾富有意义的领悟，是直接以引语和在当下描绘的："现在我把整个地方都弄清楚了"（第16行），"我想这不是那个地方的错"（第35行）。

八、拉金和胡德诗歌形式技巧的功能化

最后，我们注意到两首诗歌在主题和韵律结构形式上的关联。在拉金的《我记得，我记得》中，这种关联主要表现在精巧的韵律形式上。七个五行一节的诗节，每一个都具有不同的韵律形式：abccb，aabcd，effed，defgh，iihgg，hjklm，mlkkl，m。但是，如果不是按照诗节划分的话，我们可以将诗歌的36行分为九行一组的四个组合，这样，它们的基础系统就变得很明显：abccb，aabc//d，effed，def//gh，iihgg，hj//klm，mlkkl，m。表面上看来不存在的韵律结构，结果证明是基于一个被置换的涉及倒装和重复的简单模式：abc，cba，abc，def，fed，def，等等。这一变异原则可以做这样的解释：在明显变化的现代生活的表面之下，朝向一种单调

的重复和平静。对传统模式的偏离是拉金诗歌的中心主题，显然，这也反映在文本的形式中。

胡德的《我记得，我记得》，转向传统民谣的诗节形式。四个诗节的每一个都组成两个民谣诗节，包含有四个或三个重音诗行的连续，其中只有偶数行韵：4x 3a 4x 3a 4x 3b 4x 3b。民谣诗节不仅是一种传统的形式，而且还具有明显的古代含义，因为它与早先时期（中世纪晚期）和前现代社会的故事，包括英雄的战斗、神秘的力量、命中注定的发展等故事联系在一起。为此，它被重新发现并被浪漫主义诗人广泛运用，如在济慈的《冷酷的妖女》和柯勒律治的《老水手行》中，表现出对基本的、传统形式的生活的兴趣，这一生活是与他们所了解的现代社会的生活相对立的。因此，胡德运用这一诗节形式，突出了古代的前现代品质，即它的连贯性和整体性，他把这些品质归到儿童的生活中，而这些价值观尚未被当时的理性主义的幻灭所破坏。

参考文献

Hood，Thomas（1970）. *Selected Poems*，ed. John Clubbe（Cambridge，MA）.

Larkin，Philip（1988）. *Collected Poems*，ed. Anthony Thwaite（London）.

Prince，Gerald（1988）. "The Disnarrated"，in：*Style* 22，1-8.

Rossen，Janice（1989）. *Philip Larkin：His Life's Work*，（New York and London）.

Swarbrick，Andrew（1995）. *Out of Reach：The Poetry of Philip Larkin*，（London）.

第十六章　埃万·博兰：《郊区颂》

六点：厨房的灯，撞击
你的黑暗，你的家庭主妇们开始
互相打听各自的一天，
你青筋毕露的后花园幽闭恐怖
5　满是灌木丛，造出你郊区
一个丑陋的姐妹。

多久前你窗户的玻璃巧妙地
变成了银色的镜子，
一次又一次照出同一个女人
10　对着孩子尖叫？
还加上盘子，刷子，烟灰，
一条张嘴的鱼。

在厨房里，张嘴的孩子躺在小床上？
你身子肿胀，当你试着
15　把银色的鞋穿上脚，
它夹着了你的脚背，常见的
触动你的伤痛，
使你显出人的本性。

街上没人会感觉魔杖的
20　触碰，扫过湿漉漉的身子，
南瓜也不会突然变成一辆马车，
由这只没有皮绳的老鼠驾驭，

身着马裤挥舞鞭子，
弄脏你的排水沟。

25　这里没有魔法。而你却一直蚕食
　　羞涩的乡村，被你的朴实无华
　　愚弄，然后从你变换的床上
　　爬起来，永远
　　被你的本领，
30　你的妥协驯服。

　　午夜和你的变形
　　现在完成了，虽然在心里，
　　你这老女人现在可能仍想念
　　你的神秘，可能仍不能，
35　从这些琐碎中看到
　　你的力量。

　　现在每座屋子里的人都昏昏欲睡——
　　曾经把斑马撕成条的
　　同一只狮子，现在蜷缩着
40　睡在煤块旁。可能会
　　在一个喜庆的日子，
　　抓一只老鼠。①

埃万·博兰（1944— ），该诗 1975 年首次发表于诗集《战马》中。

---

① Eavan Boland，*Collected Poems*，Manchester，1995，pp. 44-45.

一、颂歌的形式、语境与叙述结构

爱尔兰诗人埃万·博兰《郊区颂》的标题，明确地邀请读者将这首诗与常规的颂诗联系起来。[①]就形式而言，这一古典抒情体裁移入英语诗歌，其特点主要通过具有超人力量或拟人化的抽象的呼语表现出来。就功能而言，尤其是自浪漫主义以来，则以诗歌中所运用的作为反映媒介和信心来源的抒情人体现出来。因此，博兰的"颂"直接向标题中"郊区"这一超个人的人物叙说，在第5行，"郊区"作为受述者再次被提到。这一实体的本质——尽管带有明显的讽刺意图——是在诗歌进程中以叙述的形式被激发和呈现的。这样，郊区这一人物便成为诗歌的主人公。就如在颂歌中通常所见的一样，它没有自己的声音，而是以对它的叙述作为特征。"郊区"在地理上指大城市的市郊，在社会上指生活在那里的群众和他们特有的生活方式。这一世界和它的生活方式首先转喻性地与生活在那里的家庭主妇联系在一起（第2行），然后，形象地表现了其中的一位，一个有代表性的家庭主妇（第6行、第9行），她在整首诗中保持自己有代表性的地位（"每座屋子里"，第37行）。家庭主妇们非常适合代表这种郊区环境，因为她们整天都在那儿，她们的个性也由此被塑造。抒情人以她的叙述，追溯了一个典型的家庭主妇从早晨六点到午夜的一天的生活，她经历的变化构成诗歌的叙述序列。这些变化所形成和概括的意义，与其他一些次要的东西相关，尤其是与互文的暗指相关（下面将详述）。通过用呼语的形式，以第二人称叙说这一序列，抒情人将对个人生活的叙述加诸其受述者，从而赋予后者以超个人的身份。这种状况可以用两种方式来解释：作为对别人的描述（如在许多颂歌中那样），或者，以隐蔽的自我呼语进行自我描述。

在各种发生之事的层次上，发生的事情的性质或本体状态上的变化，可以从诗节的进展中看到。头三个诗节运用具体的描述，大多指向现实社

---

① 关于博兰诗歌的主题和写作方式，参见马修斯（Matthews，1997：39-44）。

会中郊区的家庭主妇的家中事务（牵涉彼此的好奇，一个孩子，厨房）。但是，诗歌接着转向奇幻和童话般变换的领域，这一变换现在可以由魔术般的力量产生。最初，潜在的奇异转换未曾发生：在第 19 行到第 25 行，魔力消失了，南瓜和老鼠没有成为马车和车夫。然后，在第 25 行到第 42 行，我们遭遇了下面这类发生变化的情景：乡村的边界因为郊区的环境而缩减，曾经具有雄狮力量的活物被缩减到微不足道，变成去捉老鼠而不是撕斑马。这些后来的变化可以与"真实"的社会和物质的进步（分别是城市的扩展和活力的丧失）联系起来，但所运用的形象具有一种疏离效果，而且使它们变得十分奇异。实际上，在头三个诗节中，向奇幻的转变可以预料会让人想到童话故事（第 6 行、第 8 行、第 15 行）。

二、现实与奇幻的图式

女人在郊区家中的日常存在，可以作为诗歌的叙述框架（情境语境或场景）看待。具体说来，妇女在郊区的存在所产生的一系列后果可以界定为这一框架的主题要素——她们生活的渺茫，她们在社会上的边缘化，她们丧失活力，所有这些都提供了所发生事情的语境。相对于这一框架背景，可以区分出两个脚本。其中一个主要关注的是现实层面上发生的事，另一个则主要关注奇幻层面上发生的事。第一，在时间上展开的郊区环境中的妇女日常生活，作为现实图式中的活动出现，但仅仅以孤立的形式表现出来。甚至从一开始便以一种明显疏离的态度，概括出女人在越来越多地卷入郊区存在中一种有代表性的状况：从一早开始，邻居们就互相刺探（第 1～5 行），她们管教吵吵闹闹的孩子，准备饭菜（第 9～13 行），她们渴望不同的生活，尤其是在一天工作之后（第 31～36 行）。

关于所发生的事情的第二个图式，在诗歌开头便已涉及（"丑陋的姐妹"，第 6 行；"镜子"，第 8 行；"银色的鞋"，第 15 行），但更为集中的是在第四诗节以后。在这一图式中，枯燥的日常生活的存在经历了魔术般的变换（"魔杖的/触碰"，第 19～20 行），接着提供了灰姑娘童话故事的模式

（沙尔·贝洛①的版本）。然而，在这里，对这一脚本的暗指只是为了打破一种期待，这一期待就是：压抑和否定的状态将经历一个童话般的转变，变成一个认识自己和女性自我实现的故事。这一期待在许多方面被打破。主人公的角色不是成为灰姑娘，而是成为她丑陋的姐妹（第6行），就像在童话故事中一样，她反复地在镜子里照自己（第8～9行）。鞋不合她的脚（第14～16行），马车没有魔术般地出现，供她去参加舞会（第19～24行），也没有魔法仙子把她从不幸的处境中解救出来。主人公，也就是郊区，拥有自己的朴实无华，凭借这一朴实无华，她引诱轻信的乡村失去它的纯真，和她共享她腐败的存在（第26～27行）。然而，尽管出现了追随灰姑娘模式这一引人瞩目的失败，主人公仍然暗中倾心于它。她继续将自己视为潜在的灰姑娘（第39～40行），尽管她特殊的地位被隐藏着（"神秘"，第34行），尽管现在几乎处于休眠状态，但由于奇迹般的变化，有可能在将来的某一时刻成为现实。描述这种潜在可能的隐喻不是从灰姑娘的童话故事中得来的，而是出自狮子不可驯养的野蛮天性。对主人公身份这种执拗的坚持，由"同一个女人"（第9行）和"同一只狮子"（第39行）这一平行关系，以及狮子与灰姑娘的关联（两者都在炉边睡觉，分别在煤块旁和炉灰旁）而得到加强。

诗歌结尾几行中辛辣的讽刺表明，这一期待和自我幻象，主人公期待获得改变的希望，她隐藏的潜在身份的显露（第31行），都不过是一种幻觉。在童话故事中，午夜标志着魔法力量和法术开始生效的时间；而在灰姑娘的故事中，午夜则将魔法带到了尽头。博兰的诗歌以不同的方式运用了这两种观念：凭借狮子形象的力量及对它的反讽，午夜既是发生转变实现希望的时间，又是表明希望是一种幻觉的时间。一方面，作为隐喻的狮子，其选择表达了女人对她的生命力和意愿的绝望，她希望丧失这一切只是表面上的，它将会奇迹般地恢复（"你的神秘""你的力量"，第34行、

① 沙尔·贝洛（Charles Perrault，1628—1703），法国诗人、童话故事作家、法兰西学院重要成员之一。童话集《鹅妈妈的故事》收有《灰姑娘》《小红帽》《小拇指》《睡美人》《蓝胡子》和《穿长靴的猫》等故事。《郊区颂》中所涉及的童话故事主要出自《灰姑娘》。——译者

第 36 行）；另一方面，当这一隐喻得到发展并被嘲笑时，这一希望就成了泡影：狮子能够抓到的不过是一只老鼠，而不是它过去通常的猎物斑马，而这还是在某个特殊的日子里（"在一个喜庆的日子"，第 41 行）。

抒情人在将这些事情和观念描述出来时，并非持一种中立的态度。从聚焦的运用可以看出，贯穿全诗，尤其是其结尾，是带着一种批判的评价来描述的（详见下面的论述）。最后两个诗节的反讽和显而易见的讽刺表现得特别明显，它表明一种持续存在的距离，以及从负面对郊区存在的盛况和那些没有发生的变化进行聚焦。这一批判性的视角在直接的评价（"造出你郊区/一个丑陋的姐妹"，第 5～6 行）和判断（"你却一直蚕食……"，第 25～30 行），以及间接的表征（第 12 行和第 13 行"张嘴的鱼"与"张嘴的孩子"之间的平行）和隐含的对比（童话中的老鼠与"老鼠……弄脏你的排水沟"，第 22～24 行）中显得尤为明显。

三、郊区存在过程的结构

上面所描述的两个脚本的结合和对正常规范特有的偏离，表现在诗歌的呈现和批判性的聚焦中，它们构成诗歌的叙述序列：这是一个人格化的郊区的故事，寓言式地表现出现代都市郊外一个家庭主妇生活中的一天。她在社会和空间上的边缘化，决定了她在家庭中的生活（她的地位就是在厨房带孩子）。归根到底，至少部分地由于这一原因而使她丧失了生命力，尽管她对自己的真实本性仍保持着某种完全不同的（虚幻）意识。通过强调变化，或毋宁说缺乏变化，而与主人公的女性气质特别关联起来，与她作为女人和母亲的角色关联起来，同时也与作为郊区条件下一个牺牲者的痛苦存在关联起来。由于她的精神（下面将详述）和她作为一个引诱人的女子的角色，她强化了这一切，并使之广为扩展。开初，她作为牺牲者的地位十分突出。这里提到她丧失生命力的幽禁（"幽闭"，第 4 行），她令人扫兴的外观（"青筋毕露""丑陋"，第 4 行、第 6 行），她处在一个隐私不受尊重的世界（第 2 行），她得负责做饭和照顾她的孩子（第 10～13 行）。除此之外，郊区的精神状态也凸显了她作为牺牲者的地位，在这样的状态下，她变成一个上了年纪的女人（"在心里/你这老女人"，第32～33行），从而剥夺了她女性的魅力。如果我们考虑到她身体肿胀（"你身子肿胀"，第14行），表明她又重新怀孕了（第一个孩子已经提到），这样，我们可以在她未来母亲的身上，解释她为什么穿不进银色的鞋，为什么无法完成从灰姑娘的存在中获得解脱（"你身子肿胀，当你试着……"，第14～15行），原因就在于受到人类状况一般性的限制（"常见的/……伤痛/使你显出人的本性"，第16～18行）。但我们也可以察觉到，主人公的态度和行为，表明她自己竭力去支撑落在她身上的郊区生活，而她自己也是造成这种徒劳无效的、瘫痪的存在结果的部分原因。她准备好适应和妥协，而这一准备就会愚弄别人（"被你的本领，/你的妥协驯服"，第29～30行）。关于"在心里/你这老女人"（第32～33行）的指涉，也可以看作主人公自身对她丧失生命力（和性欲）、成为一个老女人的原因的解释（第32～36行）。

　　一般地说，主人公角色被动和主动方面的差异，尤其被"在心里/你这老女人"的矛盾所控制，也由诗歌的讲述模式所确定。表面上指向郊区这一人物的呼语，主要不应该被读作对郊区生活状况的寓言化，而实际上可以解释为抒情人向她自己的一种言说，并与她自己不成功的变化的故事联系在一起。这一点在郊区运用一个女人的日常生活体验、以人格化的形式呈现这一事实当中显示出来。这样，抒情人将被视为自身故事的，而不是异故事的，可以将她界定为一位寻求把握自己的生活状况、并通过诗歌叙事来理解自己的郊区家庭主妇。更具体地说，她运用表现在聚焦中批判的自我审视和自我疏离的方式来实现这一点。一种悖论性的模棱两可标志着两个脚本与众不同的联系，而辛辣的讽刺（尤其是在结尾）受制于她对拯救自己生命力的反事实的①坚持。一方面，相信她与众不同被证明是一种幻觉；另一方面，这一自我反讽发现，由于它显示出自我批评的能力，本身就证明她确实与众不同，证明她毕竟没有完全被郊区的世界败坏。

---

　　① 反事实的（counterfactual），逻辑用语，指在不同条件下有可能发生但却是违反现存事实的。——译者

四、事件性问题

在《郊区颂》中，现实与童话脚本的连接与批判和反讽的聚焦合在一起，导致事件性问题的产生。这一事件性表现出多个复杂的方面。首先，追随现实的脚本，郊区的存在由于其日复一日的乏味和重复而凸显出它的无事件性。这一常规生活所产生的无事件性的不足由童话脚本而填补，并导致对决定性的魔术般的转变和逃离郊区存在的可能出路的渴望。而这一潜在的事件性本身作为某种事实上不可能的东西（由于郊区存在状况至高无上的力量），明显地被第四、五诗节所否定。对决定性的变化的渴望（"变形"，第31行）及产生的失望，在第六和第七诗节中不断重复，它将隐藏的生命力的观念保存在反事实的状况中，并将它作为一种幻觉反讽地显露出来。对变化的渴望及其被否定，导致（潜在的）事件性的程度大为增加，同时也相应地让沮丧的体验显得特别明显。反讽和形成距离的聚焦，其功能不仅是讽刺性地强调主人公渴望经历魔术般童话变化的幻灭，同时也将改变现实的必要性看作是合理的。由此看来，诗歌的叙述序列并不真的缺乏（发生之事层次上的）事件，而是在呈现层次上，这一序列精心设置的反讽性调节为非事件性提供了另外的一面。它指向一个尚未实现的事件，一个现实的、并非特别奇幻的变化：克服郊区生活的僵化状态，逃离这一世界。

由此产生的变化和缺乏变化的主题情结，也在诗歌形式层面上精细的韵律系统中反映出来。七个诗节的每一个都包含三个韵律，诗节与诗节互不相同，表面上的变化十分明显。然而，这一变化的内在基础是基于重复和变异的原则，而非基于押韵模式的真实发展。七个诗节中每一诗节的韵律模式是这样的：① abc bac；② abb acc；③ aba cbc；④ aba cbc；⑤ abc bac；⑥ aba cbc；⑦ abb cca。第五诗节重复了第一诗节的模式，第三、四诗节与第六诗节的模式也是相同的，而第七诗节展现了此前未出现的独一无二的模式，虽然仔细检查可以看出，它实际上与第二诗节重复，只是颠倒了后半部分（cca变成acc）。这样，在语义层次上，诗歌的韵律排列，可以理解为在形式上一种类似的循环、连续和不变的重复，这正是郊区存在的世界的特征。

五、叙述的功能

我们现在可以通过探讨诗歌如何描绘抒情人的叙述功能，总结我们的发现。对她日常生活中的一天以及未能发生的变化反讽性的、拉开距离的叙述，使抒情人得以批判地对待（她自己）的郊区存在。她寻求理解主导她日常存在和生活的结构的机制，这一机制之后存在的状况，以及环境和精神对她天生的活力的约束。她寻求把她渴求转变（她对变形的渴望）的隐秘的梦作为幻觉暴露出来。最后，她寻求运用这一批判态度去超越幻想，确认自己的身份，拥有她希望具有的活力以及她必须经历的必要的变革。对她一天生活的概要重述是同步进行的，这一点从现在时的运用，第一诗节及第四到第七诗节中对抒情人"这里"和"现在"的指示性指涉（"这里"，第25行；"现在"，第32行、第39行），以及叙述行为在时间上与一系列存在并行等可以看出来。这些体验是过去的记忆（第二、第三诗节）和没有发生变化的未来（第四诗节开头）的参照物。叙述的同步性，连同讽刺和反讽性地拉开距离的聚焦，以及抒情人向自己叙说，意味着采用批判的态度和批判性的自我审视成为在生活中寻求自信的不可分割的部分。在叙述序列的结构中，叙述行为的位置先于事件，这是抒情诗中通常的情况。在《郊区颂》中，这一行为发生在紧要关头，即事关重大的变化可能、或毋宁说应该发生的关头。这种变化的必要性，由于叙述行为先前经历的无事件性，而在主题的凸显中变得十分明显。然而，这种变化在诗中不会发生（或还没有发生）。

参考文献

Boland，Eavan（1995）. *Collected Poems*（Manchester）.

Dorgan，Theo（ed.）（1996）. *Irish Poetry since Kavanagh*（Dublin）.

Haberstroh，Patricia Boyle（1996）. *Women Creating Women*；*Contem-*

porary Irish Women Poets (Syracuse, NY).

Matthews, Steven (1997). *Irish Poetry: Politics, History, Negotiation: The Evolving Debate 1969-Present* (Basingstoke).

Perrault, Charles (1972). *Cinderella or, The Little Glass Slipper*, ill. Errol LeCain (London).

第十七章　彼得·雷丁:《虚构》

唐纳德是个虚构人物

到了年纪和身体状态

连自杀都多余的时光,

宁愿呷美酒也不愿动动腿。

5　他是虚构小说作家。他说:

"甚至连自己都是虚构的。"

曾因憎恶而使他去写讽刺诗

但他却想不出怎样为

"天使旅馆的女经理", 或者

10　"我给我的'杀手'医生考德威尔打电话"

（顺便一提,"考德威尔"是虚构的名字）,

或者"中学校长"这些诗句押韵。

唐纳德创造了一个人物

称"唐纳德"或拿笔记本的"唐"

15　被叫唐纳德的人脾气大, 比如:

"做着小镇开业医生自鸣得意",

"当市镇委员会职员不屑一顾",

"可恶的威尔士佬来分享我的车,

耳朵上没耳垂, 穿双黄袜子",

20　"没精打采做着二手车销售员"。

在唐纳德的小说里,"唐"写诗歌——

标题叫《小世界》《虚构》,

《Y-X》《廉价》,他把它们

寄给文学期刊，

25　署上笔名"彼得·雷丁"
　　（这位作者正向他的律师
　　唐纳德和唐纳德寻求意见）。
　　这位虚构吟游诗人有位医生
　　叫"考德威尔"，和天使旅馆女经理
30　睡觉（他以诽谤罪起诉"唐"）。

　　在唐纳德的小说里，"唐"
　　（笔名"彼得·雷丁"）起诉
　　真名叫"彼得·雷丁"的人
　　因为他写过关于一位诗人的小说
35　这位诗人写的诗歌涉及叫"唐纳德"的
　　小说家，他的书《虚构》涉及"唐"
　　（一个写讽刺诗的诗人
　　被一个无能的庸医，
　　一个旅馆女经理，一个没耳垂
40　穿黄袜子的凯尔特人，一个满脸粉刺的
　　委员会职员和一个越野车销售员起诉）。

　　在"雷丁"的小说里，那位
　　写诗涉及小说家"唐纳德"的诗人
　　被后者因这些诗激怒而起诉他：
45　"……年纪和身体状态
　　连自杀都多余的时光，
　　宁愿呷美酒也不愿动动腿。"
　　答辩中，"唐纳德，QC"说：

"甚至连自己都是虚构的。"①

彼得·雷丁（1946—　）②，《虚构》一诗1979年发表于同名文集中。

彼得·雷丁的诗歌《虚构》在呈现与发生之事之间显示出明显的复杂性差异。发生之事只包括一个极小的行动序列，而它们的呈现却足够复杂。因而，在接受的过程中，把这些迹象与人物和相随的行动联系起来就受到了阻碍。其原因在于，在不同的叙述层次（套层）复制同样系列的行动时，同样的名字被赋予几个人物，这成为文本的结构原则，也使这些层次（转叙）之间的界限崩塌。③

一、序列结构与事件性

在《虚构》中，令人吃惊的是，虽然几个叙述层次被结构起来，抒情人却从不发生变化，不同层次全都共享同一序列发生的事情：变化的只有角色，而且他们也很难区分开来，因为他们的名字是一样的。结果，叙述层次失去了导引各种发生之事的优先地位，因为它无法掌握由次要层次阐明的主要行动。

行动序列建立在诽谤诉讼脚本的基础上。据此，一个人物对另一个采取法律手段，这个人写了些关于他或她的东西，后者相信那是被误传了。在这首诗中，脚本具有特定的形式，它的位置与文学创作的情景框架相对。这样，序列要素包括由作者创作虚构作品的行动，以及自认被这一作品伤害的某人的指控。这一序列结构在原告和被告之间部分地发生变化：被告

---

① Peter Reading, *Collected Poems 1970-1984*, Newcastle upon Tyne, 1995, pp. 137-138.

② 彼得·雷丁已于2011年去世。——译者

③ 关于套层（mise en abyme）和转叙（metalepsis，又译"叙述转换"——译者）的界定，参见里蒙-凯南（Rimmon-Kenan, 2002：94f.）和热奈特（Genette, 1980：234ff.）。

可以觉得受到诽谤，从而成为原告，并采取行动反对作者。诽谤性写作的动机出于憎恨："曾因憎恶而使他去写讽刺诗"（第 7 行）。可是，对写作行为的这一动机在不同层次上表现的详细程度不一样。一系列写作与指控在每种情况下，在作者所创造的虚构人物对他指控的范围内，赋予了事件性的特性。这里，在虚构中，转叙（metalepsis）突破了虚构与真实世界之间的界限，因为它使被创造的人物留下了包括他们自己的记载，同时又和创造他们的人互动。

二、叙述者与叙述层次

为了说明复杂的复制和越界，我们首先必须区分不同的层次。分离与确定不同的层次是有可能的，但这只能是在有限的程度上，因为转叙的形式使诗歌混合了两个叙述层次，在它们每次出现时都是如此，这样，就破坏了它们的逻辑区分。严格地说，诸如"从属故事的人物对故事外叙述者的指控属于哪个层次？"这样的问题是无法回答的，因为指控行为是跨越层次的行动的一部分。这样，对层次进行区分具有一种实用功能：它使我们得以减少诗歌的复杂性，使它的结构更易于把握。需要再次注意的是，相互嵌入的所有叙述层次最终是由故事外叙述者创造的。他引用人物的言语，涉及他们所写的一本书的内容，但他是唯一的讲述者。这样，我们牵涉不同的叙述层次，但只涉及一个叙述者。同时，故事外叙述者的出现可以看作是外显的叙述者（overt narrator），因为他在对人物进行评论和界定他自己时，称"这位作者"，明显表明他是所说的这一切的来源，表明正是他的言语行为被呈现出来。①

第一，故事外层次是创作行动发生之处。通过指明人物的虚构性质（第 11 行），故事外叙述者的主题意向固有地指向这一行动。

第二，唐纳德是故事层次（第 1~14 行）的主人公。一开始他就被作为虚构人物介绍，但是在文本中没有具体指明他来自何处。他是一位上年

---

① 关于外显的叙述者的概念，参见里蒙-凯南（Rimmon-Kenan，2002：97-101）。

纪的体弱多病的作者，因为憎恨，开始写作讽刺诗，但是无法完成它，因为不知如何押韵。他明显地希望要报复的诗歌中的人物有旅馆女经理和"考德威尔"医生。唐纳德已经写过一部小说，其中的主人公叫"唐纳德"或"唐"。

第三，这位"唐"是从属层次（第14～34行）的主人公。他也是一位作家，拿着一本有格言的笔记本，那些押头韵的句子和讽刺的标题使它们显得很荒谬。"唐"也写诗歌。这些诗歌的标题与彼得·雷丁所写的诗歌的标题相对应，就像诗歌《虚构》一样，它们都属于雷丁的诗集《虚构》。"唐"以笔名"彼得·雷丁"发表了这些诗歌，自称是真正的彼得·雷丁的故事外叙述者正在考虑对他采取法律行动。明显是真正的彼得·雷丁的律师们，名叫唐纳德和唐纳德。虽然双重的名字表明他们是合法经营的律师，但只有引号和斜体字①是能够区分原告和被告的唯一方式，这两者都用同样的名字（唐纳德，彼得·雷丁）。"唐"也被某人起诉。他的医生"考德威尔"和旅店女经理有性关系，他以诽谤为名起诉"唐"。这里，我们可以看到被复制的故事层次："考德威尔"和天使旅店的女经理也是故事中的唐纳德未写完的诗歌中的人物。② 与此同时，在从属故事层次上，"考德威尔"行动的动机并不清楚，但可能通过转向被中伤的、绰号叫"杀手"的人来解释它，这是与故事层次的医生相关联的。然而，在这种情况下，转叙的另一种情况是存在的。我们不仅把"唐"当被告，而且他也以原告而行动。他采取的行动与名字叫"彼得·雷丁"的作家相对立，后者被认为是可靠的，在写一部关于某位诗人的书，这表明，这位诗人应该是"唐"。

第四，"彼得·雷丁"所写的关于这一诗人的书的内容，构成一个从属—从属故事层次（第34～35行，第42～49行）。有理由将这位诗人与表现为真实的人的彼得·雷丁（"这位作者"，第26行）联系起来，因为他也被他所创作的人物起诉。这样我们发现，我们既涉及复制，又涉及跨越层次。一方面，从属—从属故事层次复制了从属故事层次的行动要素；另一方面，人物的创造者变成了一个人物，一个由他所创造的人物。在更高的

---

① 诗歌原文中的斜体字在译文中以着重号标注。——译者
② 两个考德威尔以斜体字做区分，但是旅店女经理没有以斜体字做区分。

故事层次上，这一诗人被他所创造的人物——小说家"唐纳德"起诉，后者感到被这些表述冒犯："……年纪和身体状态/连自杀都多余的时光，/宁愿呷美酒也不愿动动腿"（第45～47行）。同时，"唐纳德"的人物特征与故事外的叙述者相应，这位叙述者在讲述故事中的唐纳德。就像先前一样，在这里，答辩也采用了"甚至连自己都是虚构的"（第49行）这一形式。从属—从属故事层次的主人公"唐纳德"，也写了一部名为《虚构》的书，其中的主人公叫作"唐"。同样姓名的人物，以斜体字和引号进行区分，但这种方法在这里很可能会由好转坏，因为故事和从属—从属故事中的"唐"都是同一个样子。不是故事中的"唐"将他自己（以第三人称）变成他自己的书的话题，就是我们涉及转叙的另一种情况。

第五，就像故事中的唐纳德一样，在从属—从属故事层次（第36～41行）行动的"唐"写讽刺诗，并且被一连串人指控，这些人要么是故事中的唐纳德创作的诗歌中的人物，要么是从属故事中的"唐纳德"笔记本中的人物。故事外的叙述者以押头韵的方式或诸如"无能的庸医"（第38行）这样的价值判断将这些人物表现为荒谬的角色。这可以看作他们憎恨和相互指控的原因，是人物跨越故事层次的界限而行动的动机所在，因为故事外的叙述者正是以这种方式说他们的坏话。

三、自反性

很清楚，要在所有情况下对层次进行清晰的区分是不可能的：几个人物用同一个名字、转叙的技巧以及套层有意削弱了对层次的区分。结果，居间促成诗歌的方式变成话题：这可以看作抒情诗的非典型方式，是我们通常能够在后现代小说中发现的技巧。这些技巧包括使用真实作者的名字，强调文本的虚构状态。通过将自己表现为外部世界的真实作者，故事外叙述者激发了基于叙述者和作者界定的自传性写作的文类模式。叙述者与作者身份的确定意味着我们涉及的是非虚构文本。[1] 不过，尽管诗歌的标题

---

① 参见瑞安（Ryan，1980）。

已经表明它的虚构性，但它却与这一假设相矛盾。"虚构"一词不仅指涉陈述的虚构性，而且也充当叙事文本的文类术语。以叙事文学的文类用语开始他的诗歌，故事外讲述者在文本中提供了他行为的元—文本评论。

　　小说与诗歌之间不确定的关系不仅表现在呈现形式中，也表现在主题上的文类相互嵌入。在《虚构》中，诗歌的内容具有小说的特征，诗歌出现在小说中。比如，人物"唐纳德"在唐纳德的小说中写诗歌，小说家"唐纳德"写了一本关于诗人"唐"的书，"唐"是一首诗中的人物。标题《虚构》指明进一步的对立，一方面编造了诗歌的自我指涉，但又让它变得模糊不清：这在区分诗歌创作与真实世界的可靠性、真实性与发生之事的虚构性中表现了出来。几乎所有《虚构》中的人物都由故事外叙述者标记为虚构人物。在某些情况下，人物甚至评论他们自己的状况，如故事中的唐纳德与从属—从属故事中的"唐纳德"所说的："甚至连自己都是虚构的"（第 6 行、第 49 行）。只有故事外叙述者是一个例外，因为他将自己表现为真实世界中实际上存在的人（假定如此）。然而，他却破坏了阻止真实的人和真实世界中虚构的人物相互作用的规则：故事外叙述者反对他所创造的虚构人物，因为他运用他的名字作为笔名，从而使他的真实性出现了疑问。这一类型（一个真实人物反对一个虚构人物的行动）就这样被重复和复制，彼得·雷丁被他创造的人物真实地指控。同一个名字运用在几个人物身上，也削弱了故事外叙述者进行的真实与被创造人物之间的区分。比如，除故事外叙述者而外，另一个人物也有"彼得·雷丁"的名字；他来自唐纳德的小说，也被看作是真实的。这样，彼得·雷丁这两个变体间的关系采用了倒置的形式：一个起来反对他创造的人物，另一个被他创造的人物指控。被界定为真实存在的彼得·雷丁，与小说人物"彼得·雷丁"之间的差别由此变得很小。① 通过思考虚构和真实之间的对立，我们能够看到文本是如何同时既强调差异又模糊差异的。

　　如前所述，对真实和虚构人物差异的标记和层次区分，可以起到诗歌

---

　　① 叙述层次的移除，使其差异被完全拉平。我们也可以假设第 26 行"这位作者"和第 32 行和第 33 行的"彼得·雷丁"的身份。这意味着同样发生的事情被叙说了两次，从而导致一个悖论性的结论，即故事外叙述者本身是一个创造的人物。

主题化自我指涉（在元虚构的意义上）的作用。然而，它也是构建和符号化文本整体一个更大的合法状况的一部分。起诉和答辩（"唐纳德，QC"）[①]行为都是法律设置的一部分。因此，撇开故事外和故事中不说，在所有层次上都可看到指控，被告在文学作品中诽谤性的言论激起了原告的指控。[②]提起诉讼的法律行为表明原告与被告都是真实世界中的个人。而且，能够基于其作品而采取行动反对一位作者，也由作者身份的概念所决定。如果可以证明他或她是所说的那些说法的来源的话，一个人可以因这些说法受到起诉。这明确地就是"唐纳德"运用的逻辑，当他成为被告时，他援引了自己虚构的地位，意味着他不能对自己被指控的东西负责。将这些说法归于作者的正当性在《虚构》中是成问题的，因为所有的作者，或许还有故事外的叙述者，都被表现为虚构的人物。这样，认为作者就在这些说法的后面，以及否定作者作为法律主体的地位，构成为文本策略的一部分，诗歌也展示了作者的写作行为创造和展现世界的力量：将自己表现为真实作者的故事外叙述者，将所有发生的事情的线索掌握在自己手中。他是诗歌中唯一的讲述者，并拒绝给予他的人物任何机会让他们成为叙述者。虚构的力量使他得以创造一个世界，在这个世界中，虚构性和真实性的区分已经暂停。在虚构中，他能够使真实性的标准无效，从而能够继续加强诗歌的虚构性。对于读者来说，这一虚构契约也保持着。

这样，《虚构》表明了虚构性超越真实性居于首要地位：叙述者创造性的才能如此伟大，以至于他能够使自己卷入一种悖论中（被自己的创造者告上法庭），却不失去对叙述的控制。作者身份和虚构性概念成为必须解决的问题，这可以从两方面进行解释：或者作为后现代理论的确证，这一必须解决的问题的策略源自后现代理论；或者作为对它们的说明和批评。[③]

---

① 字母 QC 代表"御用大律师"（Queen's Counsel），英国司法系统对著名的优秀律师的称号。

② 诽谤行为在这两个层次上都表现出来。故事外叙述者将唐纳德刻画为一个可笑的人物，唐纳德同样将医生和旅馆女经理刻画为可笑的人物。

③ 文本本身并未提供有说服力的迹象，表明应该将文本的方法视为反讽的象征，还是作为对后现代理论的批评。回答这一问题，我们需要离开文本层次，考虑关于真实作者的地位和/或他其他作品的信息。

这样，诗歌的最后一行，"甚至连自己都是虚构的"，就可以理解为不仅是虚构世界中人物的话，而且也是作者关于真实性的陈述，它借鉴后现代潮流中延伸的文本性概念，本身就视为一种文本的建构。这样，在文本中运用评论方法这一文本的自反性层面，就成为故事的基本部分，使悖论性的叙述方式存在于文本中。这意味着，发生之事层次上的故事（作者被控诽谤罪的故事）退而成为呈现层次后的背景。在那里，故事也可以重建，故事中交流的逻辑规则不断被打破。换句话说，呈现的转叙形式叙说了叙述的惯例和虚构的性质。雷丁的诗完全可以有一个不同的标题：《元虚构》或《元叙事》。

参考文献

Genette, Gérald (1980). *Narrative Discourse: An Essay in Method*, tr. J. E. Lewin (Ithaca, NY).

Hühn, Peter (1995). "Postmoderne Tendenzen in der britischen Gegenwartslyrik: Formen, Funktionen, Kontexte", in: *Literatur in Wisseschaft und Unterricht* 28, 295-331.

Martin, Isabel (1996). *Das Werk Peter Readings* (1970-1994). *Interpretation und Dokumente* (Heidelberg).

Nünning, Ansgar (2001). "Metanarration als Lakune der Erzähltheorie: Definition, Typologie und Grundriß einer Funktionsgeschichte metanarrativer Erzähleräußerungen", *AAA – Arbeiten aus Anglistik und Amerikanistik* 26, 125-164.

Nünning, Ansgar (2005). "On Metanarrative: Towards a Definition, a Typology and an Outline of the Functions of Metanarrative Commentary", in: John Pier (ed.), *The Dynamics of Narrative Form: Studies in Anglo-American Narratology* (Berlin etc), 11-57.

Reading, Peter (1979). *Fiction* (London).

Reading, Peter (1995). *Collected Poems I: Poems 1970-1984* (Newcastle upon Tyne), 137-138.

Rimmon-Kenan, Shlomith (2002). *Narrative Fiction: Contemporary*

Poetics (London).

Ryan，Marie-Laure (1980). "Fiction，Non-Factuals，and the Principle of Minimal Departure"，*Poetics Today* 9，403-422.

Waugh，Patricia (1984). *Metafiction：The Theory and Practice of Self-Conscious Fiction* (London).

结论：分析结果及其对叙事学 与诗歌理论和分析的意义

在结论部分，将从两个主要的视点出发，来对前面文本分析的研究加以评价。首先，就叙事学的视角而言，我们考虑诗歌中所表现出的叙述的特征，以及它对抒情诗的独特功能，或抒情诗的独特性——换句话说，这些分析是否能扩大我们关于叙事形式的范围，或者改善我们对叙事学的理解。其次，在我们将注意转向抒情诗理论时，就要考虑，本书的叙事学研究对于抒情诗歌的理论和分析是否能够提供帮助，能提供什么样的帮助。最后，在涵盖这些理论问题之后，我们将扼要地寻求在诗歌中确定特定的时代特点和趋势的可能性。

在一定程度上，由于文本选择的关系，我们在研究中所发现的可被概括的意义，难免或多或少会带有局限性。然而，即便只有数量相对较少的诗歌能够得以考察，但由于它们中的大部分都出自受到重视的选集中，因而它们所具有的权威地位的意义使我们可以将之视为不同时代所创作的具有代表性的作品。如前面导论中"文本选择和分析的安排"中所指出的，在我们所选择的诗歌中，抒情人指涉他或她自身的情况十分突出，这并非是对抒情诗这一类型一种主观主义界定的结果。通过考察在标准的选集中出现的所有时代的英语诗歌，可以发现其中大部分诗歌的抒情人都指涉他或她自己，它的合理性由此得以确立。[1] 考虑到文本材料的选择建立在这样的基础上，下面所确定的倾向应被理解为对抒情诗历史和理论的一种启发式设想——其意图在于促进这一领域的进一步研究。

抒情诗歌在文本理论中的地位在导论中做了概述，借此有助于构建下述对抒情诗叙事性层面的考察，以及对抒情诗分析和理论中所吸取的经验

---

① 导言中概括了分析研究中所涉及的术语，并对运用的术语做了描述。为明确起见，对某些术语的解释在此会重复出现。

进行讨论。概括而言，叙述是人类学上普遍的交流行动，在叙事学的意义上，可在两个基本层面进行描述，即其序列性与媒介性，并可用以作为抒情诗文类界定的基础。媒介性可以依据媒介体（真实作者、抽象作者/写作主体、抒情人/叙述者、人物）和媒介调节模式（声音、聚焦）进行分析。因此，狭义的抒情诗（即不单是叙事诗）可被界定为叙述的特殊变体，其中，可能的媒介调节和媒介体被不同程度地运用着。抒情文本可以同样很好地用具体例子说明叙述进程的两个基本叙事构成：一方面，各种发生之事被安排进时间序列中；另一方面，媒介体的组成与媒介调节的操作模式。不过，以类似于戏剧文本中人物话语的方式，它们也可使媒介看似被言语表演的直接性所取代。

这里需要强调的是，序列性以及与之相随的事件性，在叙事文学和抒情诗（也包括戏剧）中，是叙事性界定中最重要的因素：不同的文本类型，如描写、辩论、解释都不可避免地包含媒介性层面，但只有时间结构是所有种类的叙事文本的构成要素。使用概括叙述和压缩时间进程的倾向，是抒情诗中序列性的典型特点，这与叙事文本中往往提供详情细节恰恰相反，也不同于戏剧中的情况，尽管程度较轻。

一、抒情诗中叙事要素的形式与功能

要阐明诗歌的抒情特征如何在其中构成叙事性，与探讨叙事文本中的叙事性是有所不同的。我们需要一个一般的参考框架，指明在文学语境中故事被叙述的典型特征，然后，再提供一个可做比较的陪衬。这样一个参照框架可通过原型理论而提供；借鉴原型理论，我们将民间故事或童话作为文学叙事的原型。[①] 它的主要特征可做如下概括：就媒介性而言，它们具有一个异故事叙述者，这一叙述者不作为单个人出现，叙述行为也不被戏剧化，抽象作者/写作主体与叙述者（在思想上）相一致，运用外在式聚

---

① 沃纳·沃尔夫（Werner Wolf，2002：35-37）为类似用途运用了童话作为文学叙事的原型。

焦，叙述是回顾性的。就序列性而言，各种发生之事的进程明显是变化多端的，发生之事与事件具有有形的物质和社会状态（即它们不是居于人的思想中），某些核心的传统框架与脚本被激活（如生命历程，或在一系列考验中证明自己、并获得奖励）。将这一原型变成一个启发性的（但不是常规标准的）参照点，便可对抒情诗中叙事性的形式给出一个清晰的概览。当然，这也并不是说，与这一原型模式相偏离的其他众多模式在叙事文学，尤其是 20 世纪的叙事文学中未曾发现。①

前面分析的一般结果表明，在所有被考察的诗歌中确定一系列叙事要素是可能的，所发现的叙事性的基本组成成分包括：序列性——各种发生之事层次上（以及在叙述行为层次上有所不同）按时间来建构的各个成分；媒介性——一系列发生之事转化为其文本呈现，以及媒介体、叙述者或抒情人的主题化。运用这些成分，抒情诗中叙事要素的表现便可按其功能加以概括、分类和描述。首先我们进入媒介调节层。

（一）媒介性：媒介体与媒介调节模式

本书选择进行分析的诗歌背后的主题原则（抒情人主题化他或她自己）限于所遇到的媒介调节形式的范围以内。由此而引起关注的第一个特点是抒情人的位置问题，抒情人在所有的文本中都是同故事的（homodiegetic），其中大部分是自身故事的（autodiegetic）。也就是说，主人公与抒情人合而为一，成为同一个单一实体。由此而产生的自我参照往往因运用第一人称代词而显得十分明确。在某些情况下（济慈与博兰），它隐藏在第二人称呼语之后，但仍然可以意识到抒情人的心灵对另一实体外在的投射。在每种情况下，这一隐匿的自我指涉也部分地出现在其他一些诗歌中，如格雷和柯勒律治的诗歌，并具有与诗歌主题问题（创造力的危机或不稳固的身份）相关联的功能：它可以防止由过度的自我意识导致的过度的自我麻痹。这样，尽管抒情人与主人公融合而成为同一个人，两者在理论上位置的区分

---

① 关于传统的事件性及其回顾性呈现的问题，早在 19 世纪如萨克雷的《名利场》、狄更斯的《远大前程》、乔治·艾略特的《米德尔玛契》和哈代的《无名的裘德》中便有明显的表现。

必须加以保留，这时应该将其视为作为主体的"我"与作为对象的"我"的区别。

同样的基本区分也适用于抒情人自我表现显而易见的直接性。从叙事学的角度看，叙述者（尤其是以他或她的角色作为叙述者）的自反性，关系到将他或她自身或将叙述行为戏剧化的问题。在这一戏剧化中，抒情人将自己展现得就像一个对象、一个人物，使人联想到直接性与本真性。选择带有自我戏剧化倾向的自身故事的抒情人，具有一种独特的功能，这一功能可在这样的事实中看到：在许多情况下，抒情人运用被叙述的故事来界定其个人身份，换句话说，通过把故事（常常是精神思想的）归于他或她自身而界定自己（下面将详细讨论）。就此而言，我们已经进入抒情诗主体性一个非规范性、非实体论的叙事学重构，从而更改了抒情诗主体性的传统研究。

尽管叙述者/抒情人与主人公之间可能有的关系是有限的，在所选择的诗歌中已经展现出媒介性程度的实际区别，潜在的发生之事被用于居间操作之中。在其中一组诗歌文本中，也就是怀亚特、柯勒律治、哈代、叶芝、劳伦斯、胡德、拉金以及雷丁的诗歌中，突出了这样一个事实，即其中核心的发生之事是透过抒情人居间调节的。在各自的情况下，发生之事都位于过去。但除此而外，有些诗歌，如柯勒律治、哈代、叶芝和劳伦斯的诗歌，要么同时，要么随后，表现了发生在当下的进程——思考或回想过去的各种发生之事的进程。事实证明，这种表现方式在其他一些诗歌的进程中，如莎士比亚、马弗尔、斯威夫特、格雷、济慈、布朗宁、罗塞蒂、艾略特和博兰的诗歌中是一种主导的特征。在他们的诗歌中，精神思想过程本身引人注目地提供了各种发生之事，这些发生之事以一个正在进行的过程呈现出来，使读者感到就如他们直接目睹一样。可以看出，对这种表现的偏好，至少在本书所考察的例证中，在抒情诗歌中是十分典型的。

抒情人和主人公的认同意味着，其中诗歌的聚焦不在（人物）视点的意义上呈现，它不同于叙述者的位置，而是作为一种评价的（大多是隐蔽的）视角出现。[①] 它可以揭示抒情人思想中的张力与矛盾，而抒情人自己

---

① 里蒙-凯南（2002：81-83）称之为聚焦的情感或思想意识层。

并没有或者不想看到这一点，如在格雷的《写于乡间教堂墓地的挽歌》、艾略特的《一位女士的画像》和劳伦斯的《人与蝙蝠》中那样，或者，它也可间接表达一种评价态度，如在多恩的《封圣》、马弗尔的《致他娇羞的情人》和济慈的《忧郁颂》中那样。

按照界定，抽象作者/写作主体只有在透过抒情人言说的差异中才可察觉，它的功能在于使抒情人显得不可靠，或是非全知的。怀亚特、布朗宁、罗塞蒂和艾略特诗歌中的情形便是如此，在这些诗歌中，我们可以发现抒情人种种自我欺骗或抑制自己的情形。抽象作者可以作为一系列包含在文本结构中的成分而加以重建，这一文本结构与抒情人明显表达的内容是相互矛盾的。需要强调的是，这一重构高度依赖读者所相信的相关态度以及评价源自何方。在斯威夫特的《斯威夫特博士死亡之诗》中，归因于同样的问题引起了不同的态度。我们如何处理诗歌结尾的赞扬与开头的格言之间的矛盾呢？是将它看作揭示抒情人的盲点，或证实了他对自恋的激励力量的理论，还是作为一种使读者所具有的他的理想形象变味的反讽策略呢？

这里，在所选的诗歌中，叙述主体通常都将他或她自身主题化，具有对感受和反思表现过程的偏好。这显露出种种偏离原型的附加倾向，可以大体上认为是抒情诗中的一种典型表现。思考成为被叙述的发生之事驰骋的场所，并显现出一种对精神心理和思想过程作为叙述主题的偏好。还有，各种发生之事是从特定的情景中抽取出来的，它缺乏如人名以及地点和环境描述的外部细节。最后，还有一种以高度压缩的形式表现发生之事的普遍趋向。

（二）序列性：连接框架和脚本的方式

在抒情诗中，叙事性的各种形式在序列性层次上比在媒介层次上表现得更为丰富。在这里，最一般的发现存在于被叙述的一连串发生之事中，通过激活和赋予框架和脚本从而创造出意义和事件性。在这里，框架的主题方面（而非状态方面）是居首要地位的，因为它牵涉各种发生之事被解释和在语义上处理的总的方式。如果原型叙述的特点主要是激活一个中心的（主题）框架和相应的脚本，那么可以说两个（或更多）的此类图式的结合，在大量诗歌中是表现得十分突出的结构原则。① 这些结合的性质在不同作品中各有不同，使我们可以区分出一系列不同的类型。

运用得十分广泛的一种结合形式出现在两个（主题）框架和/或脚本被连接起来时，其主要图式往往由辅助图式所更改。两者既可通过相互并置而连接，又可通过前后相续而连接。这样，期待被打破而出现的事件性，就由不同寻常的连接而产生，这是与另一种具有相异原则的类型相结合的具特殊结构的发展类型。在怀亚特的《她们离我而去》中情况便是如此，在抒情人回顾他过去所经历的爱时，通过让抒情人改变参照框架，将爱的框架与力量和权力的框架连接起来。类似的框架变化在莎士比亚的第107首十四行诗中也可看到，在这首诗中，友谊的主题转向了诗歌写作的主题，并再次与力量关联起来。在这两种情况下，框架的连接或改变都产生了诗歌的事件性（见下面论述）。这里，连接的功能在于解决或试图解决一个出现危机状况的问题。然而，抒情人的意识在各自的情况下是不同的：在怀亚特的诗中，是对未曾意识到的男性屈辱的回应，在莎士比亚的诗中，则是对恩主高高在上的明确无误的抵制，两者形成了对照。

在这两个例子中，框架与脚本的变化以相续的形式出现。而在多恩的《封圣》中，爱的脚本则同时与封圣的框架相连接。这一连接的功能在于提升爱的价值，并富于想象力和诗意地从世界不稳定的状况中拯救爱情关系。马弗尔的《致他娇羞的情人》直接与之形成对照，它明确变换了截然相反的爱的脚本，以实现在这个世界上对爱情的渴望。这样，在这两种情况下，我们所涉及的都是透过爱情和实现爱的合理性而进行的自我定位。同样，在这两者中，机智风趣——一种深思熟虑、刻意复杂的修辞——尽管是以各自特定的不同方式表现出来，都使脚本的连接成为可能，并看起来有眉有眼。

与连接性质不同的框架/脚本不同，斯威夫特、格雷和柯勒律治的诗基本上是循环地运用一个图式（反复采用变换的形式）。他们的诗歌转换一个

---

① 这种现象也出现在叙事文中。比如，笛福的《鲁滨孙漂流记》和《摩尔·弗兰德斯》结合了宗教与经济框架以及相应的脚本，理查逊的《帕米拉》结合了情感之爱与一种社会进步的脚本。

脚本，并以这一脚本本身去直面它。斯威夫特的《斯威夫特博士死亡之诗》在拒绝以前，首先说明了由自爱引发的行动脚本，以此反复说明它对抒情人的适用性。在格雷《写于乡间教堂墓地的挽歌》中，抒情人以叙述的形式，在开始时运用适用于其他人的、用以保留个人生活记忆的脚本。然后，他再以此转向其自身，并最终引出整个挽歌作为他的一种诗意的体现。在柯勒律治的《忽必烈汗》中，反复采用的艺术创作的脚本显得更为复杂，因为其中完整和不完整的实现彼此面对，整个作品可以看作一个特别复杂精致的完整的实现。在上面的三种情况下，脚本在不同层次上被运用，既作为结构的一部分，又作为整体的结构本身。

济慈的《忧郁颂》在结构上与马弗尔《致他娇羞的情人》相似，表现在两者都在同样的框架（分别是忧郁与爱情）中交替着面临可供选择的脚本，并证明在不同情况下所偏好的脚本的合理性。在济慈的诗中，连接了一个额外的脚本，即艺术作品的长存不朽。布朗宁戏剧性的独白诗《圣普拉锡德教堂主教嘱咐后事》通过将两种脚本：世俗的竞争（爱情与权力）与为来世做准备的脚本结合起来，以展现在这个世界上的不朽。为来世做准备的脚本明显是肤浅的。不像在济慈的诗中那样，在布朗宁的诗中，读者可以看到这样一种迹象：由脚本所表明的进展将不会得到实现。

在济慈与布朗宁的诗中，抒情人努力去实现一个特定的事件：自我保护与自我提升。而在罗塞蒂的《如馅饼皮般的承诺》中，本质上则是在否定事件性的可能性。它反对从友谊到爱情的框架和脚本的转换，也不打算利用这一机会，运用这一转换以作为自我定位的路径，这明显是由于害怕失败而受到伤害。与此同时，哈代的《声音》则运用爱情这一主题的总体框架，以实现自我定位，它结合了相连续的两个脚本，将其中一个嵌入另一个：一个是过去的生活历程，在回忆中将这一历程呈现于当下；另一个是实现爱的共同目标。每一个脚本的具体实现都有一个否定的事件：失败。

在艾略特《一位女士的画像》中，出现了复杂的方式，通过以嵌入方式创造两个人物之间的对立以及他们关于自身的叙述，其中每一个都运用不同或部分地有所变动的框架和脚本。女士对亲密关系的渴望被男性抒情人的防卫心理和随之而来对个人的自主欲望所驱散。最终，事件性在抒情人的脚本与女士的脚本（当他们之间的密切关系被显露）不被认可的交汇状况中表现出来，而实际上，男子对自主性的欲望无法得到满足。

叶芝的《第二次降临》以在结构上与哈代诗歌相类似的方式，将涉及思想（理解的欲望）的脚本与超文本的进程相结合而作为其对象（历史进程）。这一嵌入用以创造出一个以意想不到的认知领悟的形式，表明从传统的历史脚本到出现一个重大偏离的过程中的事件。

劳伦斯的《人与蝙蝠》是以一个新的（具有浪漫主义起源的）脚本置换了（不无冲突的）传统脚本。要清除害鸟的意图因意识到蝙蝠与人是平等的而被改变。这使抒情人将自己与自己拉开距离，最终两个脚本都被认为是富有事件性的。

拉金《我记得，我记得》的脚本配置由于涉及胡德的同名诗的互文脚本而复杂化，其中孩童的成长过程这一浪漫图式，被视为一种从天堂的完美状态中蜕变和放逐。拉金将这一互文的浪漫脚本（重新定义为从一个愉快的童年发展而来的艺术生涯），以否定的形式（明显未实现），与现代脚本中火车旅行及其机会、流动性的含义（但不是被束缚在某个特定的地方）结合起来。在这里，事件性存在于对互文脚本的极度偏离（童年变成地狱），这里完全没有一个值得讲的故事，从而强调缺乏根系。在这里，比在劳伦斯的诗中表现得更为激进，传统的脚本通过以强调非叙述的手段而被拒之门外。

博兰的《郊区颂》以类似的方式，面对的是将一个传统的互文脚本（童话故事中女主人公的转换）与一个单调而缺乏变化的现代图式（一位郊区妇女的日常生活）交织在一起。首先，从缺乏期待的变化而引起的幻灭感中可以发现事件性；其次，由批评性的自我疏离从而使变化可能发生，也可发现事件性。在这两种情况下，对传统脚本的否定都是因对作为意义来源的事件性的缺失感到遗憾而潜移默化地塑造的。

雷丁的《虚构》使反复出现的一个和同一个脚本（潜在地拥有事件性）不断在一连串令人迷惑的嵌入叙述层次中出现。它的脚本是文学作品中因有争议的个人陈述而引起的诽谤案。各层次间（转叙）界限的交叉，与虚构和真实区分的模糊性相互结合在一起。这种循环的目的在于削弱事件性的常规分类，并最终将它置于一种荒谬的程度上。

连接框架与脚本的这些不同方式提供了事件性的重要基础，可以在形式和主题上对它们进行分类。脚本的结合类型可以区分为如下五类。①

　　• 依次替换或更改（怀亚特，莎士比亚，罗塞蒂，艾略特，劳伦斯）；

　　• 对比的替代（马弗尔，济慈，艾略特）；

　　• 直接覆盖（多恩，济慈，布朗宁，胡德，拉金，博兰）；

　　• 单个图式以类似或变更的形式循环（重复运用）（斯威夫特，格雷，柯勒律治，雷丁）；

　　• 嵌入（哈代，艾略特，拉金）。

　　在某些情况下（数量相当少），这些类型中的两类甚或更多可以结合出现在一首诗中，如在济慈、艾略特和拉金的诗中。上述讨论中所发现的一般情况表明，在我们的例证中，从偏离和期待被打破的意义上来说，事件性总是通过以变换的方式连接不同的脚本而产生。由此，我们可以得出结论，诗歌并不以线性的顺序表现经验和感受，而往往通过对认知图式进一步的多重指涉而实现。这样，抒情诗中的叙事性与特殊的语义复杂性紧密相连，与引人注目的多样化的意义层次密切相关，这样的意义层次在数量上不同于叙事文，尤其不同于童话原型中的意义层次。从叙事学的角度看，这就是抒情诗中出现的各种各样复杂的同位现象。

（三）功能：主题与身份

　　在我们的文本汇集中，由主题（或状态）框架和相应的脚本配置的分类引起的主题分析，可以在涉及诗歌的形式、功能及叙事性的发展等方面得出进一步的结论。在运用自反性和自我主题化作为涵盖诗歌分析的指导准则这一总的背景下，框架可以根据两个大的类别进行区分。

　　第一，对他者的主题参照。

　　• 爱情与亲密的友情（怀亚特，莎士比亚，多恩，马弗尔，罗塞蒂，哈代，艾略特）；

　　• 艺术与艺术创造（莎士比亚，柯勒律治，济慈，布朗宁）；

　　• 认识与领悟（由外部触发）（叶芝，劳伦斯）。

---

　　① 每种类型都覆盖了脚本的对立一面（如在罗塞蒂诗中脚本没有变化也是一种依次替换或更改的情况）。

第二，对自我的主题参照。

· 自主性与自我肯定（莎士比亚，斯威夫特，格雷，布朗宁，艾略特，胡德，拉金，博兰，雷丁）。

所有这些诗歌都涉及不稳定性—稳定性（危机—解决）这一潜在的序列模式，并以此作为抽象的基本的脚本形式。诗歌以一种危机或紧张状况作为开端（在每首诗中以不同的主题形式表现出来），并尝试以特有的方式去加以解决。这些方式牵涉抒情人试图（如果不是持久地，那么至少在讲述的行为中）明确与界定他或她的个人身份，或者通过叙述的发展再假定自己。其目的是在一种隐含的危机状况中去实现稳定。抒情人在一个稳定的点或参照系上，通过运用所讲述的指向自身存在的故事追寻这一目的。这一稳定的点或参照系取决于每首诗的主题情结，它可以在不同的诗中表现为范围广泛的不同形式，一如前面的概述与随后的分类所表明的。换句话说，抒情人创造一个约束他或她的个人故事（有许多方式来做到这一点），作为故事的主人公以他或她作为参照点，来界定他或她自己。这样做的目的是为了确定自己，或者，如果不是那样的话，至少是要获得不断增加的稳定性。即便由此发生的叙述包含了意识之外的现象，我们最终所涉及的仍是精神的、认知的故事，以这样的故事，抒情人达到或试图达到短暂的或长久的安定状态。至于这些故事的完整程度则是不一样的（后面将对此做更为详细的论述）。

从主题的角度来看，可以区分参照的两个主要形式是：具体参照他者（对另一个人或对艺术和创造物）的文本，与更为抽象的参照自我（抒情人个人和自我）的文本。

1. 对他者的主题参照

爱情与亲密的友情组成第一类参照他者的次类型，它通过对另一个人的中心参照而涉及身份的形成。在怀亚特的诗中，抒情人发现他自己陷于被抛弃的情人的危机状况中，并以他所断言的女性易变和男性的慷慨为女性所利用而饱受折磨的受害者的故事寻求获得稳定。莎士比亚诗中的抒情人对这样一种伤害的危险性做出了反应，这种伤害发生在由亲密的友情到一个自信的诗人的变化过程中。在这两种情况下，所希望的都是转向自我，这样可以提供走出对伴侣的决定性依赖的方法。作为对照，在多恩、马弗尔和哈代的诗中，主人公运用他们在其中实现与其伴侣的爱情关系的故事来界定他们自己。在多恩的诗中，这种关系受到了世界的威胁，而在马弗尔的诗中，这一关系由于女子的顾虑而受到阻止或推迟，为世俗所累。相比之下，哈代的抒情人在这一关系崩溃和结束很久之后，通过回顾性地回到它令人鼓舞的开头而在心中寻求慰藉。在罗塞蒂的诗中，拒绝爱情正是这种自我认同的形式（由于爱情不能延续而产生危险，由此担心受到伤害）；而在艾略特的诗中，则表现为由于害怕情感投入和丧失自我，导致缺乏个人勇气。

第二个次类型是艺术与艺术创造力，诗人的角色或艺术作品的永恒性提供了一种安全牢靠的身份。在友谊处于危机状态中，莎士比亚的抒情人能够将自信转向诗人的角色，转向凭借其诗歌而生命永存的信念。此外，在一些浪漫主义的文本中，艺术作品的创造由于不符合自觉意志的要求，因而是一个严重的问题。柯勒律治和济慈以悖论式的策略来解决这一问题。在他们各自的诗中（柯勒律治的《忽必烈汗》和济慈的《忧郁颂》），抒情人把自己归于一个尚未成功地完成、甚或还未开始的故事中。然后，在不稳定的情况下成功地表达了完成这件事的愿望，并突然显示了他的诗歌技巧。《忽必烈汗》尤为复杂的结构包含了额外的要素：另一个作者最初明确地认为成功的叙述，变成抒情人自己艺术创造力的一种展示。以这种多少显得复杂的方式，浪漫主义诗歌倾向于从自我和他人的观察中退而回到艺术家成功的自我界定的过程。布朗宁从另一方面，通过将主教的意图置于戏剧性独白的框架下，明显地表明主教试图通过艺术（这里与其说是创造出他的自我，毋宁说是借用艺术）来达到稳定，并最终归于失败。

比较而言，有两个诗歌文本属于第三个次类型（认识与领悟），它们显示出当他者闯入抒情人的传统观念，当涉及从外部来的这一闯入出现时（闯入可以是来自集体潜意识的一个有远见的信息，或来自超越人类区域的动物），一种新的自我理解得以成功实现。从某种意义上说，这一主题结构提供了向第二组参照类型的过渡，它包含各种不同种类的自我参照（见如下所述）。在叶芝的《第二次降临》中，抒情人通过表现出成功的洞察力，将自我定位为一位有特殊眼力的人，这种远见导致对历史的新认识。劳伦斯《人与蝙蝠》的抒情人叙说了对人类相对于动物生活的认识的新见解，认识这个故事使他得以更好地设想共同的生活，并认识自己和他人的局限。

借鉴他者而寻求解决问题的各种策略在具体细节上各有不同，但它们都对同一个最初的问题做出反应：自我都因其自身的短暂性或其存在和社会地位的动荡不安而产生危机。

2. 对自我的主题参照

第二组的方式是通过参照一个人自己的故事来塑造身份，没有外在的参照，有时甚至有意拒绝这样的外在参照。我们可以发现，自信正是构筑在对自我的参照和自主性的建立中。在莎士比亚的第 107 首十四行诗中，抒情人通过其作为诗人的主见和自强不息而建立起这样的自信，这是一个现代自我的模型：他以文学才能为基础，使自己独立于朋友和赞助人之外。作为对照，斯威夫特的《斯威夫特博士死亡之诗》中的情况则是悖论性的、更为复杂的。这里，抒情人以对自我的反讽，含蓄地贬低了对他赞美的叙述，从而最终显示出自己是一个不受外在情感或思想束缚而具有独立自由精神的人。格雷《写于乡间教堂墓地的挽歌》的抒情人以他微妙的情感、高度的自我反思和突出的个性，将自己定位为两个社会阶级之外的局外人。他是孤独、傲慢、自我满足的浪漫主义自我的一个早期模型，但是，依然残留着与一位特殊朋友的密切关系（在这里没有任何细节的回忆），如我们在那些对他人的主题参照的诗中所发现的那样。布朗宁的主教在这一世界中寻求自主却以怪异的失败而告终，因为他没有意识到这是一种具有内在矛盾的自我欺骗。艾略特《一位女士的画像》中的男性抒情人面对女士的要求，不肯自作主张，因为他与她的亲密关系以及他对她的道德情感依赖不被承认。胡德《我记得，我记得》中的抒情人以他早年（作为一个孩子）的整个自我和生命力回顾性地、怀旧地（浪漫主义的怀旧）将自己定位，从而除了记录自己眼下的失败，无法做更多的事情。拉金诗中的自我，可以与斯威夫特诗歌中的自我相比较，他将自己看作孤立的，讽刺性地剥去了自我与他人虚幻的联系，从而独自离开——一个无地自容的现代自我，明显地与胡德的浪漫主义自我不同。拉金和斯威夫特（以及在另一方面的罗塞蒂）以拒绝或贬损个人故事的方式作为界定的手段。这种情况也在博兰的《郊区颂》中出现，我们在其中发现，对一个模范故事（它未能实现但实际上被暗暗地憧憬着）反讽性的自我批评是创造非虚幻的独立性与差异性的先决条件。在雷丁的《虚构》中，虚构与事实之间区别的模糊性以及叙述的问题意识最终服务于表现叙述者至高无上的权力，并确保他能够以这一权力来界定自己。

大部分自我建构的方式，都是通过对他者的指涉或替代而形成的。在他们的位置上，我们可以发现退回到自身位置时的清晰阐释，以及在确信自己的概念之后找到自我安慰和自信。

（四）事件性

在系统和主题运行的基础上，意义和连贯性得以在特定的序列性层次上形成，在将事件性理解为偏离预先存在的预期的发展图式的基础上，我们现在可以区分事件性的不同种类。在这一意义上，事件性涉及叙事文本的核心要素，以及它从根本上被叙述的原因。进行事件类型分类的第一个原则，可以在事件转折点或变化与两个叙述层次之间，即各种发生之事及其呈现之间的关系中找到。虽然发生之事总是在呈现层次加以调节，并仅通过这一层次获得其意义和结构，但事件性却可归于两个层次中的任一层次，或关涉两者中的任一层次。发生之事中的事件（events in happenings）主要归于一系列接连发生的事情，呈现事件（presentation events）则牵涉叙述者的故事，即由叙述主体居间调节而产生的呈现过程。这两类事件由于与序列性相关联，可以描述为序列事件。它们可以时时被归属于一个主体，一个引起或导致决定性变化出现的事件参与者。在发生之事中的事件这一情况下，其主体是叙述者或抒情人，所展示的呈现事件涉及在表现叙述行为时叙述者的态度和行为。这样，我们可以将发生之事中的事件和呈现事件分别描述为故事内的（diegetic）和故事外的（extradiegetic）序列事件。媒介事件（mediation events）可从这些直接牵涉叙述人物及其态度的故事外的序列事件中区分开来。在媒介事件中，决定性的变化主要不是作为个人态度的修正和变更而出现，而是作为从发生之事到呈现层次的明显转变，或作为呈现层次形式的一种主要的文本或修辞变化而出现，如图式（框架和/或脚本）的更换。主体从而牵涉从抒情人或叙述者向抽象作者/写作主体的移位，而（抽象）读者的补充参与也可推想到（如在柯勒律治和济慈的诗中，见下述）。这一事件类型的一个重要特点是媒介模式的变化，它可以在叙述主体意识到或未意识到它的情况下发生，或者，它也可以是一个有意的行为或一个不显眼的行为（分别可见莎士比亚和怀亚特的诗，见下述）。

接受事件（reception events）组成最后一组事件。[1] 接受事件的目的是打算让读者参与其中，由于阅读过程的结果，读者可能要经历一个决定性的变化。当然，从根本上说，一篇文本的意义——其事件性——总是出自读者，但这并不妨碍我们将这特殊的一组事件区分开来，在其中，读者不仅注意到事件，而且也是一个受到它的影响（有意如此）的个人。在这里，诗歌寻求带来读者态度的变化，揭示出新的洞见，或者激起读者在认知和思想上的重新定向。在经历这样的转变时，读者明显地会与人物或叙述者进行对照。诗歌中的接受事件将首先被预期出自一个不可靠的或非全知的抒情人，并且也如上面所提出的，是要补充媒介事件（如布朗宁和怀亚特的诗歌，见下述）。

事件形成的方式意味着它们的状况取决于其所牵涉的叙述或交流层次。发生之事中的事件被表现出来，而呈现和媒介事件被直接展现，接受事件则在读者的思想和反应行为中被意识到。

对于事件性的下述概述主要基于两种形式的分类。主要的标准是事件实现的程度：文本在多大程度上实际上带来所完成的重要变化？除此之外，我们将界定不同的事件类型。

我们将从童话中的事件性，从与之相关的原型中寻求界定抒情诗中特殊的叙述现象，并以例证说明一系列发生之事中的事件的典型情况：所表现的主人公生活的部分包含一个回顾性叙述的完整和积极的变化或者转换，这是第一类一般类型，我们将在下面区分这一类型的不同形式。对所选诗歌所发现的变体的总体概括表明，在我们所选的任何文本中，完成的事件都不是以其原型的形式实现的。最为接近的是劳伦斯的《人与蝙蝠》，其中态度的根本转变首先被回顾性地表现出来，然后是同步进行。在叶芝的

---

① 需要强调的是，接受事件在涉及接受对真实读者可以发生的意义上来说，并非是实证的、经验主义的；相反，它牵涉的是文本试图激发的接受形式（对一个特定的真实读者是否如此则是另一个问题）。

《第二次降临》中，洞察力的获得是同时出现并被表述出来的。然而，两者的情况都与原型不同，因为它们都涉及一个呈现事件（在劳伦斯的诗中，包含从一系列发生之事中的事件到一个呈现事件的奇特转变）。在这两者中，事件性——如在抒情诗中常见的——比起涉及物质和社会变化来说更多地涉及思想与看法。马弗尔《致他娇羞的情人》与这两个文本的不同，主要是就其结构意义而言的。其中（媒介）事件处在突破之中，以形而上的智慧、以传统的脚本（放弃）和与后者相对的概念（爱的实现）相更换而形成。然而，这一事件并未出现；它处于未来的状态中，在那里，它会超越精神领域，影响人的行为——追寻的事件类型是各种发生之事中的事件。在博兰的《郊区颂》中，休热特（sujet，脚本的组合）的结构更为复杂，具有显而易见的不同的表层结构和主题设置。然而，在事件（游离与存在变化）的意义上可以进行比较，它同样以媒介的形式产生，仅仅只能期待在未来出现，而不是在那之前。它的必要性在于，通过强调缺乏事件性，尤其是通过反讽和对原型（童话）自我批评的引证而突出其不同寻常的程度。

尽管这些例证对原型有所修改，但它们仍然接近于它。从这些例证中我们可以区分第二种事件性的类型，其中出现了各种未实现的事件的形式，失败的事件形式，否定的事件形式。在这里，比起先前的情况，对于事件性的参照点应有更为细致的考虑。在运用事件性的第一种类型时，布朗宁《圣普拉锡德教堂主教嘱咐后事》的抒情人参与到一个积极的并在未来完成的事件中（在他死后对他的记忆持久留存），从而寻求稳定自己在当下的精神身份。情况表明，他预期的自我保护将不会是成功的，某些东西主教并不情愿接受。然而，戏剧独白的形式意味着，读者可以看到主教是在期望那些自我欺骗。这意味着一个接受事件可能发生：读者的目的是获得抒情人并未获取的洞察力。哈代的《声音》在他想象中的一个心爱的女子的死亡上，显示了一个可以比较的结构。可是，在这里，负面的事件性正建基于呈现层次中：当诗歌展开时，抒情人自己观察他自我欺骗的情景，并意识到，他试图建立起与过去的联系、重新获得过去的体验是不可能的。比较而言，艾略特的《一位女士的画像》更为复杂，其中，抒情人获取个人自主性发展道路上的解放，是与女士的诉求明显相反的，因而，在他看来就要取得成功之时（通过离开与强使分离），却悖论性地遭遇失败（由于负罪感与心理亲和感）。读者不仅能比抒情人更清楚地看到这一负面事件的最终出现，而且，他们也能看到抒情人在半清醒状态中不断试图抑制自己真实的感情。从根本上，这构成为一个接受事件。

事件性的第三种类型在这样的情况下出现：一个将会是决定性的变化，由于一个期待中的事件将要实现（或隐或显地指涉被实现的事件），从而拒绝这一变化发生。特别明显的例证是罗塞蒂的《如馅饼皮般的承诺》，其中，抒情人明确地拒绝在发生之事层次上做出重大转变的提议（从友谊到爱情的转变）。而拉金的《我记得，我记得》中的抒情人，则从另一方面通过在媒介事件的意义上，反讽地提到对常规事件性的期待，最终主题化常规事件性的缺失，并在这一过程中界定自己的身份。有趣的是，拉金诗歌的互文关系（胡德的诗与之同名）提供了负面事件的一个例证（成长变成由童年的完美中出现的衰落），这意味着在胡德之后，拉金的文本表现出更进一步：从一个负面事件转移到完全没有任何事件。雷丁的《虚构》从根本上强化了事件性的消解，但仍然以其对叙述的核心前提的彻底削弱而依然使事件性成为可能。它所采用的主要方式是模糊发生之事层次与呈现层次，模糊真实与虚构，质疑作者的概念，以及将叙事进程本身问题化。除此之外，在更高的层面上，我们可以识别大多数文本中常见的一个特性，它破坏了事件的类别：它们可被看作将对期待的突破转变为一种新的事件类型（在媒介层次上）。

完全的媒介事件组成第四种类型，其中，变化与从发生之事层次到呈现层次的重大变化，或文本与修辞呈现模式的显著转变联系在一起。呈现事件与媒介事件及其间边缘与中间的状况，可在莎士比亚、怀亚特和多恩的诗中看到。在莎士比亚的第 107 首十四行诗中，事件包括框架和脚本的更改（从友情与赞助人的关系到诗人的角色），从而导致力量关系挑衅性的转变。类似的转变（从爱情的话语到道德与权力的话语）在怀亚特的《她们离我而去》中也可发现。在莎士比亚的诗中，这一转变改变了抒情人和受述者的具体状况（在演示性的言语行为中出现明确的呼语）。在怀亚特的文本中，变化则以在心理道德上成功的形式，只对抒情人产生影响。但是，读者可以看到这一变化的补偿作用，看出其自以为是的遁词和自我欺骗的行动，这意味着他们察觉到它指向的是失败，指向的是一个负面事件。多恩的《封圣》聚合（结合）了呈现事件与媒介事件，它不是通过前后承继的方式（如莎士比亚诗中那样），而是大胆地连接两个脚本（爱情与封圣），以便对即将发生的负面事件，即爱臣服于威胁，重新定义为正面的事件。形而上的睿言智语使这一效果更为突出，这些言语主要着眼于展示，与这种策略戏谑性的有意运用一起，它表明不像怀亚特和多恩诗中的抒情人那样，这一诗篇中的抒情人并无自我欺骗的自责感。

两个更具极端形式的媒介事件的例证出现在两首关于想象与创造力的浪漫主义的诗篇中。柯勒律治的《忽必烈汗》是一部复杂的艺术文本，它使在发生之事层次上失败的、试图完成的一个诗歌创作过程得以实现。以类似的方式，济慈的《忧郁颂》以诗歌形式满足了自我不朽的欲望，这在诗篇的最后表现得尤为引人注目，并成为创造性的忧郁力量的标志。在这两首诗中，对文本形式的事件重新定位意味着，它一方面牵涉（抽象）作者，另一方面牵涉读者，而非抒情人，后者的认识限制在发生之事的范围内。格雷的《写于乡间教堂墓地的挽歌》也可以、至少部分地可以描述为包含一个媒介事件。抒情人由于他作为局外人的身份而遭受痛苦，因为他的沉思，尤其是他在第二部分表达的对死后永存不朽的渴望，都被保持着距离的自我描述所浇灭，更甚的是，被他为自己制定的墓志铭所浇灭。在这里，层次的变化与前两首诗相比更为温和，原因就在于决定性的变化（通过把它变成诗歌文本来解决一个现存问题）是一个审议思考的对象，因此也是抒情人意识的对象。读者可以比这看得更远——读者可以看到，正如（抽象）作者的意图，抒情人无意识地在他的沉思中建立了一座诗意的纪念碑，纪念他的边缘化、他的特殊情感和他的个性。

在运用这些类型对单个诗歌进行分类时，如在本书的研究中在一些情况下出现的那样，往往在谨慎着手的情况下仍然难以给出一个明确的回答。我们是从主导的文本特征出发的，而且并不总是包括对文本所有各方面的考虑。这里所挑选的诗歌例证，在我们的事件类型中，尤为难以界定的是斯威夫特的《斯威夫特博士死亡之诗》。这首先是由于对诗歌的叙述顺序状况反复的、讽刺性的破坏，从而也破坏了其事件性。如果最初的脚本（人类的自爱是行动的动力）被赞赏者在一系列发生之事层次上打断的话，那么呈现层次提供了对这一格言的确认，证实了自爱产生积极的自我形象的准则（抒情人虚构了一个具有特别理由的赞赏者）。这可以作为反讽的自我戏剧化的文本而阅读，其目的在于诱使读者进入一个陷阱，进入一个在其中他们不再想到他们自己的地方（误导他们进入人类无私的盲目信仰）。从这一点来看，这首诗的事件将包括运用这一策略获得领悟的读者，最终，这意味着承认一般人与个体的自私倾向。这样一来，根据我们如何看待它，斯威夫特的诗歌显示出属于一系列发生之事中的一个事件，一个呈现事件或一个接受事件的特征。在不同程度上展开的接受事件，在我们涉及一个不可靠或非全知的抒情人或叙述者时尤有可能出现。在我们的例证中，这首先就是怀亚特和布朗宁诗歌中出现的情况。

（五）表达行为中时间的地位和功能

我们将通过对表达行为或叙述行为与叙述序列之间的关系，尤其是事件与讲述或叙述这一事件、特别是实现这一事件之间的关系，来概述将叙事学的范畴运用到我们的诗歌中的应用。童话故事中叙述行为的原型和它的功能由回顾性的呈现（运用过去时），以及叙述不影响被叙述的故事而确定①：叙述者在讲述故事时看来没有影响或不想影响故事的进程。这一状况不仅在异故事叙述者（如在童话中）的叙述中出现，而且也可在同故事或自身故事抒情人，如本书所探讨的所有诗歌中出现。然而，引人注目的是，他们很少运用这一可能性。唯一清晰的例证是胡德和拉金诗中的童年叙事，其中，从目前的观点对一个完成过程的回顾性思考，提供了一种怀旧或讽刺的自我认识的途径。劳伦斯的《人与蝙蝠》虽然将决定性的重大变化同时呈现在回顾性的逸闻趣事报告之后而结束，从而将原型表现与不同的类型（见前述）连接起来，但很大程度上也与这一模式相一致。怀亚特的诗也包含原型的核心特征，但它之所以与众不同，是因为对已发生之事的回顾性陈述，是为了回应一种不公正的感觉而操纵和重新界定它们的。这表明这里有一种试图对故事施加思想意识的影响，如果不说是实际影响

---

① 回顾性叙述通常与任何特定时刻的聚焦限制（主要是认识限制）结合在一起：叙述者不提及未来的发展。

的话。①

第二类叙述陈述行为中时间的位置，是在一系列发生之事被同时地表现出来，也就是说，故事（通常是一个思考或感知的过程）及其重要变化的过程以直接和演示性的、差不多是以戏剧方式表现出来时可以观察到。这一类型尤为清晰地体现在哈代和叶芝的诗中，其中，事件（一个令人不安的领悟）作为文本中从头到尾思考的连续过程中不可或缺的一部分而发生。艾略特的《一位女士的画像》是这一类型一个更为复杂的变体，其中，演示性的精神思想过程不是被连续地表现出来，而是被两次省略所打断，这意味着它涵盖了一段更长的时间。② 在这里，决定性的变化（领悟到不能获得所渴望的自主性）同样作为发生的过程而出现。莎士比亚第 107 首十四行诗也属于这一类型，因为框架和脚本的突然变化是在呈现的过程中单独完成的，并透过媒介而指向其中的受述人。③

第三类显示的是呈现和故事之间的时间关系，这类关系组成了我们诗歌中最大的一组。它将叙述行为置于事件之前，这一事件被前瞻性地加以叙述。这往往意味着叙述对于故事的连续具有特殊的功能。马弗尔的《致他娇羞的情人》提供了一个十分清楚的例子，其中，呈现对心爱的人叙说的爱情故事，目的在于实现这一事件，这一前瞻性的呈现表明，它在不久的将来就要出现。布朗宁的《圣普拉锡德教堂主教嘱咐后事》除了未能使变得日益明显的事件在未来出现外，展现了一个十分类似的时间状态。博兰的《郊野颂》中的时间状态显得更为复杂，其中，一个并无事件顺序的含蓄的批评性叙述，巩固了一个未来事件（从日常生活中解放出来）的必要性，也显示了其心理上的可能性。罗塞蒂《如馅饼皮般的承诺》中的抒情人则从可能出现的事件中断然转向，转为阻止这一事件出现而叙说。

----

① 在所有叙述行为中，这些发生之事都是在呈现层次上加以解释的，借此它就变成了一个故事。这里，很明显（在抒情人的背后），这一过程是对原本不同理解的有意操纵和修改。

② 这是叙述行为与发生之事之间的一类特殊的类型，里蒙-凯南（2002：91）称之为插入层（intercalated）。然而，在艾略特的诗中，叙述在不同的位置是同时的而不是回顾性的。

③ 这里，呈现过程也是插入（由于第 4 行和第 5 行之间出现了省略）。

按照媒介事件在诗歌中的结构，济慈、柯勒律治和格雷创造了呈现行为和被呈现的发生之事之间的时间关系，以特殊的方式逾越了不同的层次。柯勒律治的《忽必烈汗》将缺失的事件（完成艺术创造过程）在呈现层次两个点上（诗歌序言和最后部分）主题化，但同时又以呈现（作为媒介事件）的艺术形式出乎意外地将其实现。类似的情况在济慈的《忧郁颂》中也可发现，其中，抒情人通过为神圣的忧郁而牺牲自己以寻求不朽，并将此在诗歌的结尾描述出来。它在诗歌文本中成为现实。格雷《写于乡间教堂墓地的挽歌》运用了一个类似的策略：抒情人渴望他作为个人在未来永远留存，未曾料到，这一欲望最终在诗歌本身的呈现中又一次得以实现。他基本上是在写他自己的挽歌来表达他的欲望，但是，通过在他深思时提前制定自己的墓志铭，他也试图预期未来事件的发生。

这一例证也清楚地表明，一个渴望中的重大变化的预先呈现，具有或可能具有对当下的稳定作用，就如故事中的叙述通常以某种方式影响其进程的功能一样。这种情况在多恩的《封圣》中可以看到，在这里，对未来的重大转变的描述（以经典化的形式），至少在思想上也是对当下危机（爱情受到威胁）的一种解决。这种前瞻性的叙述回顾了现在，从而强化了这一解决办法，使其稳定并显得高尚。

在这样的背景下，斯威夫特的《斯威夫特博士死亡之诗》又一次证明是要躲避简单的分类。最初看来，我们似乎面对的是一个未来事件的另一种预先叙述，但是，以这种方式涉及发生之事层次的事件性，最终被讽刺性破坏了，从而必须在呈现层次甚或接受层次重新加以定位。最后，在雷丁的《虚构》中，发生之事层次和呈现层次的扩散，它们之间区分的困难，以及作者身份概念的质疑都表现了出来。《虚构》使事件的类型如此成问题，以至于很大程度上几乎不可能建构起叙述行为与被叙述的故事之间的清晰关系。

由这一角度看，我们可以得出结论，叙述的原型形式确实在诗歌中出现了，但是，那些相当偏离的形式更为频繁地出现在诗歌中，至少在本书那些抒情人使他或她自己成为主题的文本例证中是如此。偏离可以采取两种形式，一方面，我们观察到采用同步的、演示性呈现的强烈倾向；另一方面，也有另一种强烈的倾向，提供决定性的重大变化的前瞻性叙述，将叙述功能化，以形成被叙述故事的进程。这意味着，与叙事文本中通常看到的情况相比，诗歌中的叙述人物或抒情人更多地参与叙述行为，其叙述更直接地参与塑造叙述者的生活。

（六）诗歌形式特征的功能化

将诗歌叙述结构上的形式特征功能化，确实是抒情诗的一个典型特征。所谓形式特征，我们指的是结构一首诗歌语言材料所运用的传统的文类风格的特殊方式，包括诗节、诗行、韵律、节奏、格律、重复，以及各种修辞，如隐喻、句法技巧（如运用被动结构）和代词的运用等。一般而言，这些技巧本身并不包含任何固有的意义，通常只是在将其与语义层面相关联时（在类似与差异、强化或支持与对比或对位之间一系列复杂位置的意义上），它们的效果才会显现。从叙事学的角度看，这些结构技巧涉及呈现层次，涉及被表现的叙述发展的媒介层面。这就导致出现一个一般性问题：谁对这些技巧以及运用之后的意图承担责任。有两种主要的可能性：一种是抒情人或叙述者（当他或她公开或隐蔽地将自己主题化为文本的源头，或许，像莎士比亚第 107 首十四行诗中诗人的角色），另一种是抽象作者（这一抽象作者能通过形塑语言材料，间接地评价、支持或破坏抒情人的表达）。前者的情况十分罕见，而后者则在我们汇集的诗歌中占绝大多数。

我们所探讨的诗歌涵盖了各种各样方式的众多例证，其中，形式特征可以补充叙述展开的内容。哈代的《声音》运用节奏、韵律和句法结构，在回忆到目前的往事过程中的情感与那一过程背后认知方面的滞后而处于崩溃时，显得更为清晰。类似地，拉金的《我记得，我记得》和博兰的《郊区颂》运用韵律模式表明了他们展现的生活片段的重复性特征。艾略特的《一位女士的画像》的语言则反映出克服生活中存在的问题的方式所具有的美学特征。

带有呈现事件的诗歌常常运用精巧的形式技巧以支持事件性向文本层次转换。多恩的《封圣》便是如此，而在柯勒律治、济慈和格雷的诗中甚至在更大的程度上是如此，其中，文本的诗歌形式作为解决问题的媒介而起作用，这些问题在发生之事层次上被主题化。多恩的诗除传统的诗歌技巧而外，还运用了具有时代特征的风趣方式。这种风趣以同样的功能，但以不同的形式也在马弗尔的《致他娇羞的情人》和斯威夫特的《斯威夫特博士死亡之诗》中运用。

二、抒情诗理论和分析的可能意义

现在，我们试图对上述抒情诗理论考察所具有的某些可能的意义进行归纳。首先，我们可以看到，在叙事学的维度上，媒介性与序列性、叙述行为，连同它们所包括的亚类型的基本区分，证明在将它们运用于具体的文本分析实践时是适当的，在诗歌研究中对它们的运用产生了丰富多样的成果。从这一意义上说，即便在我们的文本选择背后有一些限制性的主题标准，但诗歌显然包含时间（因而也具有叙述）的序列结构，从而可以在不同程度上运用各种可能的媒介体和媒介模式。

当我们转而仔细考虑媒介性时，我们注意区分所牵涉的不同主体，尤其是抽象作者/写作主体、叙述者/抒情人和主人公的地位，这使我们在分析媒介状况时可以更为精确。抒情诗中十分典型的是自我呈现的直接性，根据这一现象，可以对诗歌进行更为细致的分析。它可以通过将自我作为抒情人/叙述者而将自我描述为作为主人公的一种策略性呈现，两个位置会聚在同一个人身上，掩盖了它是呈现这一事实。进一步的问题涉及第一人称视角（同故事或自身故事的抒情人）的身份状态。抽象作者/写作主体的类别，以及读者所做的归属（既可针对抒情人，又可针对抽象作者），使我们可以对这样的视角具有的相对性作更为清晰的研究。在抒情诗中，聚焦（及其各种不同侧面）的概念可从抒情人的声音中将它区分出来，如在叙事文本中一样，它使我们得以更为确切地描述感受和评价的视角，诸如讲述的我与经验的我是如何交织在一起的。最后，众所周知的抒情诗不确定的主体性，可以中性地将其定义为一种操作，抒情人在诗歌中提供一个他或她作为媒介的故事，以便构建他或她的自我认同。

其次，叙事学的研究可以对序列性的准确模建和分析做出更多贡献，尤其是对迄今为止在实践上尚未得到考察分析的抒情诗的一些关键方面做出贡献。借助于从认知论中获取的框架与脚本的概念，可以从两个方面来实现这一点。它们为读者提供了对相关世界的知识，提供了一个将诗歌与其社会文化语境相联系的控制手段，这些手段提供了新的、独特与精确的方式，用以描述诗歌中的独特进展及其具有的意义。正如分析所表明的，抒情诗的一般特征，尤其是这里所考察的单个的抒情诗的一般特征，可以按照不同的方式加以重建，并精确地加以界定，其中不同的框架和脚本可被连接起来。此外，这一研究还提供了界定诗歌中决定性的转折点或焦点的方式，即它用以构建立足点的事件，它的可述性。事件可以根据它们所牵涉的层次，即发生之事层次和呈现层次，以及抽象作者或读者的接受层次而进行分类。同时性的演示讲述与叙述的广泛运用，以及与之相联系的呈现事件的惊人频率（与发生之事层次上较为罕见的事件相比）和媒介事件的现象，在抒情诗中可以说是十分典型的。媒介主体的不同运用，也使我们可以对位于发生之事层次的序列与表现在展开的精神过程中的序列做基本的区分。诗歌可以把一个或另一个置于优势地位，从而决定了其基本的序列性。它们可以变换地同时采用两个层次，这就产生了尤为复杂的诗歌发展。①

　　在分析过程中需要考虑的第三个方面，是诗歌中表达行动或叙述行为与序列性，尤其是事件之间的时间关系。抒情诗进一步的特征可以在这一领域加以界定，在抒情诗具有对同故事抒情人这一广泛偏好的基础上加以界定。这也是传统的抒情诗理论研究中被忽略的方面。

　　本书的分析表明，叙事学的概念和方法可以应用于抒情诗中。当然，这并不意味着所有诗歌都与这一研究相适，都适于以之进行富于意义的分析。由于我们的研究主要是一个潜在的尝试性的实践，我们未曾在单篇的文章中考虑它的局限性。因此，如果说叙事学的运用可为抒情诗的研究做出富于意义的贡献的话，我们在这里能够做的不过是建议诗歌必须满足的一些可能条件。我们可以确定两个必要条件。一个是，在发生之事层次或呈现层次上，具有一个在时间上结构的要素序列，因为它必须要能够解释和分析在发生之事或呈现层次中的某种行为；另一个是，某种（个人）主体的不间断的呈现可在发生之事层次上，也可在呈现层次上。因此，某些

---

　　①　在我们的例证中，最为突出的例子可在哈代和叶芝的诗中找到。

具体诗歌流派中的诗，如纯声诗、"语言诗"不适宜运用叙事学的概念进行分析，因为这些诗歌以占主导地位的空间结构取代了时间结构，以纯粹的听觉结构取代了语义结构，或者不再提供一个单一的可见的连贯的实体。

三、某些可能的特定时代倾向

由于我们选择的诗歌相对较少，在主题上也有所限制，对在叙事学视角下可能揭示的英语抒情诗的历史和特定的时代倾向，我们也只限于提出一个相当谨慎的初步意见。

关于媒介性，我们注意到在 17—20 世纪的诗歌中，可以发现抒情人与主人公的融合，以及在展开精神心理过程时直接的演示性的呈现。这一点并没有表现出特定的时代趋向。非全知或不可靠抒情人的现象，以及随之而来的抒情人与抽象作者之间的显著差异，在不同世纪的诗歌例证中也可看到。

关于序列性，发展趋势表明它们主要是在事件性的范围内。将事件问题化主要出现在从 19—20 世纪的诗歌文本中。作为事件性的来源，态度和感受的变化取代了外部状况的变化，在这种情况下，事件性仍然能够发现，从最近几个世纪开始，诗歌中这一情况有增加的趋势。特定类型的呈现事件（涉及艺术创造力）在浪漫主义诗歌中尤为引人瞩目，而在 20 世纪的诗歌例证中，以艺术创造力作为重要的稳定手段则不再出现。

尽管有这样的发展，期待对历史发展的更为详细的理解，仍是一个有待进一步进行特定研究的问题，它是本书分析所提供的整体图景中我们所界定的众多的结构特征之一，或许令人意外的是，对时代特殊性的关注少于对抒情特殊性的关注。

参考文献

Rimmon-Kenan，Shlomith（2002）．*Narrative Fiction：Contemporary Poetics*（London）．

Wolf，Werner（2002）．"Das Problem der Narrativität in Literatur，bildender

Kunst und Musik：Ein Beitrag zu einer intermedialen Erzähltheorie", in：Vera Nüning and Ansgar Nüning （eds）, *Erzähltheorie, transgenerisch, intermedial, interdisziplinär* （Trier）, 23-104.

Hühn，Peter & Kiefer，Jens：The Narratological Analysis of Lyric Poetry：
Studies in English Poetry from the 16th to the 20th Century
© Walter de Gruyter GmbH Berlin Boston. All rights reserved.
This work may not be translated or copied in whole or part without the written
permission of the publisher (Walter De Gruyter GmbH，Genthiner Straße 13，
10785 Berlin，Germany).
北京市版权局著作权合同登记号：图字 01-2018-2138

图书在版编目（CIP）数据

抒情诗叙事学分析：16—20 世纪英诗研究/谭君强译著 . —北京：
北京师范大学出版社，2020.4
（当代叙事理论译丛）
ISBN 978-7-303-25157-5

Ⅰ．①抒… Ⅱ．①谭… Ⅲ．①英语诗歌－抒情诗－叙述学－
诗歌研究－16 世纪—20 世纪 Ⅳ．①I106.2

中国版本图书馆 CIP 数据核字（2019）第 208611 号

营 销 中 心 电 话 010-57654738 57654736
北师大出版社高等教育与学术著作分社 http://xueda.bnup.com

SHUQINGSHI XUSHIXUE FENXI：16—20 SHIJI YINGSHI YANJIU
出版发行：北京师范大学出版社 www.bnup.com
        北京市西城区新街口外大街 12-3 号
        邮政编码：100088
印   刷：北京盛通印刷股份有限公司
经   销：全国新华书店
开   本：730 mm×980 mm 1/16
印   张：18.25
字   数：265 千字
版   次：2020 年 4 月第 1 版
印   次：2020 年 4 月第 1 次印刷
定   价：68.00 元

策划编辑：马佩林 周劲含   责任编辑：李云虎 冯 倩
美术编辑：李向昕   装帧设计：李向昕
责任校对：康 悦   责任印制：马 洁

版权所有 侵权必究
反盗版、侵权举报电话：010-57654750
北京读者服务部电话：010-58808104
外埠邮购电话：010-57654738
本书如有印装质量问题，请与印制管理部联系调换。
印制管理部电话：010-57654758